आगे बढ़कर सफलता को चूमें

व्यक्तिगत उत्पादकता बढ़ाने के उत्कृष्ट तरीके

प्रभात सिन्हा

RG books

Published By
Redgrab books Pvt. Ltd.
942, Mutthiganj, Prayagraj, 211003
www.redgrabbooks.com
contact@redgrabbooks.com

Price in india : 250/- INR

First published by Redgrab Books in 2022

Printed and bound in India
Cover Design & Typesetting by Redgrab Books team

ISBN : 978-93-90944-54-5

समर्पित

मेरे पिता स्वर्गीय धीरज कुमार श्रीवास्तव

अनुक्रम

आगे बढ़कर सफलता को चूमें

अपनी उत्पादकता बढ़ाकर उम्मीद से अधिक सफलता कैसे प्राप्त करें।

इस किताब को चुनने के लिए मैं आपका दिल से आभार व्यक्त करता हूँ। मुझे पूरा यकीन है कि जीवन में कामयाबी हासिल करने के लिए आप अपनी उत्पादकता को बढ़ाना चाहते हैं। आइए मैं आपको उन नक्शे-क़दमों पर लेकर चलूँ जिस पर चलकर आप कामयाबी हासिल करने के काबिल बन पायेंगे।

दुनिया बहुत विविध और सुंदर है!! अगर आज दुनिया बहुत अद्भुत है तो इसके पीछे का मुख्य कारण हैं, हम मनुष्य। आज जो हम दुनिया देख रहे हैं उसे हमने इस मुकाम तक पहुँचाया है। अगर हम अपनी तुलना प्रारंभिक सभ्यताओं से करें तो हमें बिल्कुल साफ-साफ नज़र आयेगा कि हमने अब तक कितना कुछ हासिल किया है। हम चीज़ों को आसान और सुविधाजनक बनाने के लिए हर दिशा में बहुत तेज़ी से कामयाबी हासिल कर रहे हैं लेकिन विकास करना काफी चुनौतीपूर्ण भी है। हमें खुद को प्रतिस्पर्धा में बनाये रखने के लिए लगातार सीखना और उसे लागू करते रहना चाहिए।

जब आप गहराई से सोचेंगे, तो आपको पता चलेगा कि उत्पादकता और व्यक्तिगत विकास को कौनसी चीज़ें बढ़ाती हैं। उन चीज़ों का नाम है- नवाचार, सरलता, निवेश, अवसर और प्रतिस्पर्धा। ये सभी प्रमुख चीज़ें व्यक्तियों को सकारात्मक रूप से आगे बढ़ने के लिए और अतिरिक्त लाभ प्राप्त करने के लिए योग्य बनाती हैं। मुझे उम्मीद है कि अब आप किताब के पीछे के शीर्षक का कारण समझ गये होंगे। नवाचार, उत्पादकता का एक बहुत ही महत्वपूर्ण घटक है जो आपको सरलता, निवेश और सही अवसरों के साथ प्रतिस्पर्धा में बने रहने के लिए सशक्त बनाता है। एक बार जब आपको सही अवसर मिल जाता है, तो आगे बढ़ें और निरंतर सफलता हासिल करने के लिए इसे हाथ से जाने न दें।

आप चाहे राजनेता, उद्यमी, फ्रीलांसर, वैज्ञानिक, वकील, छात्र या जिस भी पेशे में हों, उसकी परवाह किए बिना, उसमें सुधार करना अनिवार्य है। उदाहरण के तौर पर, पेशेवर लोग जो भी काम करते हैं वे हर मूल्यांकन चक्र

में अच्छी-खासी वेतन में बढ़ोतरी होने का सपना देखते हैं। इसी तरह, कंपनियाँ भी पेशेवर लोगों को नौकरी देती है और उन्हें अपने साथ जोड़े रखती है और खुशी-खुशी कामयाब लोगों को अच्छा वेतन प्रदान करती हैं। फिर भी एक ही मूल्यांकन में आप उच्चतम और निम्नतम मूल्यांकन के बीच एक बहुत गहरा अंतर देख सकते हैं। एक ही मूल्यांकन में कुछ लोगों के वेतन में 50% (केवल एक उदाहरण) की वृद्धि हो रही है और कुछ को कुछ भी नहीं मिल रहा है और सिर्फ पीआईपी (प्रदर्शन में सुधार करने के लिए योजना) के लिए एक सिफारिश मिलती है।

अगर आप ऊपर बताये गये परिदृश्य के बारे में ध्यान से सोचेंगे तो आपको पता चलेगा कि अच्छा वेतन मिलने के पीछे या पीआईपी पत्र प्राप्त करने के पीछे अगर कोई कारण है, तो वो है उत्पादकता। कुछ लोगों के लिए यह समझना मुश्किल होता है कि वे इस मूल्यांकन या पीआईपी पत्र की श्रेणी में क्यों हैं। कम वेतन प्राप्त करने पर वे टीम, मैनेजर और कंपनी को दोष देना शुरू कर देते हैं। उनमें से बहुत कम स्थिति का विश्लेषण करते हैं और उसकी जड़ तक पहुँचते हैं। मैं ऐसे कई सारे लोगों से मिलता हूँ जो जिंदगी में आगे बढ़ना चाहते हैं। वे सभी फैंसी चीज़ों के बारे में बात करते हैं और दिखाते हैं कि उनमें कामयाबी हासिल करने का हर एक गुण है, लेकिन जब मैं कुछ महीनों या सालों के बाद उनसे मिलता हूँ, तो वे जिंदगी के उसी स्तर पर होते हैं जहाँ वो पहले थे। हर कोई कामयाबी हासिल करना चाहता है और ऐश और आराम की जिंदगी जीना चाहता है। हालाँकि वे अपने सपनों को हासिल करने के लिए दर्द या संघर्ष से गुजरने के लिए तैयार नहीं हैं। उत्पादकता के बारे में जानने के लिए आपको इसके बुनियादी सिद्धांतों को समझना होगा। मैंने उत्पादकता के सिद्धांतों पर एक पूरा अनुभाग लिखा है ताकि आप जल्द से जल्द अपनी नींव बना सकें।

यह बिल्कुल सही बात है कि हर कोई अपनी जिंदगी में कुछ न कुछ बड़ा करना चाहता है। कुछ लोग ऐसा करने का तरीका भी जानते हैं। हालाँकि ज़्यादातर लोग इस बारे में नहीं जानते हैं और इसलिए वे अपने अंतिम लक्ष्य तक नहीं पहुँच पाते। ज़्यादातर लोग अपने सपनों के प्रति वफादार भी होते हैं, लेकिन फिर भी वे अपने लक्ष्यों को हासिल करने के लिए काम की शुरुआत नहीं कर रहे हैं और न ही इसे लगातार करना जारी रख रहे हैं। उत्पादकता के

मार्ग में कई बाधाएँ आती हैं और ज़्यादातर लोग उसमें ही फँसे हुए हैं। कुछ बाधाएँ इतनी वास्तविक लगती हैं कि आप शुरुआत में उसे एक बाधा ही नहीं समझेंगे। बेहतर उत्पादकता के लिए, हमारा पहला कदम उन बाधाओं को दूर करना है और खुद को जल्द से जल्द नवाचार के मार्ग पर लाना है। इस किताब में एक पूरा अनुभाग बाधाओं और उन्हें कैसे हटाना है उन तरीकों के बारे में है। मुझे यकीन है कि उत्पादकता के मार्ग में आने वाली बाधाओं के बारे में पढ़कर आपको बहुत कुछ सीखने को मिलेगा। एक बार जब आप बाधाओं से निपट लेते हैं, तो आप विकास के मार्ग पर तेज़ी से आगे बढ़ने लगते हैं। लेकिन उत्पादकता का सफर शुरू करने से पहले आपको इंजन को सबसे बेहतरीन स्थिति में रखना होगा। यह बिल्कुल वैसा ही है जैसे फॉर्मूला वन रेस शुरू होने से पहले की तैयारी की जाती है। सही तकनीकों के साथ आगे बढ़ने से पहले हमारे पास सभी बाधाओं से निपटने के लिए एक पूरा अनुभाग है। एक योजना के साथ शुरुआत करना हमेशा बेहतर परिणाम देती है और यहाँ आप जिंदगी में कामयाबी हासिल करने की योजना बना रहे हैं, इसलिए एक मजबूत नींव के साथ शुरुआत करना बेहद ज़रूरी है।

कल्पना करें कि जब आप अपने लिए एक कार्यक्षेत्र चुनते हैं तो आप उस पर अपना कीमती समय लगाते हैं और उसमें कामयाब होने के लिए कड़ी मेहनत भी करते हैं। आखिर में आपको एहसास होता है कि यह वो नहीं है जो आप चाहते थे। मैं देखता हूँ कि लोग 50 साल की उम्र में भी प्रशिक्षण के लिए जाते हैं ताकि वे अपना कार्यक्षेत्र बदल सकें। असलियत में वे अपनी किस्मत बदलना चाहते हैं। उन्हें लगता है कि यह दूसरी फील्ड ज़्यादा आकर्षक है और इससे उनके सपने पूरे हो जायेंगे, इसलिए वे इसमें आगे बढ़ने के लिए कड़ी मेहनत करते हैं। लेकिन क्या वे इसे सही से कर रहे हैं? बिल्कुल नहीं।

अपनी दिलचस्पी और अपनी ताकत के आधार पर सही समय पर नहीं फैसला लेना बेहद महत्वपूर्ण है। न तो आपको जोश-जोश में आगे बढ़ना चाहिए और न ही किसी और की सफलता की नकल करनी चाहिए। हर इंसान एक-दूसरे से अलग है और हर एक के पास अपनी एक अलग खासियत होती है। मैंने लोगों को आँख बंद करके और अपनी ताकत को जाने बिना कामयाब लोगों की नकल करते हुए देखा है। इस किताब में, हम आपकी ताकत की पहचान करने

और उसके हिसाब से फैसला लेने पर बातचीत करेंगे। हम इस बात पर भी गौर करेंगे कि आप प्रयासों को कैसे आगे बढ़ा सकते हैं और सफलता की कहानियाँ लिख सकते हैं।

उत्पादकता पर कई सारी किताबें लिखी गयी हैं और इंटरनेट इस विषय से भरा पड़ा है, लेकिन जब भी मैं अपने आसपास देखता हूँ तो मुझे लगता है कि कुछ न कुछ तो कमी है। यह किताब साधारण लोगों के लिए लिखी गयी है जो सबसे अलग/असाधारण बनने का सपना देख रहे हैं। आप जो करते हैं वो मायने नहीं रखता, लेकिन आप वो कैसे करते हैं वो मायने रखता है। आप अटकलों को समाप्त करने और नये सिरे से शुरुआत करने और अपनी योजनाओं को निष्पादित करने के तरीकों के बारे में जानेंगे। यह किताब उन लोगों के लिए भी उतनी ही मददगार साबित होगी जिन्होंने सफलता का स्वाद चखना शुरू कर दिया है और जिन्होंने सफलता के बारे में सपने देखने शुरू कर दिए हैं। अगर कामयाबी आपके दिमाग के कोई भी कोने में मौजूद है तो यह किताब मूल्यांकन, फैसला लेने, जीवनशैली, करियर, रिश्ते और वित्त में आपकी मार्गदर्शक बनेगी। इसके अलावा, इस किताब के ज़रिए आपको जोखिम लेने, नये-नये क्षेत्रों का पता लगाने और उत्कृष्टता से भी ज़्यादा आगे जाने का आत्मविश्वास मिलेगा। यह किताब आपकी उत्पादकता को जल्द से जल्द बढ़ाने की सही तकनीकों, सुझावों और तरीकों के साथ आपकी मदद करेगी। इसके अलावा, यह कदम दर कदम आपका मार्गदर्शन करेगी।

मैं उत्पादकता पर लगभग सभी मशहूर किताबें पढ़ चुका हूँ और बेशक मैंने इनसे बहुत कुछ सीखा है। मैंने उत्पादकता को कई गुना बढ़ाने के लिए समान रूप से कुछ नये और महत्वपूर्ण पहलुओं को कवर करने की कोशिश की है। मैंने इसे बहुत ही सरल/आसन भाषा में बताने की कोशिश की है। ज़्यादातर समय तो आपको ऐसा लगेगा जैसे कि आप अपने दोस्त या सहकर्मी से बात कर रहे हैं। मैंने जीवन के सभी क्षेत्रों से पर्याप्त संख्या में स्पष्ट और सरल उदाहरणों का इस्तेमाल किया है।

इस किताब को पढ़ने वाले लोगों की सुविधा के लिए इसे चार अनुभागों में बाँटा गया है। आपके संदर्भ के लिए मैंने नीचे उन अनुभागों की एक सूची दी है-

* उत्पादकता का सिद्धांत
* उत्पादकता में आने वाली बाधाएँ
* उत्पादकता वैयक्तिकरण
* उत्पादकता को बढ़ाने की तकनीकें

हर एक अनुभाग में यह समझना महत्वपूर्ण है कि उत्पादकता क्या है और कामयाबी को हासिल करने में इसका कैसे इस्तेमाल किया जा सकता है। ज़्यादा से ज़्यादा फायदेमंद परिणाम हासिल करने के लिए मैं आपको इस किताब को पूरे ध्यान से एक ही बार में पढ़ने की सलाह देता हूँ। बेहतर होगा कि उन बातों को अंडरलाइन कर दें जो आपको महत्वपूर्ण लगती हैं। इस किताब में दिए गये सुझावों और तकनीकों के बारे में अपने दोस्तों और सहकर्मियों के साथ साझा करना न भूलिएगा।

इस किताब को एक व्यापक परिप्रेक्ष्य के साथ लिखा गया है ताकि आपके जितने भी संदेह हैं उन्हें दूर किया जा सके और कामयाबी के करीब जाया जा सके। मुझे पूरा यकीन है कि जैसे-जैसे आप इस किताब को पढ़ेंगे, आप धीरे-धीरे सशक्त महसूस करना शुरू कर देंगे। यह किताब लगभग सभी व्यवसायों पर लागू होगी। कम से कम आवश्यकता यह है कि आप में आगे बढ़ने की इच्छा होनी चाहिए।

मैं आपकी राय जानना पसंद करूँगा। इस किताब को पढ़ने के बाद कृपया मेरे साथ अपनी राय या विचारों को साझा कीजियेगा। इस किताब के आखिर में आपको मुझसे संपर्क करने की जानकारी मिल जायेगी।

प्रभात सिन्हा

दिसंबर २०२१

परिचय : आगे बढ़कर सफलता को चूमें

उत्पादकता का मतलब उन चीज़ों को करने में सक्षम हो पाना जो आप पहले कभी नहीं कर पाये थे।

-फ्रांज काफ्का

हर कोई अपने काम में सबसे बेहतरीन बनना चाहता है और अपने जीवन में कामयाबी हासिल करना चाहता है। हालाँकि बहुत ही कम लोग ऐसे होते हैं जो बहुत कड़ी मेहनत और इच्छाओं के बाद कामयाबी हासिल कर पाते हैं। अगर हम वास्तविक आँकड़ों के बारे में बात करें, तो दुनिया भर में केवल 1% लोग ही ऐसे हैं जो कामयाबी हासिल कर पाते हैं।

अब, मुद्दे की बात करते हैं। सबसे कामयाब और अन्य लोगों के बीच क्या अंतर होता है? आप जिस चीज़ का जवाब ढूँढ़ रहे हैं उसका नाम है- अत्यधिक उत्पादकता। बेहद कामयाबी हासिल करने वाले लोग अत्यधिक उत्पादक होते हैं। वे अपने आपको लंबे समय तक अत्यधिक अभिनव और उत्पादक रखने के लिए सही दृष्टिकोण, तरीके और तकनीकों के बारे में जानते हैं। कामयाब लोगों ने अत्यधिक उत्पादकता को एक आदत बना लिया है। वे जिंदगी में इसलिए सफल होते हैं क्योंकि वे उत्पादकता पर निर्भर रहते हैं, किस्मत पर नहीं। आप किस्मत के सहारे एक या दो बार कामयाबी हासिल कर सकते हैं लेकिन हर बार नहीं।

दूसरे शब्दों में बात करें तो, उत्पादकता सभी उपलब्धियों और सफल लोगों की एकमात्र निरंतर विशेषता है। फिर चाहे आप जिसके भी बारे में बात कर रहे हों- राजनेता, अभिनेता, एथलीट, उद्यमी या छात्रों, उनमें से कुछ ही निरंतर कामयाब रहे हैं। वे इसलिए कामयाब हैं क्योंकि वे उत्पादक हैं। आइए हमारे आस-पास के लोगों पर एक नज़र डालें। कोई वैज्ञानिक बनना चाहता है, कोई राजनेता बनना चाहता है, किसी का अंतरिक्ष यात्री बनने का सपना है और उद्यमी तो आजकल हर जगह मौजूद हैं। हर कोई सफल लोगों की सफलता की कहानियों को पढ़ता या देखता है, जो उन्हें आगे बढ़ने के लिए प्रोत्साहित करता है। हालाँकि बहुत कम लोग अपने रोल मॉडल द्वारा किए गये संघर्ष की गहराई तक जा पाते हैं।

आइए हम एक बहुत प्रसिद्ध उदाहरण लेते हैं- बचपन में अखबार बेचने वाला लड़का बड़ा होकर सबसे कामयाब वैज्ञानिक बना और उसने अपने देश के स्पेस प्रोग्राम को सबसे ज़्यादा विकसित देशों के प्रोग्राम्स के साथ संरेखित किया। बाद में वह अपने देश के राष्ट्रपति भी बने। बेशक, मैं बात कर रहा हूँ भारत के पूर्व राष्ट्रपति स्वर्गीय ए. पी. जे. अब्दुल कलाम के बारे में। सफलता पाने के लिए कलाम हमेशा उत्पादकता को महत्वपूर्ण घटक मानते थे। उत्पादकता हमारे विचारों और ऊर्जा को अपने सपने पूरे करने के लिए पंख देती है।

कहानी का निष्कर्ष- अगर आप पर्याप्त उत्पादक हैं, तो आप कामयाबी को अपनी हकीकत बनाने की ताकत रखते हैं। बड़ी से बड़ी सफलता की कहानियाँ उन लोगों पर लिखी जाती हैं, जिन्होंने बहुत बड़े सपने देखे और उन्हें सच कर दिखाया। उन्होंने बड़े सपने देखे। यह करना कोई मुश्किल काम नहीं था; हालाँकि इसे हासिल करना मुश्किल था। वे इसे हासिल कर पाए क्योंकि वे ज़रूरत के अनुसार उत्पादक थे।

क्या है नवाचार?

नवाचार की शुरुआत नये विचारों को बनाने के साथ शुरू होती है और यह एक ऐसे मूल्य वाले कोई भी उत्पाद या सेवा बनाने में मदद करता है जिससे दक्षता और प्रभावशीलता में सुधार हो सके। सरल शब्दों में कहा जाए तो नवाचार आपके रचनात्मक विचारों को मूल्य में बदलता है।

एमएस विंडोज ऑपरेटिंग सिस्टम का विकास, नवाचार का एक बहुत बड़ा उदाहरण है। इसने कंप्यूटिंग का पूरा नज़रिया ही बदल दिया और कंप्यूटर को उपयोगकर्ताओं के इस्तेमाल करने के लिए एकदम आसान बना दिया। नवंबर 1985 में लॉन्च होने के बाद से माइक्रोसॉफ्ट हर नये वर्जन में लगातार उपयोगी सुविधाओं के साथ नवाचार कर रहा है। माइक्रोसॉफ्ट ने पर्सनल कंप्यूटर अनुभाग में महारत हासिल की और 90 प्रतिशत से भी ज़्यादा मार्केट पर क़ब्ज़ा कर लिया। यह अभी भी 35 प्रतिशत की बाजार हिस्सेदारी के साथ मार्केट का लीडर है।

नवाचार एक ऐसी चीज़ है जो हर जगह लागू होती है, यहाँ तक कि सार्वजनिक जीवन में भी। फरवरी 2020 में, एफ सी बी इंटरफेस के साथ मिलकर, मुंबई ट्रैफिक पुलिस ने 'द पनिशिंग सिग्नल कॉन्सेप्ट' के एक अभिनव विचार पर अमल किया। मुंबई एक ऐसा शहर है जहाँ की आबादी बहुत अधिक है और यह दुनिया के सबसे अधिक ट्रैफिक वाले शहरों में से एक है। मुंबई ट्रैफिक पुलिस मुंबईकरों द्वारा सिग्नलों पर हॉर्न बजाने को नियंत्रित करने के लिए संघर्ष कर रही थी। मुंबईकरों को हॉर्न बजाने की आदत है, यहाँ तक कि लाल सिग्नल पर भी। इसकी वजह से मुंबई जैसे बड़े शहर में नॉइज़ पॉलूशन काफी हद तक बढ़ जाता है। इसे नियंत्रण में लाने के लिए विशेष रूप से शहर में हाई वॉल्यूम ट्रैफिक सिग्नल्स के साथ-साथ विशेष डेसिबल मीटर्स लगाये गये थे। अगर डेसिबल 85dB से अधिक पर पहुँच जाता है, तो सिग्नल का टाइमर फिर से रीसेट हो जाता है। उदारण के तौर पर अगर सिग्नल 90 सेकंड का है और डेसिबल 85dB से पार हो जाता है, तो आपको 90 सेकंड और इंतज़ार करना पड़ेगा। संकेत के बिलबोर्ड पर लिखा हुआ संदेश है- "और हार्न बजाओ, और अधिक देर तक इंतज़ार करो!"

नवाचार दक्षता जो जन्म देता है और परेशानियों को दूर करता है, जिसके परिणामस्वरूप उच्च उत्पादकता का निर्माण होता है। इसका मतलब है कि आपको उतने ही समय और संसाधन में बेहतर परिणाम मिलते हैं। एक बार जब आप समय और संसाधनों का अच्छे से इस्तेमाल करना शुरू कर देते हैं तो कामयाब होने की संभावना बढ़ जाती है। आपको एहसास होगा कि कामयाबी हासिल करने के लिए नवाचार और उत्पादकता एक-दूसरे से जुड़े हुए हैं। अगर आप कुछ नया करना चाहते हैं, तो आपको उत्पादक होना पड़ेगा; इसी तरह अगर आप उत्पादक बनना चाहते हैं, तो आपको अभिनव होना पड़ेगा।

उत्पादकता क्या है?

उत्पादकता किसी कार्य पर काम करने वाले व्यक्तियों की दक्षता को मापने का एक पैरामीटर है। ज़्यादातर लोगों को लगता है कि हर दिन ज़्यादा से ज़्यादा

काम करने को उत्पादकता बोलते हैं, लेकिन वो गलत हैं, उत्पादकता का मतलब है महत्वपूर्ण कामों को लगातार रूप से करना। दिन भर में आपको कई सारे कार्य करने पड़ सकते हैं, लेकिन कुछ कार्य ऐसे होते हैं जो आपके समग्र प्रदर्शन को प्रभावित करते हैं।

उत्पादकता एक बहुत व्यापक आर्थिक शब्द है और यह कई सारी चीज़ों पर लागू होता है, जैसे व्यापार उत्पादकता, राष्ट्रीय उत्पादकता, श्रम उत्पादकता आदि। उत्पादकता के बढ़ने पर आय में भी वृद्धि होती है और साथ-साथ जीवन स्तर में भी वृद्धि होती है। मौज मस्ती करना, अच्छे घर में रहना, अच्छी शिक्षा प्राप्त करना और स्वास्थ्य की देखभाल करना। उत्पादकता में छोटे-छोटे विकास से भी समय के साथ अधिक वृद्धि होती रहती है। इस किताब में मैंने व्यक्तिगत उत्पादकता पर अधिक ध्यान केंद्रित किया है।

उत्पादकता में वृद्धि करने के तत्व

उत्पादकता बढ़ाने के पाँच मुख्य तत्व हैं। आइए उन पाँचों तत्वों के बारे में विस्तार से जानें।

नवाचार- हम पहले ही इस विषय पर चर्चा कर चुके हैं; नवाचार जीवन में कामयाब होने के लिए विचारों का सफल निष्पादन है। विचार हमें नयी प्रौद्योगिकी, उत्पाद, विचार, प्रक्रियाओं और सेवाओं पर अमल करने के लिए प्रेरित करते हैं। नवाचार बढ़ने से उत्पादकता तेज़ी से बढ़ने लगती है।

सरलता- सरलता या कौशल, लोगों को बेहतरीन प्रदर्शन करने के लिए सशक्त बनाते हैं। कुशल व्यक्ति अपने-अपने क्षेत्र में विशेषज्ञ बनते हैं और अपने आपको महत्वपूर्ण कार्य के लिए तैयार करते हैं।

निवेश- कुशलतापूर्वक प्रदर्शन करने के लिए सही टूल, प्रौद्योगिकी, प्रक्रियाओं और उपकरणों का इस्तेमाल करने के लिए निवेश की आवश्यकता

होती है। निवेश से विकास बहुत तेज़ी से होता है क्योंकि इसमें वो सारी चीज़ें हैं जिससे बेहतर आरओआई मिलता है।

अवसर- सही अवसरों/मौकों को हाथ से न जाने देना ही उत्पादकता में वृद्धि होने का मुख्य कारण है। हर अच्छे या बुरे बदलाव में कोई न कोई अवसर ज़रूर होता है; विचार पाने के लिए आपको उन अवसरों को पहचानना होगा।

प्रतियोगिता- प्रतियोगिता नवाचार को पुरस्कृत करके उत्पादकता में वृद्धि करती है। आपको समझदारी से उपलब्ध संसाधनों का इस्तेमाल करना होगा। इस तरह से यह प्रतियोगिता नये ट्रेंड्स को भी अपनाती है या हार जाती है। आप इस बात का इंतज़ार नहीं कर सकते हैं कि कब प्रतियोगिता आपको पछाड़ देगी, इसके बजाय प्रतियोगिता से हमेशा 2 कदम आगे रहने के लिए आपको लगातार नवाचार करते रहना चाहिए।

जैसे-जैसे आप आगे इस किताब को पढ़ेंगे आपको धीरे-धीरे सभी तत्वों के बारे में समझ में आने लगेगा।

क्यों उत्पादकता बेहद ज़रूरी है-

अगर जिंदगी में आपको कुछ बड़ा करके दिखाना है, तो आपको अपने आपको बाकियों से अलग करना होगा। खुद को बाकियों से अलग करने के लिए आपको लगातार और कड़ी मेहनत करते रहना होगा। कुशलतापूर्वक और अच्छे से काम करने के लिए आपको उत्पादक बनना ही होगा। उत्पादकता नियमों, गतिविधियों, आदतों या आप इसे जो कुछ भी कह लें उसका एक समूह है। लेकिन अपने आपको दूसरों से अलग करने के लिए आपको उत्पादक बनना ही होगा।

असली चुनौती तब शुरू होती है जब आप एक बार सफलता का स्वाद चख लेते हैं। सही दिशा में आगे बढ़ते रहने के लिए आपको नवाचार के साथ-साथ निरंतरता बनाये रखनी चाहिए। उत्पादकता के बिना आप निरंतरता की कल्पना

भी नहीं कर सकते हैं। हम कई सफल लोगों को तेज़ी से सफलता प्राप्त करने के बाद ठोकरें खाते हुए देखते हैं। वे निरंतरता बनाये रखने में सक्षम नहीं हैं। उत्पादकता और स्थिरता दोनों ही बहुत मुश्किल हैं और इसे जारी रखने के लिए बहुत दृढ़ संकल्प की आवश्यकता होती है।

हमने ऐसे कई हॉलीवुड के सितारों और एथलीटों को देखा है, जिन्होंने शुरुआती दिनों में ही कामयाबी का स्वाद चख लिया था, लेकिन वे इसे लंबे समय तक थामे नहीं रख सके। वे अपने स्टारडम को बरकरार नहीं रख सके क्योंकि इसे बनाये रखने के लिए उनमें उपयुक्त उत्पादकता नहीं थी।

उत्पादकता की प्रमुख अवधारणाएँ और मिथक

इंटरनेट पर उत्पादकता के बारे में पहले से ही बहुत कुछ लिखा गया है। इस विषय को लेके हर एक लेखक और विशेषज्ञ की एक अलग राय होती है। आइए हम उत्पादकता की प्रमुख अवधारणाओं, अवयवों और मिथकों पर चर्चा करें।

प्रभावी ढंग से समय का इस्तेमाल करना ही मुख्य चाबी है।

चलिए उत्पादकता के सबसे आवश्यक तत्व, यानि कि समय प्रबंधन के साथ शुरुआत करें। समय एक निरंतर चीज़ है और यह चलता ही रहेगा भले ही हम कुछ करें या नहीं। समय, अमेरिका के प्रेसिडेंट, फॉर्च्यून 500 कंपनी के सीईओ और एक औसत व्यक्ति के लिए भी समान ही रहेगा। एक मिनट में 60 सेकंड, एक घण्टे में 60 मिनट और सप्ताह में 168 घण्टे ही मिलेंगे। इसके अलावा समय पर हमारा कोई नियंत्रण नहीं है। हम न तो इसे रोक सकते हैं और न ही अपने हिसाब से इसकी गति बदल सकते हैं। यह इंगित करता है कि हमें समय के साथ-साथ अपने आपको प्रबंधित करना होगा। कामयाबी हासिल करने के लिए सही ढंग से समय का इस्तेमाल करने आना बहुत ज़रूरी है। जो सही ढंग से समय का इस्तेमाल कर सकता है वह एक स्पष्ट विजेता है। जो समय का

ठीक से इस्तेमाल नहीं कर पता है वह स्पष्ट रूप से हारा हुआ है।

अब हम एक बहुत ही महत्वपूर्ण सवाल पर आ रहे हैं, जो है- कामयाब लोग कैसे अपने पक्ष में समय का इस्तेमाल कर रहे हैं? इसका जवाब है: यह एक वास्तविक कला है। कामयाब लोग सही तरीकों, दृष्टिकोण, व्यवहार और योजना बनाते हैं ताकि वे सही ढंग से समय का ज़्यादा से ज़्यादा फ़ायदा उठा सकें। हमारी दिनचर्या, हमारे काम और गतिविधियों को हमारे लक्ष्यों के साथ संरेखित होना चाहिए।

इस किताब में आने वाले अध्यायों में हम समय का सही ढंग से इस्तेमाल करने के लिए कुछ महत्वपूर्ण उपकरण और तकनीकों पर चर्चा करेंगे। इससे आपको अपने समय को बहुत प्रभावी ढंग से इस्तेमाल करने और बेहद उत्पादक बनने में मदद मिलेगी।

समय को निवेश करने की शक्ति

मैं कुछ ऐसे युवाओं से मिला हूँ जिनका सपना राजनेता बनने का है। वे जानना चाहते थे कि वे कैसे जल्द से जल्द कामयाबी हासिल करके विधायक बन सकते हैं। वे सब बहुत ही पढ़े-लिखे और समझदार थे। वे आमतौर पर राजनीतिक गतिविधियों पर 10-14 घण्टे बिताते थे। जब मैंने उनकी योजना के बारे में पूछा तो उनके पास इसका कोई जवाब नहीं था। उन्होंने बस कहा कि हम शुरुआती दौर में हैं और बस इसमें अपना समय बिता रहे हैं। मैंने पूछा कि क्यों न आप अपना समय निवेश करें? उन्होंने कहा कि समय बिताना और समय निवेश करना एक ही बात है, है ना? मैंने सिर हिलाया। मैंने पूछा, क्या आपने कभी कहीं पर भी पैसों को निवेश किया है? कुछ युवा राजनेताओं ने जवाब दिया, हाँ। मैंने आगे पूछा, क्या हम यह नहीं कह सकते कि आपने अपने पैसों को खर्च कर दिया? उन्होंने सिर हिलाया, हमने निवेश किया है इसका मतलब है कि हमें अपने निवेश पर कुछ लाभ मिलेगा। मैं मुस्कुराया, मुझे उम्मीद है कि अब आप मेरी बात का मतलब समझ गये होंगे? उन सभी ने स्वीकृति में अपना सिर हिलाया!

जैसा कि हमने पीछे कुछ पेजों में चर्चा की थी कि समय कम है, समय सीमित है और समय का इस्तेमाल करना आसान है। इसलिए हम जो कुछ भी करते हैं वह हमारे समय के लिए पर्याप्त योग्य होना चाहिए क्योंकि हम अपनी सबसे बहुमूल्य चीज का निवेश कर रहे हैं, जो कि समय है। समय कभी वापस नहीं आयेगा, लेकिन इसके निवेश के लाभ हमें मिलते रहेंगे।

मुझे उम्मीद है कि आप समझ पा रहे हैं जो मैं बताने की कोशिश कर रहा हूँ। चलिए मैं आपको दूसरे तरीके से समझाता हूँ। हम अक्सर शेयर बाजार, कमोडिटी, फॉरेक्स, फिक्स्ड डिपॉजिट और म्यूचुअल फंड्स में अपने पैसों को निवेश करते हैं। हम अपनी तरफ से किए गये मौद्रिक निवेश पर भी नजर रखते हैं। हम बहुत मेहनत से पैसे कमाते हैं। बिल्कुल इसी तरह, क्या हम अपने समय के निवेश के बारे में भी सोच सकते हैं? हम जो भी अच्छा या बुरा कर रहे हैं, उसमें हमारा समय जा रहा है। तो क्यों न हम इसे पर्याप्त रूप से निवेश करने के बारे में सोचें। यह हमें उत्पादक रूप से काम करने के लिए केंद्रित और प्रेरित रखेगा।

हम कई लोगों को समय को टालते हुए और फर्जी योजना बनाते हुए देखते हैं। उन्हें समय के निवेश के बारे में भी सोचना चाहिए। वे टाल-मटोल पर जो समय खर्च कर रहे हैं, वो वही समय है जो वे बिना किसी आरओआई के बर्बाद कर रहे हैं। क्या वे शून्य आरओआई के साथ खुश हैं? अगर नहीं, तो उन्हें अपने समय का फायदा उठाकर कुछ सार्थक काम करना चाहिए।

व्यावहारिक अनुभव हमेशा बेहतर होता है।

कुछ साल पहले, मेरी कंपनी परियोजना प्रबंधकों को काम पर रख रही थी। मैं सही उम्मीदवार को स्क्रीन करने और शॉर्टलिस्ट करने के लिए पैनलिस्ट में से एक था। मैं उम्मीदवारों की प्रोफाइल देख रहा था। अचानक मैंने प्रोजेक्ट मैनेजमेंट में पीएचडी की डिग्री वाले एक उम्मीदवार को देखा। उसका अकादमिक रिकॉर्ड कमाल का था, लेकिन उसका करियर बहुत ही महत्वहीन था। मैं उसके साथ इस बारे में चर्चा करने के लिए उत्सुक था। मैंने रिक्रूटर को

उसके साथ मीटिंग सेट करने के लिए कहा। अच्छे से मिलने के बाद मैंने काम से जुड़े हुए सवाल पूछने शुरू कर दिए। मुझे बहुत आश्चर्य हुआ कि उम्मीदवार सबसे सरल सवालों का भी जवाब नहीं दे पा रहा था। कुछ समय बाद उसे अजीब महसूस होने लगा क्योंकि सवाल उसकी जानकारी से बाहर थे। मुझे अब तक साफ-साफ पता चल चुका था कि उसे इस क्षेत्र में कोई अनुभव नहीं है। चर्चा समाप्त करने से पहले उसने एक सवाल पूछा- मैं कॉर्पोरेट मानकों को पूरा करने के लिए गहराई से ज्ञान कैसे प्राप्त कर सकता हूँ? मैंने उसे बिल्कुल सीधा जवाब दिया, गहरी समझ हासिल करने के लिए जो कुछ भी आपने अब तक सीखा है उसे लागू करना शुरू करें।

ज्ञान होना एक शक्ति ज़रूर है, लेकिन ज्ञान पर अमल करना एक वास्तविक शक्ति है!!

हम में से ज़्यादातर लोग मूल्यवान चीज़ों के बारे में जानते हैं। उदाहरण के तौर पर- समझदार लोग योगा, मेडिटेशन और इसके फायदों के बारे में जानते हैं, लेकिन जिसको भी योगा के बारे में पता है क्या वो योगा कर रहा है? इसका जवाब है- "नहीं"। इसी तरह, हम कई अच्छी चीज़ों और उनके लाभों के बारे में सीखते हैं, लेकिन क्या हम उन पर अमल कर रहे हैं या हम उन्हें लगातार कर रहे हैं? अपने विचार को सबसे नवीन होने दें; अगर आप इस पर अमल नहीं करते हैं तो यह कभी सफल नहीं होगा। हम अपने मन में या कागज पर विचारों के साथ कामयाबी हासिल नहीं कर सकते हैं। कामयाबी हासिल करने के लिए धरातल पर आना होगा। इसी तरह, एक औसत दर्जे का विचार ज़रूर कामयाब होगा अगर उस पर अच्छे से अमल किया जाता है तो।

अपने करियर के शुरुआती दिनों में मैंने स्टार्टअप के अपने एस ए ए एस आधारित उत्पाद के लिए काम किया था। वे औसत से बेहतर प्रदर्शन कर रहे थे। वे समय-समय के साथ-साथ तेज़ी से बढ़ना चाहते थे लेकिन अंतरराष्ट्रीय बाजार में अपने उत्पाद को प्रमोट करने के लिए आवश्यक पैसे खर्च करने से डरते थे। हर बार हम आक्रामक विकास पर चर्चा करते थे, लेकिन जानबूझकर मार्केट के

खर्च पर चर्चा नहीं होती थी। एक दिन मैंने टॉप रिव्यु वेबसाइट को देखा और उसी श्रेणी में सबसे ज़्यादा रेट किए गये एस ए ए एस ऐप्लीकेशन्स का विश्लेषण किया। मैंने देखा कि हमारा उत्पाद प्रतियोगियों से इतना भी कमतर नहीं था। मैंने रिव्यु साइट के शीर्ष स्थानों में से एक तक पहुँचने के लिए एक विस्तृत योजना बनाया। अगली सुबह मैंने रिव्यु वेबसाइट के संपादक को एक पत्र लिखा। उसमें मैंने अपने एप्लीकेशन के बारे में सकारात्मक बातों का ज़िक्र किया था। बार-बार फॉलो-अप करने के बाद आखिरकार वो मुझसे मिलने के लिए तैयार हो गया। हमने लगभग 30 मिनट तक अच्छी चर्चा की। संपादक ने मुझसे एक सवाल पूछा- मैं आपको सबसे शीर्ष स्थान क्यों दूँ? मेरा जवाब था- मेरे प्रतिस्पर्धियों के पास भले ही मेरी ऐप्लीकेशन से बेहतर UI/UX हो सकता है, लेकिन हमारी ऐप्लीकेशन वास्तविक निष्पादन में लोगों की मदद करेगी। अगले दिन मुझे संपादक से एक ई-मेल प्राप्त हुआ जिसमें लिखा था कि हमारी ऐप्लीकेशन को तीसरा स्थान मिला है। ई-मेल में लिखा था- जैसा कि हमारे बीच बातचीत हुई थी, हमें काम के निष्पादन के रूप में आपकी ऐप्लीकेशन अच्छी लगी। इस एक सफलता के बाद हमें कई निर्देशिका पर मुफ्त में लिस्टिंग मिलना शुरू हो गयी थी।

ज्ञान पर कैसे अमल करना है यह उसका एक वास्तविक उदाहरण है। मुझे केवल अपने सेगमेंट में एक मशहूर कंपनी बनने की स्वतंत्रता थी, लेकिन मैंने इसे आज़माने का फैसला किया और इस प्रक्रिया में मैंने वास्तविक सफलता का स्वाद चखा।

अपने उत्पादक घण्टों की पहचान करें

हर व्यक्ति केवल व्यक्तिगत और मानसिक क्षमताओं में ही अलग नहीं होता; बल्कि हर व्यक्ति के दिन में अलग-अलग उत्पादक घण्टे भी होते हैं। उत्पादकता को हासिल करना इतना भी आसान नहीं है कि सिर्फ प्लग लगाया और बटन चालू कर दिया। इसके लिए गहन ध्यान और एक ऐसी जगह चाहिए जहाँ कोई भी चीज़ आपका ध्यान न भटका सके। यद्यपि आप अपने दिन

से सामान्य और कम उत्पादक समय को नहीं निकाल सकते हैं, आप अपने उत्पादक घण्टों की पहचान कर सकते हैं ताकि आप उस समय का ज़्यादा से ज़्यादा फायदा उठा सकें। एक बार जब आप अपने उत्पादक घण्टों की पहचान कर लेते हैं, तो आप अपने चुनौतीपूर्ण और महत्वपूर्ण कार्यों को तदनुसार एक शेड्यूल बना सकते हैं।

दिन के सबसे ज़्यादा उत्पादक घण्टों को "अल्ट्राडियन साइकिल" कहा जाता है। अल्ट्राडियन साइकिल की शुरुआत में आपका दिमाग सबसे ज़्यादा ऊर्जावान और केंद्रित होता है। समय के साथ-साथ आपकी ऊर्जा कम होती जाती है। हर एक अल्ट्राडियन साइकिल के आखिर में आपकी ऊर्जा कम हो जाती है और आपके दिमाग को आराम की आवश्यकता होती है। इसलिए बेहतर उत्पादकता प्राप्त करने के लिए यह जानना बेहद ज़रूरी है कि आपका अल्ट्राडियन साइकिल कब होती है। चलिए आपके अल्ट्राडियन साइकिल की पहचान करें।

अपने उत्पादकता पैटर्न के बारे में पता लगायें- अपने उत्पादकता घण्टों पर जानकारी इकट्ठा करने की कोशिश करें। आप 1-5 के पैमाने पर या अपनी सुविधा के अनुसार अन्य तरीकों के ज़रिए अपनी प्रति घण्टा उत्पादकता को माप सकते हैं। डेटा इकट्ठा करने के कुछ हफ्तों के बाद, आपको अपनी ऊर्जा, उत्साह, ध्यान, और उत्पादकता पर एक पैटर्न मिल जायेगी।

अपनी उत्पादकता पैटर्न के अनुसार काम करें- आपके पास अब अपनी उत्पादकता की एक पैटर्न है। अब आपको पैटर्न सत्यापित करने के लिए तदनुसार अपने काम की योजना बनानी चाहिए। मान लीजिए कि आपकी अल्ट्राडियन साइकिल सुबह 9:00 बजे से शुरू होती है, तो 10:30 बजे तक यानि कि 90 मिनट के लिए अपने सबसे महत्वपूर्ण काम की योजना बनायें। इस समय का ज़्यादा से ज़्यादा फायदा उठाने के लिए ऐसा कुछ करें जहाँ आपका ध्यान बिल्कुल भी न भटके। आपने जो योजना बनायी थी उसका पालन करने के बाद, आपको पता चल जायेगा कि आपने जो पैटर्न बनायी है वो सही है या नहीं। अगर नहीं, तो फिर से पहला कदम दोहराएँ।

सबसे ज़्यादा उत्पादकता घण्टों के लिए तैयार करें- आपको हमेशा उस

समय का ज़्यादा से ज़्यादा फायदा उठाना चाहिए जब आपकी उत्पादकता सबसे ज़्यादा होती है। अपनी अल्ट्राडियन साइकिल के लिए अपनी कार्यसूची में कुछ कठिन कार्य रखें। आपके कठिन कार्य रचनात्मक, रणनीतिक, तार्किक, पहेली आदि हो सकते हैं।

हालाँकि हमने अपने दिन के उत्पादक घण्टों को पहचानने पर चर्चा की थी, लेकिन एक ऐसा समय ढूँढ़ना बहुत मुश्किल है जहाँ आपका ध्यान बिल्कुल भी न भटके, ये कुछ चीज़ें हैं जो आपका ध्यान भटका सकती हैं- सहकर्मियाँ, फोन कॉल, ई-मेल। आपको शायद ही कभी अपनी योजना के अनुसार काम करने का समय मिलता है, इसलिए अपने उत्पादक घण्टों की पहचान करने से आपके दिन को प्रभावी ढंग से व्यवस्थित करने में मदद मिलती है।

उत्पादकता के लिए अच्छी नींद लेना आवश्यक है

परीक्षाओं के दौरान रात-रात भर जागना लगभग विद्यार्थियों के लिए एक आम बात है। परीक्षाओं के दौरान लगभग 95% विद्यार्थी ज़्यादा पढ़ाई करते हैं। ज़्यादातर समय वे दिन में 3 घण्टे से ज्यादा सो नहीं पाते हैं। मैं इस विषय पर एक बोर्ड टॉपर से बात कर रहा था। उसने साफ-साफ कहा था कि मैंने परीक्षा के दौरान अच्छे से नींद ली थी और यही मेरी सफलता की चाबी है। उसने इस बात का भी ज़िक्र किया कि कुछ लोगों को परीक्षा का डर होता है और वे परीक्षाओं के दौरान सो नहीं पाते हैं। वे बेशक समझदार हैं, लेकिन वे अच्छी नींद नहीं ले पाते हैं, जो उनके दिमाग को अच्छे से काम करने के लिए आवश्यक है।

हालिया शोध और अध्ययनों से पता चला है कि वैश्विक औसत सोने के समय में काफी कमी आयी है। ऑस्ट्रेलिया और न्यूजीलैंड के बाद ब्रिटेन के लोगों की औसत नींद के 7.16 घण्टों के साथ चार्ट के सबसे शीर्ष पर है। प्रति दिन 6.55 सोने के घटों के साथ भारत चार्ट में दूसरे नंबर पर है। अच्छा स्वास्थ्य बनाये रखने के लिए ढंग से सोना बेहद ज़रूरी है। जब हम सोते हैं तो हमारा शरीर कई आवश्यक कार्य करता है। अच्छा नींद लेने से हमें हमारे दिमाग और स्मृति को ताज़ा करने में मदद मिलती है। नींद के दौरान, तरल पदार्थ से भरे ग्लाइम्फेटिक

सिस्टम दिमाग में अवांछित विषाक्त पदार्थों को निकालता है और अगले दिन सक्रिय रूप से काम करने के लिए इसे ताज़ा करता है। जब हम सो रहे होते हैं, तो हमारा दिमाग न्यूरॉन्स के बीच नये रास्ता बनाता है, जबकि हम सोते हैं; यह हमें दिन के दौरान नयी इकट्ठा की गयी जानकारी को याद रखने में मदद करता है। अगर आपकी नींद पूरी नहीं होती है तो आपका दिमाग सही से काम नहीं कर पाता है क्योंकि उसे विषाक्त पदार्थों को हटाने और न्यूरॉन्स के बीच रास्ते बनाने के लिए पर्याप्त नींद नहीं मिली है। हम भी एक नींद से वंचित रात के बाद भरा हुआ और अजीब महसूस करते हैं।

नींद की कमी हमेशा हानिकारक होती है और कई शारीरिक और मनोवैज्ञानिक विकारों को जन्म देती है। इससे हमारी प्रतिरक्षा प्रणाली पर भी असर पड़ता है। यह हमारे पाचन तंत्र को बाधित करता है, जिसके परिणामस्वरूप यकृत कार्य कम हो जाता है। नींद की कमी के कारण कम उम्र में मधुमेह, थायराइड, हृदय रोग और कई अन्य बीमारियाँ भी होती हैं। एक शीर्ष कंपनी के 42 वर्षीय भारतीय सीईओ की कुछ साल पहले हृदयगति रुकने के कारण मौत हो गयी थी। वह फिटनेस के बहुत शौकीन थे और अपनी मौत से कुछ महीने पहले ही चेन्नई मैराथन दौड़े थे। कम उम्र में ही उनकी मौत का मुख्य कारण नींद की कमी थी। वह दिन में 4 घण्टे सोते थे, जो उनके शरीर के लिए पर्याप्त नहीं था।

हम आसानी से समझ सकते हैं कि हमारी उत्पादकता के लिए अच्छे से नींद लेना कितना ज़रूरी है। अच्छे से नींद लेने के लिए यहाँ कुछ सुझाव दिए गये हैं:

- एक दिन में कम से कम 7 घण्टे सोएँ।
- कंप्यूटर, लैपटॉप, मोबाइल, टीवी स्क्रीन पर कम समय बितायें।
- सोने के लिए एक निश्चित समय निर्धारित करें
- सोने से कम से कम 2 घण्टे पहले अपना डिनर करें
- दिन के दौरान झपकी लेने से बचें। इससे आपको जल्दी सोने में मदद मिलेगी।
- अपने तनाव और चिंता के स्तर को कम रखने की कोशिश करें।

अपने मूड और स्वास्थ्य को नियंत्रित करें

हम इंसान हैं और हर बार हमारा मूड और सेहत एक जैसा नहीं रह सकता है। ऐसे कई तत्व हैं जो हमारी आत्मा को नियंत्रित करते हैं, जैसे कि भावनात्मक, सामाजिक, बाहरी, पारिवारिक, संबंध कारक। किसी विशिष्ट कार्यों और चीज़ों को पूरा करने से भी हमारा ध्यान कम या बढ़ता है। लेकिन खुद को अत्यधिक उत्पादक बनाये रखने के लिए हमें अपने मूड और स्वास्थ्य को जितना हो सके उतना सही रखना चाहिए।

आमतौर पर हर व्यक्ति की अपनी महत्वाकांक्षाएँ, लक्ष्य और योजनाएँ होती हैं, लेकिन बहुत कम लोग ऐसे होते हैं जो अपने सपनों को हासिल कर पाते हैं। इसका मतलब है कि हम में से ज्यादातर उचित नियंत्रण में है, कुछ-कुछ चीज़ें अच्छी तरह से हो रही हैं लेकिन कुछ ऐसी चीज़ें भी हैं जो हमारे बस में नहीं हैं। अब यह हम पर निर्भर करता है कि हमारे पास जो कुछ भी है उसे पाकर खुश होएँ या जो नहीं है उसके बारे में सोचकर रोएँ। अपने मूड को पॉजिटिव रखना बेहद ज़रूरी है। यह हमें तनाव या चिंता को दूर रखने में मदद करता है। हम ऐसे कई सारे लोगों से मिलते हैं जो समृद्ध, कामयाब और अत्यधिक प्रभावशाली हैं लेकिन खुश नहीं हैं। खुशी एक मानसिकता है और पैसों से इसे खरीदा नहीं जा सकता है।

आपका मन आपके शरीर को बदल सकता है, लेकिन आपका शरीर भी आपके मन को बदल सकता है। कभी-कभी हमारे शरीर का पोस्चर भी हमारे मूड और उत्पादकता के स्तर को निर्धारित करता है। इसलिए बेहतर होगा कि आप सकारात्मक मुद्रा में ही रहें। अध्ययनों से पता चलता है कि 2 मिनट की उच्च शक्ति मुद्रा हमारी उत्पादकता में काफी हद तक बढ़ा सकती है। इसी तरह, सिर नीचे रखने से और झुके हुए शरीर के साथ काम करने से हमारी उत्पादकता और तनाव बढ़ सकता है। उत्पादकता बढ़ाने के लिए अपने सिर को ऊँचा रखना चाहिए और शरीर को हाई-पावर पोज़ में रखना चाहिए।

शरीर में पानी की कमी हो जाने से भी हमारे शारीरिक और मानसिक स्वास्थ्य पर असर पड़ता है। जब हमारा शरीर हाइड्रेटेड होता है तो हमारा दिमाग

अत्यधिक उत्पादक रूप से काम करता है। यहाँ तक कि 1% पानी की कमी होने से भी हमारी उत्पादकता पर असर पड़ता है। इसलिए आपसे जितना हो सके उतना पानी पिएँ। यह हमें शरीर से अपशिष्ट और हानिकारक चीज़ों को हटाने और इसे सही आकार में रखने में मदद करता है।

आपने ये मशहूर कहावत ज़रूर सुनी होगी, स्वास्थ्य ही असली दौलत है। हाँ, यह पूरी तरह से सच है; आप अच्छे स्वास्थ्य के बिना उत्पादक बनने की कल्पना नहीं कर सकते हैं। यहाँ तक कि मामूली समस्याओं के कारण भी उत्पादकता में बहुत बड़ी समस्या आ सकती है।

उत्पादकता सिद्धांत

सफलता लगभग पूरी तरह से प्रयास और दृढ़ता पर निर्भर करती है। एक और प्रयास करने के लिए या एक और तरीका आजमाने के लिए अतिरिक्त ऊर्जा ही जीतने का रहस्य है।

-डेनिस वैटले

जैसा कि हम सब जानते हैं कि सिद्धांत मौलिक होते हैं जो एक प्रणाली के रूप में नींव का निर्माण करते हैं, इसी तरह उत्पादकता के भी अपने सिद्धांत होते हैं। नवाचार में गहराई से जाने के लिए और सही अवसरों को चुनने के लिए उत्पादकता के सभी सिद्धांतों के बारे में जानना बेहद महत्वपूर्ण है।

जिंदगी में सबसे कामयाब लोगों को भी नाकामयाबी का सामना करना पड़ा है और विफलता ने उन्हें आगे बढ़ने के लिए प्रेरित किया ताकि वो देख सकें कि उनसे क्या गलती हुई थी। दिग्गज अमेरिकी एनिमेटर और कार्टूनिस्ट वॉल्ट डिज़्नी को अमेरिकी एनिमेशन इंडस्ट्री के अग्रणी के रूप में जाना जाता है। एक फिल्म निर्माता के रूप में, डिज़्नी एक व्यक्ति द्वारा जीते गये अधिकांश अकादमी पुरस्कारों का रिकॉर्ड रखते हैं। लेकिन डिज़्नी ने भी अपने करियर के शुरुआती दिनों में कई उतार-चढ़ाव का सामना किया था। अक्टूबर 1919 में, डिज़्नी ने पेसमेन-रूबीन कमर्शियल आर्ट स्टूडियो नाम के एक स्टूडियो में एक नौसिखिये कलाकार के रूप में काम करना शुरू किया था। वहाँ डिज़्नी अपने साथी कलाकार यूबी इवरक्स से मिले, जो बाद में जाकर उनके व्यवसाय पार्टनर बने थे। डिज़्नी और इवरक्स को जनवरी 1920 में नौकरी से निकाल दिया गया था। साल के आखिर में डिज़्नी ने फ्रेड हरमन नाम के एक सहकर्मी के साथ अपना नया व्यवसाय शुरू किया। डिज़्नी के मुख्य ग्राहक लोकल न्यूमैन थियेटर थे, जो डिज़्नी और उनके सहकार्यकर्ता द्वारा बनाये गये कार्टून्स को बेचते थे, जिसे "Newman's Laugh-O Grams" कहा जाता था और अंततः वो सफल रहा।

"Newman's Laugh-O Grams" की सफलता से प्रेरित होकर डिज़्नी ने मई 1921 में "Laugh-O Grams" स्टूडियो की स्थापना की और

इवर्क्स सहित कई एनिमेटर्स को काम पर रखा। बदकिस्मती से, "Laugh-O Grams" कार्टून्स से होने वाली कमाई में गिरावट आने लगी थी और व्यवसाय को चालू रखने के लिए उनके पास पर्याप्त पैसे नहीं थे, इसलिए डिज़्नी ने ऐलिस वंडरलैंड का निर्माण करना शुरू किया; उन्होंने वर्जीनिया डेविस को टाइटल रोल में कास्ट किया। डेढ़ मिनट की वन रील फिल्म ने उम्मीद से ज्यादा समय ले लिया और 1923 में वे Laugh-O Grams स्टूडियो को दिवालिया होने से नहीं बचा सके।

जब डिज़्नी ऐलिस वंडरलैंड को बेचने के लिए संघर्ष कर रहे थे, उसी दौरान वह जुलाई 1923 में हॉलीवुड चले गये। डिज़्नी ने न्यूयॉर्क स्थित फिल्म वितरक मार्ग्रेट जे. विंकलर से मुलाकात की, जो अपनी दो चल रही सीरीज के अधिकारों को खोने वाली थीं और उन्हें तुरंत एक नयी सीरीज की ज़रूरत थी। डिज़्नी और मार्ग्रेट ने अक्टूबर 1932 में छः ऐलिस कॉमेडीज़ के लिए एक कॉन्ट्रैक्ट पर हस्ताक्षर किए, दो सीरीज में प्रत्येक छः एपिसोड्स के एक विकल्प के साथ। डिज़्नी ने अपने भाई रॉय के साथ मिलकर डिज़्नी ब्रदर्स स्टूडियो की स्थापना की, जो अंततः वॉल्ट डिज़्नी कंपनी के नाम से मशहूर हुई।

जैसा कि हमने वॉल्ट डिज़्नी की कहानी से सीखा कि नाकामयाबी से हमेशा महत्वपूर्ण सबक और अनुभव मिलता है जो सफलता के लिए नींव का निर्माण करता है। उत्पादकता सिद्धांत नवाचार के लिए सही दृष्टिकोण और प्रक्रियाओं के साथ हमारी मदद करते हैं।

मैंने नीचे दिए गये आठ उत्पादकता सिद्धांतों की पहचान की है-

उत्पादकता के सिद्धांत

1. केंद्रित दृष्टिकोण
2. आत्म अनुशासन और इच्छा शक्ति
3. अपने आपको व्यवस्थित करें
4. सकारात्मक मानसिकता
5. निर्णयों को मान्य करें
6. जवाबदेही तय करें

7. अपनी सीमाएँ निर्धारित करें
8. वाद-विवाद से बचें

आइए, निम्नलिखित अध्यायों में एक-एक करके सभी उत्पादकता सिद्धांतों पर चर्चा करें।

उत्पादकता के सिद्धांत- केंद्रित दृष्टिकोण

मैं हर रात को जो भी करता हूँ उस पर मुझे गर्व है। मुझे अपने काम की नैतिकता पर और मैं अपने आपको कैसे विकसित करता हूँ उस पर गर्व है। मैं अपने दृष्टिकोण में परिपक्व होना चाहता हूँ लेकिन केंद्रित और अनुशासित होना चाहता हूँ।

-मैल्कम ब्रोगडॉन

आप नियमित रूप से ज़रूरी कार्य को पूरा करते हैं। कभी-कभी आप उत्पादक होते हैं और अच्छे से समय पर महत्वपूर्ण कार्यों को पूरा कर देते हैं, लेकिन कभी-कभी आपका ध्यान भटका हुआ होता है और आप विचलित महसूस करते हैं। जब आप पूरे ध्यान से कार्य कर रहे होते हैं तो चीज़ें ठीक तरह से काम करती हैं। लेकिन एक बार जब आप अपनी गति से मैच नहीं कर पाते हैं तो आप चिंतित महसूस करते हैं। इन सभी का कारण एक ही है 'ध्यान केंद्रित करना' जो आपके प्रदर्शन में भारी बदलाव लाता है। ध्यान आपको स्पष्ट रूप से सोचने, सही फैसला लेने, समस्याओं को सुलझाने और चीज़ों को याद रखने में सक्षम बनाता है। ध्यान एक महत्वपूर्ण कार्य पर रहने और उसे अच्छे से पूरा करने के लिए बेहद ज़रूरी है।

जब कोई किसी कार्य या लक्ष्य पर अत्यंत ध्यान देता है तो वह उस पर ध्यान केंद्रित करता/करती है। एक बार जब आप ध्यान केंद्रित कर लेते हैं, तो आपका पूरा ध्यान केवल काम करने पर ही होता है; बाकी सब कम महत्वपूर्ण हो जाता है। ध्यान केंद्रित दृष्टिकोण आपको एक लंबी अवधि तक अत्यधिक उत्पादक बनाये रखने के लिए महत्वपूर्ण कार्यों पर आपका ध्यान बरकरार रखता है।

आप चाहे जिस भी पेशे में हों, अगर आप अपने कार्यों पर अच्छे से ध्यान केंद्रित कर पाते हैं, तो आप सबसे अलग होंगे। अगर आप एक विद्यार्थी हैं तो आप अच्छे से ध्यान केंद्रित करके टॉपर बन जायेंगे। अगर आप एक खिलाड़ी हैं, तो आप जल्द ही मशहूर टीमों के लिए खेलेंगे। अगर आप एक उद्यमी हैं तो आपको अपनी कंपनी के लिए सही मूल्यांकन मिलेगा। अगर आप एक

वैज्ञानिक हैं, तो आप जल्द ही अपना शोध पूरा कर लेंगे और कुछ बहुत बड़ा आविष्कार करेंगे।

कालिदास, महानतम भारतीय कवियों और नाटककारों में से एक, अपनी जिंदगी के प्रारंभिक दौर में ज़्यादा समझदार इंसान नहीं थे। प्रसिद्ध कहानियों के अनुसार, एक विद्वान राजकुमारी थी जो एक समझदार व्यक्ति से शादी करना चाहती थी। राजा के सहयोगियों ने सभी प्रमुख बुद्धिजीवियों को चुना, लेकिन विद्वानों की चर्चा के बाद सभी को अस्वीकार कर दिया गया। राजा के सहयोगियों ने राजकुमारी की शादी एक मूढ़ व्यक्ति से कराने का फैसला किया। उन्हें कालिदास मिला, जो उसी पेड़ की टहनी को काट रहा था जिस पर वह खड़ा था। राजा के सहयोगियों ने घोषणा की कि कालिदास एक बुद्धिमान व्यक्ति है और वे किसी तरह राजकुमारी से उसकी शादी करवाने में कामयाब रहे। लेकिन जैसे ही राजकुमारी को पता चला कि कालिदास एक मूर्ख व्यक्ति है, उसने उसे छोड़ दिया और उसे एक बुद्धिमान व्यक्ति बनकर उसके पास वापस आने की चुनौती दी। उलझन में पड़े कालिदास ने अपना घर छोड़कर बौद्धिक व्यक्ति बनने पर ध्यान केंद्रित किया। उन्होंने कड़ी मेहनत की और वे संस्कृत के शास्त्रीय लेखक बने, जो कि सबसे प्राचीन भाषाओं में से है। मुझे उम्मीद है कि आपको इस कहानी का मकसद समझ आया होगा।

केंद्रित दृष्टिकोण के लाभ

- कार्य की बेहतर गुणवत्ता- केंद्रित दृष्टिकोण हमें कार्यों पर ध्यान केंद्रित करने और उन्हें बेहतर गुणवत्ता के साथ पूरा करने में मदद करता है। जब हम ध्यान केंद्रित करते हैं, तो हमारे काम की गुणवत्ता सबसे उत्कृष्ट होती है।
- तनाव को कम करता है- एक बार जब हम काम की गहराई में जाते हैं, तो हम पूरी तरह से सकारात्मक ऊर्जा से भरे हुए होते हैं। कई बार हम अपने काम के अलावा अन्य पहलुओं के कारण परेशान और तनावग्रस्त हो जाते हैं। एक बार ध्यान केंद्रित करने के बाद, हमारा दिमाग सभी विचारों को बाहर निकाल देता है और दिमाग में सिर्फ और सिर्फ काम ही रहता है।

• हमारी गति बढ़ती है- एक बार जब हम काम पर पूरी तरह से ध्यान केंद्रित कर लेते हैं तो हमारी गति और गुणवत्ता बढ़ जाती है। हम अपने काम का आनंद लेने लग जाते हैं और फिर ऐसा ही करना जारी रखते हैं। यह सृजन को गति देता है और एक बार जब हम काम पूरा कर लेते हैं, तो हम समझते हैं कि हमने एक बेहतर काम किया है।

• उत्पादकता में वृद्धि- जैसा कि उपरोक्त लाभों में चर्चा की गयी है, हमें बेहतर गुणवत्ता और काम करने की गति मिलती है और साथ ही तनाव भी कम रहता है। यह सब हमारी उत्पादकता को शानदार ढंग से बढ़ाती हैं।

तकनीकी विकास ने जीवन को बहुत सुविधाजनक बना दिया है, लेकिन किसी तरह इसने मस्तिष्क की महत्वपूर्ण कार्यों पर ध्यान केंद्रित करने की क्षमता को कम कर दिया है। एकाग्रता खोना हर पेशेवर व्यक्ति के लिए एक आम समस्या है। हर बार जब हमारा ध्यान भटकता है, तो हम वापस काम पर जल्दी ध्यान नहीं लगा पाते हैं। वापस ध्यान केंद्रित करने में समय लगता है। हाल ही में हुए एक अध्ययन ने पता चलता है कि ध्यान भटकने के बाद वापस ध्यान लगाने में 25 मिनट का समय लगता है। इसलिए ध्यान केंद्रित दृष्टिकोण एक स्वयं आवश्यक कार्यों पर ध्यान केंद्रित रखने के लिए अपरिहार्य है।

ध्यान को लंबे समय तक केंद्रित करने के तरीके

• एक समय में एक काम करें- मल्टी-टास्किंग हमारे दिमाग के लिए मल्टी-स्विचिंग की तरह है। जब आप एक साथ कई सारी चीज़ों पर काम कर रहे होते हैं तो आप कैसे उम्मीद कर सकते हैं कि आपका ध्यान बना ही रहेगा? इसलिए मैं आपको एक समय में एक ही काम करने का सुझाव देता हूँ। इससे ध्यान काफी हद तक बढ़ जाता है।

• कार्यों को प्राथमिकता दें- आपको हमेशा अपने कार्यों में मूल्य बनाये रखना चाहिए। सबसे मूल्यवान कार्य को सबसे पहले चुनें और इसे सबसे पहले पूरा करें। उपयोगी कार्यों को पूरा करने से अधिक ध्यान केंद्रित करने में मदद मिलेगी और आप अन्य कार्यों को प्रभावी ढंग से और सफलतापूर्वक पूरा कर

पायेंगे।

- ब्रेक- इंसान होने के नाते आपको थकान भी महसूस होती है। आपके पास काम करने की सीमित क्षमता होती है। अगर आप अपनी क्षमता से ज़्यादा काम कर रहे हैं, तो आप अपने स्वास्थ्य को खतरे में डाल रहे हैं। इसलिए थोड़ी-थोड़ी देर में ब्रेक लेना आवश्यक है।

- ध्यान भटकाने से बचें- आमतौर पर कई कारणों की वजह से आपका ध्यान भटक सकता है। वजह व्यक्तिगत, सामाजिक, भावनात्मक या कुछ और भी हो सकती हैं। ध्यान भटकने के बाद, आपका ध्यान पूरी तरह से कम हो जाता है। दोबारा से ध्यान केंद्रित करने में समय लगता है और इस प्रक्रिया में हमारे ज़रूरी कामों को पूरा न करने का खतरा बढ़ जाता है।

- अच्छे से नींद करना- अच्छे से नींद लेने से हमारे दिमाग और आत्मा को भरपूर मात्रा में ऊर्जा मिलती है। आप पूरी तरह से ताजा और केंद्रित महसूस करते हैं।

- मन की शांति बनाये रखें- वर्तमान प्रतिस्पर्धी और तकनीकी रूप से उन्नत दुनिया में, आप एक साथ कई चीज़ों का सामना करते हैं। उदाहरण के लिए, एक अधेड़ उम्र के व्यक्ति के रूप में, आपके ऊपर कई सारी ईएमआई और दायित्व हो सकते हैं जो आपको परेशान करते हों। लेकिन काम के दौरान आपको ऐसे सभी विचारों को दूर रखना चाहिए। नकारात्मक विचारों को दूर रखने के लिए आपको मन की शांति बनाये रखना ज़रूरी है।

- शांति भरे वातावरण में काम करें- आमतौर पर, आप सहकर्मियों या परिवार के सदस्यों से घिरे भीड़-भाड़ वाली जगह पर काम करते हैं। ज़्यादातर समय आप लोगों और आसपास के लोगों से विचलित रहते हैं। इसलिए काम करने के लिए एक शांति भरा वातावरण बनाये रखना ज़रूरी है। हालाँकि यह हर किसी के लिए आसानी से उपलब्ध नहीं होता है। लेकिन सार्थक काम करने के लिए आप अकेले शांति वाली जगह पर काम करने की कोशिश कर सकते हैं।

उत्पादकता के सिद्धांत- आत्म-अनुशासन और इच्छा शक्ति

एक सुरक्षित और रहने योग्य दुनिया की आशा अनुशासित गैर-अनुरूपवादियों के साथ है जो न्याय, शांति और भाईचारे के लिए समर्पित हैं।

-मार्टिन लूथर किंग, जूनियर

आत्म अनुशासन को अच्छी तरह से समझने के लिए हमें अनुशासन के बारे में अच्छे से समझना होगा। अनुशासन एक ऐसी प्रथा है जिसके तहत हम कुछ प्राधिकरणों द्वारा तय किए गये विशिष्ट नियमों और विनियमों का पालन करते हैं। आइए स्कूल का एक उदाहरण लेते हैं: स्कूल में आपको निर्धारित समय पर क्लास में पहुँचना होता है, जिसका पालन आपको करना ही पड़ेगा। आप स्कूल के अंदर जाने से पहले ही एक निर्धारित यूनिफॉर्म पहनते हैं। आप प्रार्थनाओं में भाग लेते हैं और निर्देश का ठीक से पालन करते हैं। ये सभी अनुशासन का हिस्सा हैं। अनुशासन उत्पादकता के लिए बहुत मायने रखता है। हम एक समाज में रहते हैं और राज्य के कानूनों द्वारा शासित होते हैं। हम जो भी काम करते हैं, फिर चाहे हम एक संगठन हों या व्यक्ति हों, हमें कुछ निर्धारित नियमों का पालन करना पड़ता है। अगर हम उन नियमों को नज़रअंदाज़ करते हैं, तो हम पर कानूनी कार्रवाई हो सकती है। एक बार जब हम बड़े हो जाते हैं, तो कोई भी हमें हमारे शिक्षकों या माता-पिता की तरह चेतावनी नहीं देगा। इसके बजाय, हमें खुद को उत्पादक बनाये रखने के लिए नयी आदतों, विचारों और कार्यों का निर्माण करना होगा। नये पैटर्न बनाने, विचार तैयार करने, कदम उठाने और भाषण देने की प्रक्रिया को आत्म अनुशासन के नाम से जाना जाता है। आत्म अनुशासन सही समय पर सही काम करने की क्षमता रखता है। कई बार किसी को अपने कंफर्ट ज़ोन से बाहर निकलना पड़ सकता है या दीर्घकालिक लाभ के लिए उनकी इच्छाओं के खिलाफ जाना पड़ सकता है।

आत्म-अनुशासन आत्म-नियंत्रण के अनुपात में है। संयम का मतलब है आंतरिक शक्ति और नियंत्रण। आंतरिक शक्ति कुछ बड़ा करने के लिए शक्ति प्रदान करती है। इच्छाशक्ति हमें चुनौतीपूर्ण लक्ष्य निर्धारित करने के लिए प्रेरित करती है और हमें कठिन परिस्थितियों में भी आगे बढ़ते रहने की ताकत देती है। लक्ष्य का अनुसरण करना बेहद महत्वपूर्ण है; अन्यथा, हम अपने लक्ष्य को कभी भी हासिल नहीं कर पायेंगे और हमारा बहुमूल्य समय और मूल्यवान संसाधन भी बर्बाद हो जायेंगे।

इच्छाशक्ति एक मजबूत दृढ़ संकल्प है जो हमें कठिन कार्य करने की ताकत देती है।

चाणक्य एक महान भारतीय दार्शनिक, अर्थशास्त्री और राजनीति विज्ञान के विशेषज्ञ थे। उनके बारे में कई मशहूर कहानियाँ हैं। आइये चाणक्य के बारे में एक कहानी मैं आपको बताता हूँ। वे मगध सम्राट धना नंद के सहयोगी थे। धना नंद एक अक्षम सम्राट थे और नागरिक उनके अत्याचारों से बहुत पीड़ित थे। चाणक्य ने एक बार धना नंद को उन परेशानियों के बारे में बताया जिनका लोगों को सामना करना पड़ रहा था। हालाँकि धना नंद की आँखों पर ताकत की काली पट्टी बँधी हुई थी। इस बात पर करवाई करने के बजाय उसने भरी सभा में सभी सदस्यों के सामने चाणक्य का अपमान किया और उन्हें निर्वासित कर दिया। उस वक्त चाणक्य ने नंद वंश का नाश करने की शपथ ली। चाणक्य एक गरीब ब्राह्मण थे जिसके पास कोई संसाधन नहीं थे और उन्हें राज्य से निर्वासित कर दिया गया था फिर भी उनके आत्म अनुशासन और इच्छाशक्ति ने उन्हें आगे बढ़ते रहने के लिए प्रेरित किया और कुछ सालों के बाद उन्होंने नंद राजवंश को अपनी जड़ों से ध्वस्त कर दिया। आज चाणक्य को भारतीय इतिहास के सबसे प्रसिद्ध राजा निर्माता के रूप में जाना जाता है।

आत्म अनुशासन और दृढ़ इच्छाशक्ति रखने वाले लोग ही इतिहास रचते हैं।

चाणक्य के लिए यह सब करना आसान नहीं था। वह गरीब थे और राज्य से निर्वासित थे लेकिन उन्होंने कभी भी इन सब बातों को अपने लक्ष्य के बीच में आने नहीं दिया। उन्होंने राजा बनने के एक उपयुक्त आदमी को ढूँढ़ना शुरू कर

दिया, जिसे आज चंद्रगुप्त मौर्य के नाम से जाना जाता है। चाणक्य ने चंद्रगुप्त को सालों तक प्रशिक्षण दिया ताकि वह एक प्रबल योद्धा बन सके। चाणक्य के संघर्ष की एक लंबी कहानी है कि कैसे हर कदम पर बाधाओं का सामने करने के बावजूद उन्होंने कभी अपना आत्म-अनुशासन नहीं खोया।

इच्छाशक्ति हमेशा हमें आगे बढ़ने और कुछ अलग करने में मदद करती है। दृढ़ इच्छाशक्ति वाले लोग तब तक अपने लक्ष्यों का पीछा नहीं छोड़ते जब तक कि वे उन्हें हासिल नहीं कर लेते।

आत्म-अनुशासन और इच्छाशक्ति के लाभ

- आपका ध्यान केंद्रित रहेगा।
- आप बेहतर संबंध बना सकते हैं।
- यह कामयाबी हासिल करना मुमकिन बनाता है।
- आपका ध्यान फिर कभी भी नहीं भटकेगा।
- यह अपने आप मल्टीटास्किंग को कम कर देगा।
- यह प्रलोभनों को दूर रखेगा।
- आत्म अनुशासित लोग कभी भी कार्यों को नहीं टालते हैं।
- आत्म अनुशासित लोग जोखिम उठाने में विश्वास रखते हैं।

आइए मैं आपको एक और कहानी सुनाता हूँ। आप में से ज़्यादातर लोगों को एंग्री बर्ड्स गेम के बारे में पता होगा। लेकिन क्या आप जानते हैं कि एंग्री बर्ड रोवियो नाम की कंपनी की 52वीं गेम थी? रोवियो की स्थापना साल 2003 में मिकाएल हीड और निकलस हीड ने की थी। 2009 में एंग्री बर्ड्स गेम के सफल होने से पहले वे दिवालिया होने के कगार पर थे और उनके पास केवल 12 स्टाफ मेंबर ही बचे थे। लेकिन उनकी दृढ़ इच्छाशक्ति ने उन्हें आगे बढ़ने के लिए प्रेरित किया और रोवियो ने एंग्री बर्ड्स गेम के साथ इतिहास रचा। सोचें कि मिकेल और निकलस के धैर्य और इच्छाशक्ति का स्तर कितना ज़्यादा होगा।

क्या आप आत्म-अनुशासन और इच्छाशक्ति का सही मिश्रण हासिल करने के लिए संघर्ष कर रहे हैं? मैं आपको कुछ ऐसे सुझाव दूँगा जो आपके आत्म-अनुशासन में सुधार करेंगे और आपकी इच्छाशक्ति को मजबूत बनायेंगे।

आत्म-अनुशासन और मजबूत इच्छाशक्ति प्राप्त करने के लिए कुछ सुझाव

1. अपने आप से वादा करें- आप जानते हैं कि आप किसी को भी धोखा दे सकते हैं लेकिन अपने आपको नहीं। आत्म-अनुशासित बनने के लिए पहला कदम है अपने प्रति प्रतिबद्ध होना। उदाहरण के तौर पर, अगर आप एक विद्यार्थी हैं, तो आप तय कर सकते हैं कि सेमेस्टर के अंत तक आप क्या हासिल करना चाहते हैं। अगर आप एक उद्यमी हैं, तो आप अपने व्यापार के विकास की योजना बना सकते हैं और इसके बारे में खुद के प्रति प्रतिबद्ध रह सकते हैं।

2. सबसे पहले बुनियादी ज़रूरतें- यह ज़रूरी है कि आप अपने आपको स्वस्थ रखें; इसलिए बुनियादी ज़रूरतों को पूरा करना महत्वपूर्ण है। समय पर खाना खाएँ, हर रोज़ कसरत करें, अच्छी नींद लें ताकि आपको बाद में थकान महसूस न हो।

3. चीज़ों को सरल और सँभालने योग्य बनायें- कोई भी काम पहली बार में मुश्किल लगता है। इस वजह से, हम प्रोजेक्ट मैनेजमेंट में डब्ल्यूबीएस (वर्क ब्रेकडाउन स्ट्रक्चर) का इस्तेमाल करते हैं। यानि कि हम महाकाव्यों को कहानियों और कहानियों को छोटे-छोटे हिस्सों में तोड़ते हैं ताकि कार्य को सरलता से किया जा सके। यही बात हमारे जीवन पर भी लागू होती है। हम मुश्किल कार्यों को टुकड़ों में तोड़ सकते हैं और अपने काम को सरल बना सकते हैं।

4. अपने दिन, हफ्ते और महीने की योजना बनायें- दैनिक, साप्ताहिक और मासिक योजना बनायें। आपके लिए जो कार्य महत्वपूर्ण हैं उनकी योजना बनायें और ज़रूरी कार्यों को सबसे ज़्यादा प्राथमिकता दें, इसके बाद कम से कम महत्वपूर्ण कार्य करें। हम आने वाले अध्यायों में प्रभावी ढंग से कार्यों को सँभालने

के बारे में सीखेंगे।

5. अपने काम पर गर्व करें- अपने काम के महत्व को समझना ज़रूरी है। हमेशा एक ऐसी श्रेणी चुनें जिसकी वजह से ज़्यादातर लोगों की समस्या हल हो सके। इसके अलावा, आपको ज़रूरतमंद लोगों की मदद करने के लिए तैयार रहना चाहिए।

6. "नहीं" कहना शुरू करें- एक इंसान होने के नाते हम एक भावनात्मक जानवर हैं। आमतौर पर हम अपने आसपास के लोगों को ना कहने से डरते हैं, लेकिन इसे अपनी आदत बना लें, ताकि आप किसी और की योजना में न फँस जायें।

हमेशा हाँ कहने से पहले गहराई से सोचें और लगभग हर उस चीज को ना कहें जो आपके पास आती है।

उत्पादकता सिद्धांत- अपने आपको व्यवस्थित करें

जरूरत और निराशा की गहराई से, लोग एक साथ काम कर सकते हैं, अपनी समस्याओं को हल करने के लिए खुद को व्यवस्थित कर सकते हैं और अपनी जरूरतों को गौरव और ताकत से पूरा कर सकते हैं।

-सीजर चावेज

अपने आपको सुपर उत्पादक बनाये रखने के लिए और सकारात्मक ऊर्जा के लिए अपने काम, कार्यक्रम, साथियों, दोस्तों और रिश्तेदारों को प्रबंधित और व्यवस्थित करना चाहिए। आप सही तरीके से आयोजन किए बिना सफलता की राह पर लंबे समय तक नहीं चल सकते। खुद को मैनेज करने का सबसे बड़ा फायदा है समय का सही इस्तेमाल करना। अगर आप व्यवस्थित हैं तो महत्वपूर्ण काम पर अच्छे से ध्यान देना आपके परफॉरमेंस को मापने में मदद कर सकता है। आइए यहाँ एक उदाहरण पर चर्चा करें। कुछ साल पहले मैं एक आईटी सर्विस प्रदाता कंपनी की बिजनेस डेवलपमेंट टीम को मैनेज कर रहा था। वहाँ जेसन और शॉन नाम के दो मैनेजर्स थे और 6 से 8 विक्रेता उन्हें रिपोर्ट कर रहे थे। जेसन और शॉन दोनों अपने काम में अच्छे थे। कुछ दिनों के बाद, मैंने सेल्स ऑपरेशन टीम से पिछले साल की कन्वर्ज़न् रिपोर्ट माँगी। उन्होंने तुरंत एक कस्टमाइज्ड सी आर एम रिपोर्ट भेजी। मैंने देखा कि जेसन ने पिछले तिमाही में 6 लोगों के समूह को सँभालने के बावजूद शॉन की तुलना में तीन गुना अधिक क्लाइंट्स को परिवर्तित किया था। मैंने इसके बारे में विवरण में जानने का फैसला किया ताकि मैं उसके जादुई नंबरों के पीछे के कारण को समझ सकूँ। मैंने अगले ही दिन जेसन और शॉन दोनों के साथ एक बैठक कार्यक्रम की। मैंने उनकी दैनिक योजनाओं और गतिविधियों के बारे में सवालों के साथ शुरुआत की। मैं धीरे-धीरे सवालों की ओर बढ़ा। मैं शॉन को सीधे सवालों से परेशान नहीं करना चाहता था क्योंकि मुझे उसके बारे में अच्छा फीडबैक मिला था। वह बेहतर समझाने की क्षमता वाला एक होशियार और स्पष्ट संचारक था। दोनों से

पहली मुलाकात में मुझे कुछ पता नहीं चला। अगले दिन मैंने जेसन के सबसे सीनियर टीम मेंबर सिड को फोन किया और यह समझने की कोशिश की कि जेसन क्या करता है। सिड ने मुझे जेसन के बारे में सभी अच्छी बातें बतायीं: हालाँकि यह मेरी जिज्ञासा को खत्म नहीं कर सका। मैं कुछ दिनों के लिए कुछ महत्वपूर्ण कामों में व्यस्त हो गया और शॉन और जेसन की वर्क स्टाइल के बीच अंतर की पहचान करना भूल गया। कुछ दिनों के बाद, मेरे पास खाली समय था और मैंने अपनी टू-डू सूची देखी और फिर से काम को पूरा करने का फैसला किया। मैंने जेसन और शॉन दोनों द्वारा बनायी गयी सी आर एम एंट्रीज और टिप्पणियाँ की तुलना करना शुरू कर दिया। मैं खुशी से उछल पड़ा क्योंकि मुझे कारण मिल गया था। मैंने देखा कि जेसन के टिप्पणियाँ बहुत अच्छे से बनाये हुए थे और फॉलो-उप तिथियों को ठीक से मार्क किया गया था। इसके अलावा, मैंने देखा कि जेसन ने सटीक फॉलो-उप तिथियों का पालन किया था। जेसन के विपरीत, शॉन ने सही टिप्पणियाँ नहीं बनाये थे और यह समझना आसान नहीं था कि लीड के साथ क्या चल रहा था, यहाँ तक कि उसकी फॉलो-उप अपडेट भी गायब थी।

इसलिए, सरल स्व-व्यवस्थित गतिविधियाँ चमत्कार कर सकती हैं। अगर आप व्यवस्थित और लगातार काम करते हैं तो आप महत्वपूर्ण चीज़ों को कभी नहीं भूलेंगे। अपने आपको बुद्धिमान और होशियार बनने दें, लेकिन निरंतर सफलता के लिए चीज़ों को सरल रखना महत्वपूर्ण है। ऊपर दिए गये उदाहरण में, शॉन कम्युनिकेशन और सेवाओं की समझ में बेहद अच्छा था। लेकिन वह व्यवस्थित नहीं था।

खुद को व्यवस्थित करने के फायदे

- रफ्तार और गति- अगर आप व्यवस्थित हैं तो आपकी नींव मजबूत है, आप अपने लक्ष्य के साथ जुड़े हुए हैं, इसका मतलब है कि आपको अतिरिक्त विवरण की ज़रूरत नहीं है, लेकिन शुरू करने की आवश्यकता है। तो चीज़ें तेजी से आगे बढ़ेंगी और गति तेज होगी।

• नवीन और रचनात्मक वातावरण- एक बार जब आप व्यवस्थित हो जाते हैं, तो मुश्किल काम सरल दिखाई देंगे और आप नवाचार के लिए समय बिता सकते हैं। यह वैसा ही है जैसे आपने अपने कोर्स के सिलेबस को जल्दी पूरा किया और विषयों के बारे में सीखने में ज़्यादा समय बिताया था।

• अतिरिक्त प्रेरणा- आप व्यवस्थित हैं और आप योजना के अनुसार काम कर रहे हैं। यह आपको बढ़ावा देता है और आप अतिरिक्त प्रेरित महसूस करते हैं। एक बार जब चीज़ें सकारात्मक रूप से चल रही हों तो आप एक अलग गति प्राप्त कर सकते हैं, जो आपको सुपर उत्पादक बना देता है।

• काम की बेहतर गुणवत्ता- आप व्यवस्थित हैं और आप जानते हैं कि आपसे क्या उम्मीद की जाती है, यह स्वचालित रूप से काम की गुणवत्ता में सुधार करता है।

• साथियों के साथ बेहतर संबंध- आप हर पेशे में लोगों के साथ काम करते हैं। अगर आप व्यवस्थित हैं तो लोग आपको पसंद करेंगे। आप अपने ज्यादातर साथियों के साथ अच्छे संबंध बनाये रखेंगे।

एक स्व-व्यवस्थित व्यक्ति सबको अच्छा लगता हैं क्योंकि वह मर्यादा का पालन करता है। उदाहरण के लिए: वे अपने पेशे और मौके के हिसाब से सही ढंग से कपड़े पहनते हैं। इसी तरह, वे समय का प्रभावी ढंग से इस्तेमाल करते हैं और दूसरे के समय की समान कदर करते हैं। आपको बैठक में भाग लेना चाहिए और समय पर कॉल करना चाहिए और किसी भी बदलाव के मामले में पहले से सूचित करना चाहिए। वे हर चीज के लिए एक सही कार्यक्रम का पालन करते हैं।

स्व-व्यवस्थित होने के लिए कुछ सुझाव

1. अपने काम की योजना बनाना करें- योजना बनाना किसी महत्वपूर्ण काम की शुरुआत है। आपको अपने काम की योजना बनाना पहले से करनी चाहिए। इससे अतिरिक्त फायदे मिलते हैं, क्योंकि आप मुश्किल और सरल कामों को वर्गीकृत कर सकते हैं और उन्हें प्राथमिकता दे सकते हैं। हम बाद के

अध्यायों में योजना बनाना के बारे में विस्तार से चर्चा करेंगे।

2. शेड्यूल और समय सीमा बनायें- यह स्व-व्यवस्थित होने के महत्वपूर्ण अवयवों में से एक है। अगर आप किसी काम को आधे में छोड़ देते हैं, तो आप विलंब करने लगेंगे। इसलिए अपने शेड्यूल और समय सीमा को ढंग से मैनेज करना ज़रूरी है।

3. एक प्रणाली का इस्तेमाल करें- स्व-व्यवस्थित लोग कभी भी अपनी याददाश्त पर भरोसा नहीं करते हैं। उनके पास चीज़ें मैनेज करने के लिए एक प्रणाली होता है। अगर आप एक फोटोग्राफर हैं, तो आप पाँच साल पहले क्लिक की गयी तस्वीर लेने के लिए सभी तस्वीरों को अपने कंप्यूटर पर सही क्रम में व्यवस्थित कर सकते हैं। इसी तरह, हमें सभी ज़रूरी चीज़ों के लिए सही ढंग से टिप्पणियाँ बनाने चाहिए। हम अपनी सुविधा के अनुसार किसी भी प्रणाली का इस्तेमाल कर सकते हैं।

4. सिर्फ महत्वपूर्ण चीज़ों को फ़िल्टर करें- आप अपने रास्ते में आने वाली हर चीज पर समय बिताकर उत्पादक नहीं बन सकते। किसी भी काम को चुनने से पहले उसके महत्व और मूल्य को आँकें। अगर आपको लगता है कि कोई भी काम समय ज़ाया करने के लायक नहीं है, तो उसे अपनी टू डू सूची से हटा दें।

5. प्रस्तुत करने योग्य बनें- अगर आप प्रस्तुत करने योग्य हैं, तो लोग आपको नोटिस करेंगे। अगर लोग आपको नोटिस करते हैं तो वे आपके बारे में जानना चाहेंगे। यह प्रेरणा मिलने में मदद करता है। आप एक संगीत कार्यक्रम में वकील के कपड़े नहीं पहन सकते। इसी तरह, खेलते समय आप टाइट-फिटिंग कपड़े नहीं पहन सकते। हर अवसर और पेशे का अपना ड्रेस कोड होता है। स्टैण्डर्ड ड्रेस कोड का पालन करना हमेशा अच्छा होता है।

मुझे यकीन है कि आप समझ गये होंगे कि स्व-व्यवस्थित होना क्या है और इसे सुपर उत्पादक बनने के लिए सही ढंग से कैसे इस्तेमाल किया जा सकता है। तो, ऊपर दिए गये सुझाव को आज़मायें और खुद को सेल्फ-ऑर्गनाइज्ड बनायें!!

उत्पादकता सिद्धांत- सकारात्मक मानसिकता

मैं वास्तव में सकारात्मक तालमेल में भरोसा करता हूँ, क्योंकि आपकी सकारात्मक मानसिकता आपको ज़्यादा आशाजनक दृष्टिकोण देती है और यह विश्वास कि आप कुछ बड़ा कर सकते हैं, इसका अर्थ है कि आप कुछ महान करेंगे।

-रसेल विल्सन

एक सकारात्मक मानसिकता एक मानसिक शक्ति है जो हमें हर स्थिति में खुद को सकारात्मक रखने में मदद करती है। कुछ लोग सकारात्मक दृष्टिकोण को जोखिमों, चुनौतियों और असफलताओं की अज्ञानता के रूप में गलत समझते हैं, लेकिन सकारात्मक दृष्टिकोण का मतलब इनमे से कुछ नहीं होता। एक सकारात्मक दृष्टिकोण आपको मुश्किल चीज़ों के सकारात्मक पहलुओं को देखने और सही समाधान के लिए कोशिश करने में सक्षम बनाता है। सकारात्मक सोच के कई गुण होते हैं। मैंने नीचे सकारात्मक मानसिकता की कुछ आवश्यक विशेषताओं को साझा किया हैं -

- स्वीकृति- नकारात्मक परिणामों को सकारात्मक रूप से स्वीकार करना। इस बार मैं अच्छा नहीं कर सका, मुझे सबक लेना चाहिए और अगली बार फिर से कोशिश करनी चाहिए।
- माइंडफुलनेस- हमारे मस्तिष्क को सचेत और कठिन परिस्थितियों से निपटने के लिए तैयार रखना। यह हमें केंद्रित भी रखता है।
- आशावाद- आप हमेशा सकारात्मक सोचें और सकारात्मक होने की उम्मीद करें। आशावाद आपको कभी भी आशा खोने नहीं देता। आशावादी लोग कोशिश करते रहते हैं।
- लचीलापन- विपरीत परिस्थितियों का सामना करें। विफलताओं और निराशाओं से सबक लें और वापस बाउंस करें।

• आभार- जीवन में जो कुछ है, उसके लिए हमेशा आभारी रहें। हमारी दुनिया विविधताओं से भरी हुई है। कुछ लोगों को अपना पेट भरने के लिए कई किलोमीटर चलना पड़ता हैं; कुछ लोगों को अपने भोजन को पचाने के लिए कई किलोमीटर चलना पड़ता है।

• वफ़ादारी- हमेशा दूसरों का सम्मान करें, सीधी बात करें और अपना मान बनाये रखें।

भारत के पूर्व प्रधानमंत्री स्वर्गीय अटल बिहारी वाजपेयी सकारात्मक सोच का उत्तम उदाहरण हैं। उन्होंने आजादी के बाद के दौर में विपक्ष के नेता के रूप में अपने राजनीतिक जीवन की शुरुआत की थी। अपने शुरुआती राजनीतिक जीवन में वाजपेयी ने काफी संघर्ष किया। वह लोकसभा (भारतीय संसद के निचले सदन) की एक सीट सुरक्षित करने के लिए कई निर्वाचन क्षेत्रों से चुनाव लड़ते थे। फिर भी वाजपेयी एक सकारात्मक मानसिकता के व्यक्ति थे, उन्होंने कभी भी अपना आशावाद नहीं खोया। उनकी हिम्मत और दृढ़ता ने 1996 में उनके पक्ष में काम किया जब वे भारत के 10 वें प्रधान मंत्री बने। वाजपेयी एक विद्वान राजनेता थे और उनके भाषण देने के कौशल ने उन्हें स्वतंत्रता के बाद के समय के सबसे सुवक्ता राजनेता होने की प्रतिष्ठा दिलायी।

एक सकारात्मक मानसिकता हमें लक्ष्य प्राप्त करने के लिए विशेषताओं के सही मिश्रण में मदद करती है। दो अलग-अलग लोगों के पास एक चीज़ के लिए दो पूरी तरह से अलग दृष्टिकोण हो सकते हैं। आपने आधा गिलास पानी की कहानी तो सुनी ही होगी। अगर नहीं, तो मैं यहाँ दोहराता हूँ। आधा पानी से भरा गिलास है। अब सकारात्मक मानसिकता वाला व्यक्ति इसे आधे भरे गिलास के रूप में देखेगा, लेकिन नकारात्मक मानसिकता वाला व्यक्ति इसे आधा खाली गिलास के रूप में देखेगा। दोनों दृष्टिकोणों का एक ही अर्थ है, लेकिन जिस तरह से हम एक ही चीज़ को देखते हैं वह अलग है।

सकारात्मक मानसिकता के फायदे

• लगभग हर अध्ययन ने साबित किया है, सकारात्मक मानसिकता वाले लोग लंबे समय तक जीते हैं

- सकारात्मक लोग दबाव में बेहतर फैसले लेते हैं।
- सकारात्मक भावनाओं वाले लोग विपरीत परिस्थितियों और चुनौतियों का सामना करने में ज़्यादा मजबूत होते हैं।
- यह एक व्यापक नज़रिया बनाये रखने और बड़ी तस्वीर देखने में मदद करता है, जो बेहतर समाधानों में मदद करता है।
- सकारात्मक मानसिकता, जैसे आभार और प्रशंसा, एथलीटों की कुंजी है और उन्हें उच्च स्तर पर प्रदर्शन करने में मदद करती है।
- सकारात्मक मानसिकता वाले लोगों के मित्र ज्यादा होते हैं, जिनसे उन्हें खुशी मिलती है और तनाव को दूर करने में मदद मिलती हैं।
- सकारात्मक लोग दूसरों से अधिक समर्थन प्राप्त करते हैं और प्रशंसा प्राप्त करते हैं।

सभी प्रसिद्ध नेताओं की सकारात्मक मानसिकता होती हैं जो उन्हें पराजय को दूर करने और विजयी बनने में मदद करती हैं।

सकारात्मकता जीवन में खुशी और संतुष्टि लाती है। सकारात्मक मानसिकता वाले लोग उनके पास जो कुछ भी है उसके लिए आभारी हैं। वे अपने आसपास के लोगों के साथ अच्छे संबंध बनाये रख सकते हैं, नकारात्मक घटनाओं को नजरअंदाज कर सकते हैं और सिर्फ सकारात्मक चीज़ों को ही याद रख सकते हैं। सकारात्मक लोग दूसरों द्वारा की गयी वास्तविक कोशिशों की सराहना करते हैं और वास्तविक नेता होते हैं।

सकारात्मक सोच के लिए कुछ सुझाव

- अपने दिन की शुरुआत सकारात्मक रूप से करें- सकारात्मक लोग दिन भर सकारात्मकता बनाये रखने के लिए अपने दिन की शुरुआत उत्पादक कार्यों से करते हैं।
- बुरी स्थिति में भी सकारात्मकता ढूँढ़ने की कोशिश करें- अच्छी और मुश्किल परिस्थितियाँ एक सिक्के के दो पहलू हैं। मुश्किल परिस्थितियाँ हमें दृढ़

और मजबूत बनाती हैं। बुरी स्थिति के दौरान सकारात्मकता बनाये रखने से हम तनाव को दूर रख सकते हैं।

- असफलता को जीवन का पाठ समझें- असफलता ही सफलता की शुरुआत है। आप नुकसान के दौरान जीवन में आवश्यक सबक सीखते हैं। सकारात्मक लोग हमेशा असफलता को सकारात्मक रूप से लेते हैं।

- अतीत के बारे में सोचने और अपने भविष्य को खराब करने के बजाय वर्तमान में जिएँ- आपका अतीत कठिनाइयों से भरा हो सकता है, लेकिन यह अब अतीत है। हमेशा वर्तमान में जिएँ और एक ख़ुशहाल भविष्य के लिए योजना बनायें।

- सकारात्मक आत्मनिरीक्षण करें- हमेशा सकारात्मक आत्मचिंतन करें। एक खिलाड़ी के रूप में, आप अपनी हार पर रो नहीं सकते हैं, लेकिन आप अपनी गलतियों को सकारात्मक आत्मचिंतन के साथ महसूस कर सकते हैं। कई बार छोटी-छोटी गलतियाँ ही हमारे नुकसान का कारण बन जाती हैं। आत्मचिंतन के माध्यम से, हम अपनी गलतियों को जल्दी से पहचान सकते हैं और उन्हें दूर कर सकते हैं।

- सकारात्मक लोगों से जुड़ें- हमेशा सकारात्मक मानसिकता वाले लोगों के संपर्क में रहें। वे जीवन के प्रति अपने सकारात्मक दृष्टिकोण को साझा करेंगे और आपको हमेशा सकारात्मक रखेंगे। सकारात्मक लोग सफलता की कुंजी हैं।

आप सकारात्मक सोच के साथ अपनी सफलता की यात्रा को बहुत उत्पादक और पूर्ण बना सकते हैं। यह एक सकारात्मक सोच ही है जो आपको आशा देती है कि आप कठिनाइयों से बाहर निकलेंगे। तो आइए हम खुद को सकारात्मक रखें!!

उत्पादकता सिद्धांत- मान्य फैसले

मेरा मानना है कि हमें ज्ञान पर गर्व बनाये रखना चाहिए कि हम जो भी काम करते हैं, वह हमारे अपने फैसले और व्यक्तिगत विकल्पों के आधार पर, मानव इतिहास को बदलने की शानदार चुनौती से सीधे जुड़ते हैं।

-डाइसाकू इकेडा

फैसला लेना एक ज्ञान-संबंधी प्रक्रिया है जिसमें आप फैसले लेने वालों के मूल्यों, प्राथमिकतों और विश्वासों के आधार पर सही विकल्प चुनते हैं। हम हर दिन कई फैसले लेते हैं। उदाहरण के लिए, हमारे दिन की शुरुआत जागने या अधिक सोने के फैसले से होती है। इसी तरह, आप अपने जीवन में कई महत्वपूर्ण निर्णय लेते हैं जैसे कि एक छात्र के रूप में अपना आजीविका चुनना, स्नातक की पढ़ाई पूरी करने के बाद अपना कार्यक्षेत्र चुनना और विचार करना। आप अपने जीवन के लिए जो निर्णय लेते हैं वह सबसे महत्वपूर्ण है क्योंकि यह आपका भविष्य तय करता है। इसलिए, अमल में लाने से पहले हमेशा महत्वपूर्ण फैसलों को मान्य करने की सिफारिश की जाती है।

सभी मशहूर राजा अपनी विशेषज्ञता के क्षेत्र में मामलों को मान्य करने के लिए अपनी शाही सभा में विद्वानों और विशेषज्ञों को नियुक्त करते थे। महान मराठा शासक छत्रपति शिवाजी मराठा गढ़ में अपनी उत्कृष्ट शासन प्रथाओं और मुगल साम्राज्य के खिलाफ शक्तिशाली सैन्य अभियानों के लिए प्रसिद्ध हैं। शिवाजी के पास अपने फैसलों को मान्य करने और अत्याचारों को खत्म करने के लिए अष्ट प्रधान के रूप में जानी जाने वाली एक मंत्रियों की समिति थी। अष्ट प्रधान में आठ सदस्य थे जिन्होंने राज्य के सभी प्राथमिक प्रशासनिक कार्यों को शामिल किया था, प्रत्येक मंत्री को प्रशासन में एक भूमिका निभाने का काम सौंपा गया था।

नौरतन (नवरत्नों) भारतीय इतिहास में एक सर्वव्यापी शब्द है। यह एक सम्राट की विधानसभा में नौ समूह पर लागू होता था। प्रसिद्ध नवरत्न प्रसिद्ध

सम्राट विक्रमादित्य, मुगल सम्राट अकबर और सामंती स्वामीराजा कृष्णचंद्र की विधानसभा का हिस्सा थे। लोक परंपरा के अनुसार, विक्रमादित्य, जिन्हें गुप्त सम्राट चंद्रगुप्त द्वितीय के नाम से जाना जाता है, उनकी सभा में अमरसिंह, धन्वंतरि, हरिसेना, कालिदास, क्षपानक, शंकु, वराहमिहिर, वररुचि, वेताल-भट्ट नाम के नौ प्रसिद्ध विद्वान थे। ये नौ विद्वान अपने-अपने क्षेत्र के प्रतिष्ठित विद्वान थे।

मुगल बादशाह अकबर नागरिकों के पक्ष में फैसले लेने को लेकर भावुक थे। अकबर ने अपने-अपने क्षेत्रों के नौ असाधारण विशेषज्ञों को चुना, जिसे आमतौर पर नौ रत्नों के रूप में जाना जाता है और उन्हें अपनी विधानसभा का स्थायी सदस्य बनाया। अकबर विधानसभा के नौ रत्न थे-अबुल-फजल, राजा टोडरमल, अब्दुल रहीम खान-ए-खाना, राजा बीरबल (महेश दास), मुल्ला डो-पियाजा, शैक फैजी, फकीर अजियाओ-दीन, तानसेन, राजा मान सिंह प्रथम।

आजकल सभी बड़ी कंपनियों के कई विभागों में विशेषज्ञों को रखा जाता हैं। वे निर्णय लेने की पूरी प्रक्रिया का हिस्सा होते हैं। जनता पर प्रभाव डालने वाले हर एक फैसले का मूल्यांकन किया जाना चाहिए और इसे अंतिम रूप देने से पहले उचित रूप से मान्य किया जाना चाहिए।

फैसलों को मान्य करने के फायदे

1. आप पूरे आत्मविश्वास से फैसले ले सकते हैं।
2. काम की बेहतर गुणवत्ता।
3. आप ध्यान केंद्रित कर सकेंगे।
4. साथियों के साथ बेहतर तालमेल।
5. विश्लेषणात्मक कौशल में सुधार करता है।
6. जल्दी परिणाम मिलना।
7. सकारात्मक मानसिकता रखने में मदद करता है।
8. ज़्यादा उत्पादकता।
9. ध्यान भटकने का कोई मौका नहीं।

हमेशा याद रखें कि आपके फैसले आपके भविष्य को प्रभावित करते हैं; इसलिए एक बुद्धिमान सत्यापन असफलता की संभावना को समाप्त करता है।

वर्तमान प्रतिस्पर्धी दुनिया में, अधिकांश व्यक्ति उत्साहपूर्वक उद्यमिता में प्रवेश कर रहे हैं। रोमांचक अनुभव के बारे में कोई संदेह नहीं है, लेकिन सफलता सुनिश्चित करने के लिए आपके पास एक स्पष्ट योजना, नक्शा और सहयोगी होने चाहिए। सहयोगियों से मेरा मतलब हर बार व्यापारिक भागीदार नहीं है। अगर आप अकेले काम करना चाहते हैं तो यह अच्छा है, लेकिन आपके पास अपने फैसलों पर चर्चा करने और उन्हें मान्य करने के लिए लोग होने चाहिए।

अपने फैसलों को प्रभावी ढंग से मान्य करने के सुझाव-

- अपने लक्ष्यों को ठीक से परिभाषित करें- बेहतर निर्णय के लिए आपका लक्ष्य बिना किसी अस्पष्टता के पूरी तरह से स्पष्ट होना चाहिए।
- कौन प्रभावित होगा और कैसे- आपके द्वारा लिया गया हर एक महत्वपूर्ण फैसला प्रत्यक्ष और अप्रत्यक्ष हितधारक के एक मेज़बान को प्रभावित करेगा। आपको इसे समझने की कोशिश करनी चाहिए और अपने निर्णय के प्रभाव का आकलन करना चाहिए। स्टार्ट-अप के मामले में, यह अंतिम उपयोगकर्ता पर लागू होगा।
- अपने निर्णय की परिकल्पना करें- कम से कम सफलता मानदण्ड के बारे में सोचें। आप किस स्तर पर विचार करेंगे कि आपने सफलता प्राप्त की है या नहीं?
- प्रयोग- एक बार जब आप अनुमानों को इक्क्ठा कर लेते हैं, तो आपको इसका परीक्षण करना चाहिए।
- विशेषज्ञों की सलाह ले- एक इंसान के तौर पर हम में सभी गुण नहीं होते हैं। इसलिए विशेषज्ञों के साथ अपने विचार साझा करने और उनकी सलाह लेने में कोई झिझक नहीं होनी चाहिए।

मुझे भरोसा है कि आप फैसला सत्यापन के महत्व को समझ गये होंगे। सही समय पर सही फैसला लेना ज़रूरी है। इस अध्याय में चर्चा की गयी तरीकों का इस्तेमाल करके, आप अपने विकल्पों को प्रभावी ढंग से मान्य कर सकते हैं। आइए अगले दिलचस्प अध्यायों पर चलते हैं!!

उत्पादकता सिद्धांत- जवाबदेही निर्धारित करें

मैं दोहराता हूँ... कि सारी शक्ति भरोसा है कि हम इसके अभ्यास के लिए उत्तरदायी हैं कि लोगों से और लोगों के लिए सब कुछ उत्पन्न होता है और सब कुछ मौजूद होना चाहिए।

-बेंजामिन डिजरायली

जवाबदेही शासन में आमतौर पर इस्तेमाल किया जाने वाला शब्द है। जवाबदेही हमें हमारे कर्मों के लिए जवाबदेह, उत्तरदायी और जिम्मेदार बनाती है। एक व्यापक परिप्रेक्ष्य में, जवाबदेही निर्णयों, कार्यों, नीतियों, उत्पादों और भूमिका के दायरे के भीतर कार्यान्वयन के लिए ज़िम्मेदारी को स्वीकार करने के लिए समझाने और परिणामों के लिए जवाबदेह होने का दायित्व शामिल होता है।

यह जवाबदेही ही है जो सैनिकों को अनिश्चित जलवायु परिस्थितियों के बीच सीमा पर रहने और हमारी सुरक्षा सुनिश्चित करने का अधिकार देती है। एक सैनिक के रूप में, वे देश के प्रति ईमानदारी और आम लोगों की सुरक्षा के लिए जवाबदेह हैं। वही सैनिक आम लोगों को बचाने के लिए मुसीबत के समय देश के अंदर आते हैं क्योंकि वे सभी मामलों में आम लोगों की सुरक्षा के लिए जवाबदेह होते हैं। इसी तरह, आप उस काम के लिए जवाबदेह हैं जो या तो आपने शुरू किया है या आपको सौंपा गया है। जैसे ही आप जवाबदेह महसूस करना शुरू करेंगे, आप प्रेरित महसूस करेंगे।

2011 क्रिकेट विश्व कप के फाइनल मैच में, भारत के दो महत्वपूर्ण खिलाड़ी वीरेंद्र सहवाग और सचिन तेंदुलकर मैच की शुरुआत में ही 31/2 पर आउट हो गये थे। 275 रनों के लक्ष्य को पूरा करते हुए भारत ने 114 रन पर विराट कोहली का एक और विकेट गंवा दिया। क्रिकेट के दीवाने देश के लिए यह एक बिलियन क्रिकेट प्रशंसकों के लिए दबाव की स्थिति थी, जो जीत से कम कुछ भी स्वीकार करने के लिए तैयार नहीं थे। जवाबदेह व्यक्ति महेंद्र सिंह

धोनी (लोकप्रिय रूप से धोनी के रूप में जाने जाते हैं), भारत के कप्तान, एक ऐसे व्यक्ति जो अच्छी हालत में नहीं थे, उन्होंने खुद को मैन ऑफ द टूर्नामेंट युवराज सिंह के रूप में प्रचारित किया। धोनी ने अपनी समझदार कोशिशों से भारत को फाइनल में 6 विकेट की आसान जीत दिलायी। फाइनल से पहले, धोनी अच्छी हालत में नहीं थे, लेकिन एक कप्तान के रूप में उनकी जवाबदेही ने उन्हें 79 गेंदों पर नाबाद 91 रनों की मैच जिताने के लिए प्रेरित किया।

जवाबदेही के फायदे -

- लक्ष्यों को प्राप्त करने के लिए प्रेरित करता है- आप जिम्मेदार हैं मतलब आप सीधे सफलता और असफलता से जुड़े हुए हैं। इसका मतलब है कि आप हमेशाअपनी क्षमताओं को साबित करने के लिए लक्ष्यों को प्राप्त करने की कोशिश करेंगे।
- स्वामित्व को बढ़ावा देता है- आप जवाबदेह हैं मतलब है कि आप सफलता के लिए पूरी तरह से या मुख्य रूप से जिम्मेदार हैं। यह स्वामित्व की भावना को बढ़ाता है।
- प्रदर्शन में सुधार करता है- एक स्थिति के बारे में सोचें। आप एक सॉफ्टवेयर इंजीनियर हैं। आपके मालिक ने आपको अपने केबिन में बुलाया और आपको एक स्पष्ट व्याख्या और समय सीमा के साथ एक काम सौंपा। आपके मालिक ने आपको उस काम के लिए उत्तरदायी बनाया है। आप स्थिति को कैसे सँभालेंगे? मेरी राय में, आप बेहतर गुणवत्ता बनाये रखने और इसे समय पर पूरा करने की पूरी कोशिश करेंगे। आप टीम के अन्य सदस्यों को भी प्रेरित करेंगे और कभी-कभी चीज़ों को सही जगह पर रखने के लिए अपना काम करेंगे। एक बार जब आपको जवाबदेह बनाया जाता है तो आपका प्रदर्शन अपने आप बढ़ जाता है।
- भरोसा बढ़ता है- हर पेशे में, जवाबदेही महत्वपूर्ण लोगों के साथ आपके संबंधों को बेहतर बनाती है। आप जिम्मेदारी लेते हैं इसका मतलब है कि आप अपना काम कुशलता से करते हैं। अगर आप अपना काम कुशलता से पूरा

करते हैं, तो काम से सीधे तौर पर जुड़े लोग आप पर भरोसा करेंगे।

- आत्मविश्वास बढ़ाता है- आप काम पर ध्यान केंद्रित महसूस करते हैं और अपने कार्यों को प्रभावी ढंग से करते हैं। यह आत्मविश्वास बढ़ाता है, जिसके परिणामस्वरूप अंततः कुशलता में वृद्धि होती है।
- आप काम पूरा करने में विलंब नहीं करते हैं- आप विलंब करने के बारे में नहीं सोच सकते क्योंकि आप गतिविधियों और परिणामों के लिए सीधे जिम्मेदार हैं। यह सभी उत्पादकता बाधाओं को दूर रखने में मदद करता है।

आप खुद को अभिनव बनाने के लिए जो कुछ भी करते हैं उस पर आप जवाबदेही तय कर सकते हैं। जवाबदेही उन व्यक्तियों के लिए एक महत्वपूर्ण विशेषता है जो खुद को अलग करना चाहते हैं। एक बार जब आप जवाबदेह महसूस करेंगे तो आपका प्रदर्शन अपने आप बेहतर हो जायेगा।

जवाबदेही तय करने के सुझाव-

- सकारात्मक फैसले लें- हमेशा सकारात्मक फैसले लें। यह खुद को उत्पादक बनाये रखने और चीज़ों को तेजी से हासिल करने में मदद करता है।
- उच्च मानक निर्धारित करें- प्रतिस्पर्धियों को पीछे छोड़ने के लिए आपको हमेशा उच्च मानक निर्धारित करने चाहिए। यह आपको आपके कार्यक्षेत्र में एक महत्वपूर्ण व्यक्ति के रूप में स्थापित करता है।
- स्पष्ट लक्ष्य/अपेक्षाएँ निर्धारित करें- हमेशा अपने लक्ष्यों और अपेक्षाओं को स्पष्ट रूप से परिभाषित करें। हर काम की छोटी से छोटी बात पर ध्यान देने की हमेशा सिफारिश की जाती है।
- अधिकार सौंपना- आपको अपनी जवाबदेही टीम के अन्य सदस्यों को प्रभावी ढंग से ज़िम्मेदारी सौंपनी चाहिए। इस तरह आपकी टीम के सदस्य अधिक जुड़ाव महसूस करते हैं और अपना सर्वश्रेष्ठ देना शुरू करते हैं।
- इसी तरह की पिछली गतिविधियों के परिणामों का विश्लेषण करें- इसी तरह की पिछली गतिविधियों के परिणाम का सही विश्लेषण आपके योजना में से गलतियों को दूर करने में मदद करेगा। आप इसमें शामिल खतरों

को समझ सकते हैं और पहले से सुधारने की कोशिश कर सकते हैं।

- व्यक्तिगत जिम्मेदारी स्वीकार करें- कई अध्ययनों से पता चला है कि स्वामित्व और व्यक्तिगत जिम्मेदारी गुणवत्ता में काफी सुधार करती है। यदि आप जिम्मेदार महसूस करते हैं तो आप हमेशा अपना सर्वश्रेष्ठ देंगे।

अब आप समझ गये हैं कि महत्वपूर्ण सफलता के लिए जवाबदेही क्यों जरूरी है। साथ ही, आपको अपने द्वारा किए गये कामों के लिए जवाबदेह होना चाहिए। अगर आप इस किताब को पढ़ रहे हैं, तो आपको अपने अंदर से सुधार के लिए उत्तरदायी होना चाहिए!

उत्पादकता सिद्धांत- अपनी सीमाएँ निर्धारित करें

लेकिन मुझे पता है कि हर कोई उस बिंदु पर पहुँच जाता है जहाँ निराशा महसूस होती है और थोड़ी देर के लिए पागल हो जाते हैं। अन्यथा, आप कभी नहीं जान पायेंगे कि आपकी सीमाएँ क्या हैं। मैं बस अपनी सीमाएँ जानने की कोशिश कर रहा था।

-रॉबर्ट स्मिथ

यह अक्सर कहा जाता है, मनुष्य के रूप में, हमारे पास असीमित क्षमता है। हमें बस इसे सही सोच के साथ इकठा करने और ज़्यादा अविश्वसनीय चीज़ों के लिए इस्तेमाल करने की ज़रूरत है। हमारे जीवन का एक महत्वपूर्ण पहलू हमारी ताकत और कमजोरियों के बारे में जानना है। सरल शब्दों में, हम इसे अपनी सीमा जानना और निर्धारित करना कहते हैं।

आप एक शानदार संगीतकार हो सकते हैं, लेकिन आप गणित की मूल बातें नहीं जानते होंगे। इसी तरह, आप एक सफल विक्रेता हो सकते हैं लेकिन वित्त की मूल बातें नहीं जानते होंगे। अपनी सीमाओं को जानना हमेशा महत्वपूर्ण होता है। आपकी सीमाओं में कुछ भी गलत नहीं है। एक व्यक्ति के रूप में, आप कुछ चीज़ों में बहुत अच्छे हो सकते हैं और कुछ अन्य चीज़ों में अच्छे नहीं हो सकते हैं। आपकी रुचि आपके बढ़ने और कुछ सीखने के तरीके में अहम भूमिका निभाती है। ज्यादातर समय, आप चीज़ों में अच्छे होते हैं क्योंकि आपने इसका अभ्यास किया है या जुड़ा हुआ महसूस करते हैं। आपकी सीमाओं में आत्म-सम्मान, भावनाएँ, ऊर्जा का स्तर और खुशी शामिल है। सीमा जाने बिना, आप वास्तविक लक्ष्य और योजनाएँ निर्धारित नहीं कर सकते हैं।

दैनिक दिनचर्या के रूप में, मैं सुबह व्यायाम करता हूँ। मैं अपने शरीर को फिर से जीवंत करने के लिए सुबह लगभग एक घण्टे का समय बिताता हूँ। एक घण्टे के व्यायाम के दौरान लगभग 5 किलोमीटर तेजी से चलना उन प्रमुख गतिविधियों में से एक है। एक बार मैं अपने पुराने दोस्त से मिला, जिसका वजन बहुत बढ़ गया था और उसकी शारीरिक स्थिति खतरे में थी। मैंने उसे सुबह के

व्यायाम के फायदे बताये। मैंने उससे कहा कि मैं रोज सुबह के व्यायाम के लिए पार्क जाता हूँ। उसने आँखें मूँद लीं और कहा, कल से मैं तुम्हारे साथ सुबह की कसरत करूँगा। अगली सुबह, मेरा दोस्त उत्साह में मेरे सामने पार्क में पहुँचा। मैं अपनी दिनचर्या के अनुसार जल्दी-जल्दी चलने लगा।

मैंने मेरे दोस्त को धीमी गति से शुरू करने का सुझाव दिया क्योंकि कई दिनों के बाद व्यायाम करने का उसका पहला दिन था। लेकिन वह मेरे साथ-साथ चल रहा था, कभी-कभी मुझसे आगे भी। मैंने उसे अचानक से अपने ऊपर इतना दबाव डालने के नकारात्मक प्रभाव बतायें, लेकिन उसने मेरी चेतावनियों को नज़रअंदाज कर दिया। करीब तीन किलोमीटर चलने के बाद उनका दम घुटने लगा और वह रुक गया। वह हाँफने लगा और बुरी तरह पसीना बहाने लगा; वह अपनी साँस को नियंत्रित नहीं कर पा रहा था। किसी तरह राहगीरों की मदद से स्थिति पर काबू पाया जा सका। बाद में मेरा दोस्त तीन दिन तक ऑफिस नहीं जा सका।

आप जो कुछ भी करते हैं, अपनी सीमाओं और अपने गुणों को जानना महत्वपूर्ण है। आपको कभी भी आँख बंद करके दूसरों का अनुसरण नहीं करना चाहिए। हर व्यक्ति की शारीरिक और बौद्धिक क्षमता अलग-अलग होती है। अपनी सीमाओं को जानने से कामों को उचित रूप से सौंपने में मदद मिलती है। सॉफ्टवेयर और आई टी में, परियोजना प्रबंध को सबसे कठिन काम माना जाता है- इसका कारण यह है कि परियोजना प्रबंधक यह तय करता है कि किसे क्या काम सौंपना है। एक परियोजना प्रबंधक के रूप में आपकी टीम के सदस्यों की सीमाओं को जानना महत्वपूर्ण है। सफल परियोजना प्रबंधक टीम के सदस्यों की सीमाओं की पहचान करने और उसके अनुसार काम सौंपने में कुशल होते हैं। यहाँ आपको सीमाओं को तकनीकी कौशल के रूप में पहचानने पर विचार नहीं करना चाहिए; यह एक पारस्परिक कौशल है।

अपनी सीमाएँ निर्धारित करने के फायदे

- वास्तविक लक्ष्य निर्धारित करने में मदद करता है
- आप अपने लक्ष्यों को हासिल करने के लिए प्रभावी योजना बना सकते

हैं

- बेहतर फैसले लेने में मदद करता है
- आप अपनी ताकत जानते हैं
- आप जान पाते हैं कि क्या सौपना है और कब सौपना है
- सामूहिक कार्य और सहयोग बढ़ाता है
- आत्मविश्वास बढ़ाता है
- आप अपने कार्यों और लक्ष्यों पर केंद्रित रहते हैं
- उत्पादकता बढ़ाता है
- हमें अनुशासित बनाता है

मैंने कई छात्रों को गलत आजीविका विकल्प चुनते हुए और भविष्य में सफलता की संभावना को कम करते हुए देखा है। हर साल लाखों छात्र स्नातक कोर्स में प्रवेश लेते हैं। ज्यादातर वे बेहतर नौकरी के लिए चलती हुई प्रवृत्ति का अनुसरण करते हैं। वे अपनी सीमाओं को समझने के लिए कभी आत्मनिरीक्षण नहीं करते। इंजीनियरिंग को सबसे अधिक पुरस्कृत आजीविका होने दें, लेकिन क्या आप इंजीनियरिंग को समझते हैं? नहीं, तो छोड़ दें। इंजीनियरिंग की डिग्री के बिना भी जीवन है।

मैं एक ऐसे लड़के को जानता हूँ जिसके पिता चाहते थे कि वह डॉक्टर बने। उस लड़के ने चार मूल्यवान साल प्रवेश परीक्षा की तैयारी में यह जानने में बिताये कि उसमें मेडिकल अध्ययन के लिए योग्यता नहीं है। जब उसके सहपाठियों ने स्नातक की पढ़ाई पूरी करने के बाद कमाई शुरू कर दी थी, तब भी वह 10 +2 प्रमाणपत्र के साथ अटका हुआ था। अगर वह अपनी सीमाओं को पहले स्वीकार कर लेता, तो वह कीमती चार साल बचा सकता था।

अपनी सीमाएँ कैसे जानें

- एक व्यक्ति के रूप में, आप स्वयं को जानने के लिए सर्वश्रेष्ठ व्यक्ति हैं। आप दूसरों को आत्मविश्वास से भरे दिखते और लगते हैं, लेकिन स्वभाव से

डरपोक हो सकते हैं।

- आत्मनिरीक्षण- आपको अपने व्यवहार के प्रतिरूप का स्वयं विश्लेषण करना चाहिए। कभी-कभी जब आपके कार्य मायने रखते हैं, तो आपको सही ढंग से कार्य करने के लिए पर्याप्त सतर्क रहना चाहिए।

- परीक्षण और त्रुटि- कभी-कभी, आपको कार्य करने और प्रभाव को समझना ज़रूरी होता है। उदाहरण के लिए आपको लगता है कि आप एक अच्छे वक्ता हैं, लेकिन आपको यह परीक्षण करने की आवश्यकता है कि दर्शक आपको पसंद करते हैं या नहीं।

- हमेशा अपनी ताकत और कमजोरियों को नोट करने की सलाह दी जाती है। यह प्रभावी योजना बनाने में मदद करता है। अपने समूह को आपके औसत से कम ड्राइविंग कौशल के बारे में बताने में कोई बुराई नहीं है।

- नियमों और विनियमों की अच्छी जानकारी- आप जिस स्थान, समाज या सामाजिक परिवेश में रहते हैं, उसके सभी नियमों और विनियमों का पालन करना चाहिए।

- उत्पादक मित्रों और गुरु के संपर्क में रहें- कुछ विशेषताएँ हो सकती हैं जिन्हें आप पहचान नहीं सकते हैं। हालाँकि यदि आप उत्पादक लोगों के संपर्क में हैं, तो वे आपको अपने अद्वितीय कौशल, ताकत और कमजोरियों के बारे में बतायेंगे।

अपने कानूनी अधिकारों, सुविधाओं, दायित्वों, जिम्मेदारी को जानना भी आपकी सीमाओं को जानने का हिस्सा है। हमें कभी भी सरकारी आदेशों, नीतियों और कानूनों को नज़रअंदाज़ नहीं करनी चाहिए। यह एक नागरिक के रूप में हमारी सीमाओं को जानने में हमारी मदद करता है। अगर आप एक कर दाता हैं, तो आपको निर्धारित समय के भीतर कर का भुगतान करना चाहिए। हमारी सीमाओं को जानने से अच्छी आदतें बनाने और सूचित और बुद्धिमान फैसले लेने में मदद मिलती है। क्या आपने अपनी सीमाओं का परीक्षण किया है? अगर नहीं, तो अभी प्रयत्न करें।

उत्पादकता सिद्धांत- बहस से बचें

किसी भी बहस से बचने का सबसे अच्छा तरीका है उसे नज़रअंदाज़ करना।

-डेल कार्नेगी

एक उत्पादक व्यक्ति के रूप में, आपका मुख्य उद्देश्य अपने लक्ष्यों को प्राप्त करना होना चाहिए। कभी-कभी आप नकारात्मक टिप्पणियाँ, चुगली करना और अन्य अनैतिक गतिविधियों के बारे में सुन सकते हैं। यह दुनिया स्वघोषित बुद्धिजीवियों से भरी पड़ी है जो बिना सार के बहस में भरोसा करते हैं। आपको ऐसे लोगों और उनके तर्कों के साथ उचित दूरी बनाये रखनी चाहिए। लोग आपके बारे में बेवजह शोर मचायें, दूसरों की गपशप से कभी परेशान न हों।

लोकप्रिय राजनेताओं के बारे में सोचें, अगर उनको 100 लोग पसंद करते हैं तो उनसे 30 लोग नफरत करने वाले भी हैं। एक राजनेता हमेशा अपने नफरत करने वालों से नहीं मिल सकता है और अपने रुख के पक्ष में बहस नहीं कर सकता है, कभी-कभी उसके लिए सबसे अच्छी बात यह है कि वह अपने विरोधियों को अनदेखा करे। अगर आप एक टीम के माहौल में काम कर रहे हैं, तो आपको ऐसे लोग मिलेंगे जिनको आपसे जलन होगी। भले ही आपकी उपलब्धि छोटी हो, फिर भी आपको ईर्ष्यालु लोग मिलेंगे। वे हमेशा आपके अहंकार को चोट पहुँचाने और आपको बहस करने में शामिल करने की कोशिश करेंगे। व्याकुलता के कारण आमतौर पर बहस होती है। ध्यान का भटकना उत्पादकता के लिए भयानक है; आप अगले भाग में व्याकुलता के बारे में पढ़ेंगे।

क्रिकेट के खेल में एक गतिविधि होती है जिसे अपशब्द कहा जाता है; यह भी एक तरह की बहस है। गेंदबाज़ी करने वाली टीम विरोधी खिलाड़ियों, विशेषकर बल्लेबाज़ को ताना मारने वाली या चिढ़ाने वाली टिप्पणियाँ करती है ताकि उनका ध्यान भटकाकर उनका विकेट गिराया जाये। खेल के सभी

महान बल्लेबाजों को अपशब्द बोले जाते हैं ताकि उनका ध्यान भटक जाये। खेल के सर्वकालिक महान खिलाड़ियों में से एक, सचिन तेंदुलकर ने कभी भी अपशब्दों पर ध्यान नहीं दिया। उन्होंने हमेशा खुद को बहस करने से दूर रखा और अपने शानदार बल्लेबाजी प्रदर्शन से अपने आलोचकों और विपक्षी टीम के सदस्यों को जवाब दिया। जब उन्होंने मास्टर बल्लेबाज को चुनौती दी तो हर अवज्ञाकारी गेंदबाज को शानदार प्रतिक्रिया मिली। महान स्पिनर शेन वार्न ने एक बार कहा था, तेंदुलकर को गेंदबाज़ी करने के विचार से ही उन्होंने 'बुरे सपने' देखे। इसके अलावा, सचिन सबसे सम्मानित वैश्विक हस्तियों में से एक हैं क्योंकि उन्होंने हमेशा बहस को अनदेखा किया है।

वाद-विवाद से बचने के फायदे

- आपकी ऊर्जा की बचत होती है- आप बहस से बच रहे हैं यानी आप बेवजह बात नहीं कर रहे हैं। साथ ही, एक बहस आपको गुस्सा दिलाती है। एक बार गुस्सा होने पर आपका शरीर केमिकल छोड़ता है जिसके कारण आप जवाब देकर झगड़ा करने की कोशिश करते हैं। बहस से बचना हमें पर्याप्त ऊर्जा बचाने में सक्षम बनाता है।
- समय बचाता है- अनावश्यक बहस में शामिल न होकर, आप अपना समय बचा रहे हैं। बचे हुए समय का इस्तेमाल आप उत्पादक कार्यों में कर सकते हैं।
- आपका ध्यान नहीं भटकता- एक बार बहस में पड़ जाने के बाद, आप अपना आपा खो सकते हैं। कभी-कभी आप बहस का बहुत ज़्यादा आनंद लेते हैं और अच्छे प्रतिपक्षों के बारे में सोचते रहते हैं। यह रचनात्मक कार्य से अधिक व्याकुलता है।
- आपको सकारात्मक रखता है- बहस से बचने से आपको सकारात्मक रहने में मदद मिलती है।
- आपके आत्मविश्वास के स्तर को ऊँचा रखता है- बहस से बचने के कारण आप उत्पादक होते हैं। इसलिए आपका आत्मविश्वास का स्तर अधिक है

और आप अपने कामों को आसानी से कर सकते हैं।

• अपने आसपास के लोगों के साथ अच्छे संबंध- आप बहस से बच रहे हैं; इसका मतलब है कि आप लोगों के साथ चर्चा से बच रहे हैं। इस तरह आप दूसरों का न तो विरोध करेंगे और न ही गुस्सा करेंगे। अंत में यह आपके आसपास के लोगों के साथ अच्छे संबंध बनाये रखने में मदद करता है।

हम हर सवाल का जवाब देने के लिए जवाबदेह नहीं हैं, इसलिए जितना हो सके बहस से बचें। जैसे-जैसे आप सफलता की सीढ़ी चढ़ना शुरू करेंगे, ईर्ष्यालु लोग आपकी टांग खिंचाई करेंगे। आपको बहस में शामिल करना पहला काम है जो आपका विपक्ष कर सकता है। लेकिन अगर आप कठोर या तीखी बहसों को नज़रअंदाज करते हैं, तो आप चमत्कार कर सकते हैं। रिश्तों में वाद-विवाद से बचना जरूरी है। आप अपने जीवनसाथी या साथी के साथ बहुत अधिक बहस करने का जोखिम नहीं उठा सकते। हमेशा शांत दिमाग से चर्चा करने की कोशिश करें।

आप वाद-विवाद से कैसे बच सकते हैं

• बोलने से पहले शांति से सुनें- बुद्धिमान लोग हमेशा ज़्यादा सुनते हैं और कम बात करते हैं। आपको हमेशा हर बात को शांति से सुनना चाहिए। पहले स्पष्ट रूप से समझें और फिर अपना वक्तव्य दें। सफल लोगों को उनकी असाधारण सुनने की क्षमता के कारण सम्मान मिलता है। अधिकतर अगर कोई गुस्से में है या दर्द में है, तो वह खुद को व्यक्त करना चाहता है। यदि आप उन्हें शांति से बोलने और सुनने की अनुमति दे रहे हैं, तो उनका गुस्सा या दुख दूर हो जाता है। अधिकांश समय, किसी समस्या का समाधान उतना कठिन नहीं होता जितना पहली बार में दिखता है।

• तार्किक सवाल पूछें- जब भी कोई आपको बहस में उलझाने की कोशिश कर रहा हो तो आपको तार्किक सवाल पूछने चाहिए। तार्किक सवालों पर अतिरिक्त ध्यान देने और जवाब देने के लिए दिमाग के इस्तेमाल की ज़रूरत होती है। एक बार जब कोई दिमाग का इस्तेमाल कर लेता है तो वह शांति से

सोचता है। जैसे ही आप शांत होते हैं, बहस चर्चा में बदल जाती है।

- अपने आपको लक्ष्य पर केंद्रित रखें- सफल लोग बहस करने से बचते हैं। इसके बजाय, वे योजना पर ध्यान केंद्रित करते हैं और अपने काम में उत्कृष्टता हासिल करते हैं। वे अपने प्रदर्शन को बढ़ावा देने के लिए तर्कों और टिप्पणियों को सकारात्मक रूप से लेते हैं।

- क्षमाप्रार्थी बनें- बुद्धिमान लोगों की सबसे बड़ी विशेषताओं में से एक अपनी गलतियों को स्वीकार करना (यदि कोई हो) और माफी मांगना हैं यह बहस को दूर करता है और पर्यावरण के अनुकूल बनाता है।

- क्षमा- क्षमा उन लोगों को सहानुभूति और करुणा की ओर ले जाती है जिन्होंने अपनी बातों या कार्यों से आपको दुःख पहुँचाया है। क्षमा करने से मन को शांति मिलती है, जो स्वयं को उत्पादक बनाये रखने के लिए महत्वपूर्ण है। क्षमा को मानसिक शक्ति माना जाता है, जबकि प्रतिशोध हमें विचलित करता है और हमें मनोरोगी बनाता है।

टीम वर्क में भरोसा करें- महत्वपूर्ण सफलता हासिल करने के लिए टीम वर्क जरूरी है। हर टीम में अलग-अलग मानसिकता के लोग होते हैं। आपको अपनी टीम के सदस्यों की ताकत को जानना चाहिए और जूनियर्स के साथ बहस से बचना चाहिए।

एक बहस से बचना, ख़त्म न होनेवाली चर्चाओं में घसीटे जाने से बचना है जो रिश्ते के लिए हानिकारक और अनुत्पादक हो सकती है। आप मन की शांति खो देते हैं और अपने उद्देश्य से विचलित हो जाते हैं। हमने अपशब्दों पर चर्चा की, जिंदगी में हमारे दुश्मन हमें ठेस पहुँचाने के लिए इस तरह की तरकीबें अपना सकते हैं। इसलिए आपको हमेशा बहस से बचना चाहिए!

उत्पादकता बाधाएँ

अगर आप हासिल करने की कोशिश कर रहे हैं, तो बाधाएँ होंगी। मेरे रास्ते में भी कई बाधाएँ आयीं; और वे सबके जीवन में आती हैं। लेकिन बाधाओं को आपको रोकना नहीं है। अगर आप एक दीवार से टकराते हैं, तो मुँह न फेरे और हार न मानें। यह पता लगायें कि इस पर कैसे चढ़ना है, इसके माध्यम से कैसे काम किया जा सकता है।

-माइकल जॉर्डन

इस भाग में, हम उत्पादकता बाधाओं पर बात करेंगे। अन्य अच्छी चीज़ों की तरह, उत्पादकता में भी कई रुकावटें हैं जो हमें दूसरी दिशा में ले जाती हैं। ज्यादातर लोगों का विकास करने का स्पष्ट इरादा होता है और वे कुछ महत्वपूर्ण करना चाहते हैं। वे फैंसी प्रक्रिया का पालन करते हैं और सही उपकरण और तकनीकों का इस्तेमाल करते हैं, लेकिन फिर भी सफलता बहुत दूर है। एक या अधिक उत्पादकता बाधा के कारण वे फँस गये हैं। ये बाधाएँ इतनी शक्तिशाली हैं कि यह हमें वास्तविक सफलता से दूर रख सकती हैं।

डेविड मेरे ग्राहकों के प्रतिनिधियों में से एक हैं। वह एक शानदार तकनीकी व्यक्ति हैं। अधिकतर, वह टीम के सदस्यों द्वारा पूछे गये महत्वपूर्ण तकनीकी सवालों को जल्दी से हल कर देते हैं। पहली ही मुलाकात के दौरान मैं उनकी क्षमताओं से चकित था। वह प्रोग्रामिंग में 16 साल के व्यापक अनुभव के साथ एम आई टी इंजीनियरिंग स्नातक हैं। एक सत्र में एक बार उन्होंने मुझे बताया कि उनके एम आई टी के सहपाठी कुछ नया शुरू करने के लिए उन्हें पूछ रहे थे। मैंने कहा, उस दिशा में जाने में कोई बुराई नहीं है, लेकिन मैं उनके जवाब से पूरी तरह स्तब्ध था। उन्होंने कहा कि उन्होंने अपने समूह ना कह दिया है। उनके मना करने का मुख्य कारण यह था कि वह एक आकर्षक नौकरी छोड़ने के लिए तैयार नहीं थे जहाँ उन्होंने प्रोत्साहन के साथ अच्छा वेतन अर्जित किया है।

उन्होंने कहा, "यह सही है कि मैं ज्यादातर समय दबाव में काम करता हूँ, लेकिन यहाँ मेरी जिंदगी सुरक्षित है। मुझे अपने परिवार के आराम और अपनी मासिक किश्तों के भुगतान के बारे में चिंता करने की ज़रूरत नहीं है।" मैंने कहा, "डेविड, आप अपने कार्यक्षेत्र के विशेषज्ञ हैं। स्टार्टअप को सफलतापूर्वक चलाने के लिए आपके पास अपार क्षमताएँ हैं। आप अपनी वर्तमान नौकरी में जितना समय दे रहे हैं, उतना ही निवेश करके आप चमत्कार कर सकते हैं।" हालाँकि डेविड अपनी बात पर अड़े रहे। उन्होंने जवाब दिया, "मैं अपने सुविधा क्षेत्र में हूँ और वहाँ रहना पसंद करता हूँ।" हमने उस पर चर्चा समाप्त कर दी।

ऊपर की गयी चर्चा के लगभग एक वर्ष के बाद, डेविड ने मुझे एक सप्ताहांत बुलाया। सामान्य बातचीत के बाद उन्होंने पूछा, "क्या आपको वह स्टार्टअप याद है जो मेरे सहपाठी चाहते थे कि मैं उनके साथ में शुरू करूँ?" मैंने हाँ कह दिया। उन्होंने कहा, "एक शीर्ष निवेश फर्म ने 50 मिलियन डॉलर की नेट वर्थ का मूल्यांकन किया है; उन्हें 20 मिलियन अमेरिकी डॉलर की वित्तीय सहायता मिली है।" उत्सुक होकर मैंने पूछा कि स्थापना के समय वे उन्हें कितनी हिस्सेदारी दे रहे थे? डेविड ने जवाब दिया, "30 प्रतिशत।" मैंने कहा, "आप एक मिलियन-डॉलर के कार्यकारी बन जाते।" एक उत्पादकता बाधा, जो सुविधा क्षेत्र है, डेविड को जोखिम लेने नहीं दे सकी।

मैंने कई उत्पादकता बाधाओं की पहचान की है, जो नीचे दी गयी हैं-

1. भटकाव- ध्यान की कमी
2. सुविधा क्षेत्र /भय क्षेत्र
3. अभिभूत होना
4. चीज़ों के सही होने की प्रतीक्षा करना
5. मल्टीटास्किंग
6. याददाश्त पर भरोसा करना
7. विलंब
8. सोशल मीडिया और बुद्धिमान फोन

हम ऊपर दिए गये हर एक बाधा की जाँच और चर्चा करेंगे। इससे हमें यह समझने में मदद मिलेगी कि इनमें से हर एक बाधा क्यों होती है और हम इसे कैसे दूर कर सकते हैं। जैसा कि पहले बताया गया है, यह समझना महत्वपूर्ण है कि उत्पादकता के लिए मंच स्थापित करने से पहले क्या बदलना है या क्या दूर करना है। हम आठ उत्पादकता बाधाओं में से प्रत्येक पर अलग-अलग अध्यायों में विस्तार से चर्चा करेंगे

उत्पादकता बाधा : भटकाव- ध्यान की कमी

सभी बाधाओं और भटकाव पर विजय प्राप्त करके, व्यक्ति अपने चुने हुए लक्ष्य या मंज़िल पर अचूक पहुँच सकता है।

-क्रिस्टोफर कोलंबस

- जब हम कार्यों पर ध्यान नहीं दे पाते हैं तो हमारा ध्यान भटक जाता है। व्याकुलता मन की एक स्थिति है जिसमें व्यक्ति या समूह इच्छित कार्यों पर ध्यान केंद्रित नहीं कर सकते हैं, जो या तो देरी या घटिया गुणवत्ता का कारण बनता है।

- व्याकुलता के मुख्य कारण हैं -

ध्यान देने की क्षमता की कमी, कार्य में रुचि की कमी या इच्छित कार्य के अलावा कोई और चीज की अत्यधिक तीव्रता या आकर्षण।

ध्यान भटकना सबसे बड़ी उत्पादकता बाधाओं में से एक है। कभी-कभी हम मूल कार्य पर वापस जाना भूल सकते हैं। हम ध्यान भंग करने के समय में हुए महत्वपूर्ण परिवर्तनों के बारे में भूल जाते हैं। लगभग 50% तक हम भूल जाते हैं कि हमने कहाँ से काम करना छोड़ा था और नियंत्रण खो देते हैं। अन्य मामलों में, हम शक्ति हासिल करने से नये सिरे से शुरुआत करते हैं

व्याकुलता की महत्वपूर्ण कमियाँ असावधानी और कम क्षमता हैं। किसी खास काम पर काम करते हुए व्याकुलता हमारे दिमाग को गलत दिशा में ले जाती है। काम को करने के लिए हम शारीरिक रूप से उपस्थित होते हैं, लेकिन मानसिक रूप से हम उस काम को करने में सक्षम नहीं होते हैं। इसी तरह, नियमित भटकाव क्षमता को काफी हद तक कम कर सकते हैं। हमारे दिमाग को महत्वपूर्ण कार्यों को करने के लिए उपापचय और ग्लूकोज की जरूरत होती है। हर बार जब हम विचलित होते हैं, तो हम उस ऊर्जा का एक हिस्सा खो देते हैं। ताकत बहाल करने और पूरी क्षमता तक पहुँचने के लिए शरीर को फिर से

पूरी प्रक्रिया करनी पड़ती है। इसका मतलब है कि बेहतर स्तर का ध्यान और बौद्धिक क्षमता हासिल करने में समय लगेगा।

भटकाव आंतरिक और बाहरी चीज़ो के माध्यम से होते हैं। मैं नीचे दोनों स्रोतों पर चर्चा करूँगा

आंतरिक भटकाव

आपके पास जितने अधिक विकर्षण होंगे, अपने लक्ष्यों को पूरा करना उतना ही मुश्किल होगा; विशेष रूप से चरम स्तर पर!

-डैन पेना

आंतरिक भटकाव का सबसे महत्वपूर्ण कारण खुद के विचार और भावनाएँ हैं। आप एक कार चला रहे हैं लेकिन एक मनोरंजक हवाई यात्रा के बारे में सोच रहे हैं, एक संगीत कार्यक्रम में अपनी प्रेमिका को याद कर रहे हैं और सम्मेलन कॉल के दौरान अपनी बीमार माँ के बारे में सोच रहे हैं। आप फ़ुटबॉल प्रेमी हैं और पिछली रात के मैच को भूल नहीं पा रहे हैं। एक आई पी एल प्रेमी के रूप में, खेल को जीतने के लिए अंतिम क्षणों में बल्लेबाजी करने वाले वीरों को नहीं भूलना चाहिए। ये सभी आंतरिक भटकाव के उदाहरण हैं। आंतरिक भटकाव अलग-अलग प्रकार के हो सकते हैं। यह भूख, थकान, बीमारी, चिंता, दिन में सपने देखना आदि हो सकता है।

इंसानों के पास दिमागी ताकत है। उसी दिमाग में भावनाएँ होती हैं। भावनाएँ मनोदशा मनोदशा को नियंत्रित करती हैं। मनोदशा भटकाव को नियंत्रित करती है। हम हर बार एक जैसे मनोदशा में नहीं होते। कभी-कभी हम बहुत उत्साहित या बहुत खुश होते हैं। इसी तरह, कभी-कभी हम अभिभूत और निराश हो जाते हैं। ऐसे सभी मामलों में, हमारी भावना का स्तर औसत नहीं होता है और इसलिए हम अपने कार्यों पर ध्यान केंद्रित नहीं कर पाते हैं।

अपनी भावनाएँ नियंत्रित करें

मेरे स्कूल के समय में, मेरे एक मित्र थे जिनका नाम शुभ था। वह एक साल से मेरे सीनियर थे लेकिन मेरे साथ बहुत विनम्र थे। वह तीसरी कक्षा से ही टॉपर थे। एक बार जब मैं उनसे कई दिनों के बाद मिला तो देखा कि वह कम उम्र में ही गंजे हो चुके थे। मैंने उसका कारण पूछा और उन्होंने कहा कि यह कुछ भी नहीं है। कुछ दिनों के बाद, मैं एक सहपाठी को देखने उनके क्षेत्र में गया जहाँ मैंने शुभ की माँ की मृत्यु के बारे में सुना। अगले दिन जब मैं शुभ से मिला, तो मैंने उनसे पूछा कि उन्होंने अपनी माँ की मृत्यु के बारे में क्यों नहीं बताया। उन्होंने कहा, "जब भी कोई मेरी माँ की मौत के बारे में बात करता है तो मैं विचलित हो जाता हूँ। यह हुआ है और कोई भी इसे बदल नहीं सकता; मुझे इसे दोहराने और हर बार विचलित होने का कोई मतलब नहीं दिखता।" शुभ अपनी भावनाओं को नियंत्रित कर रहा था। वार्षिक परीक्षा करीब थी और मैं शुभ के प्रदर्शन के बारे में चिंतित था। मैं आश्चर्यचकित था, उन्होंने हमेशा की तरह कक्षा में अव्वल आये। मैं उनके पास वापस गया और पूछा कि वह अपनी भावनात्मक भटकाव को कैसे सँभाल पाये। उन्होंने जवाब दिया, "मेरी पढ़ाई ने मुझे टूटने से बचाये रखा।" यह इस बात का भी एक उदाहरण है कि कैसे लोग दुःख से अलग तरीके से निपटते हैं। शुभ अपनी माँ को खोने पर अपने दुःख का सामना करने से बचने के लिए या शायद अपने दुःख को प्रबंधित करने में मदद करने के लिए अपनी पढ़ाई में व्यस्त था।

क्या हम आंतरिक भटकाव को नियंत्रित कर सकते हैं? हाँ बिल्कुल। आइए व्याकुलता के पीछे के कारण की पहचान करें आंतरिक भटकाव के मामले में, हमारे मन में, काम की तुलना में कुछ ज़्यादा महत्वपूर्ण है। आंतरिक व्याकुलता का एक और कारण यह हो सकता है कि हमारा काम हमारे लिए रोमांचक या प्रेरित नहीं है।

आंतरिक विकर्षणों को दूर करने का तरीका-

- कार्य के उद्देश्य को समझें।
- व्याकुलता के कारण को इंगित करें।
- कार्य को सार्थक बनायें।
- छोटे हिस्सों में कार्यो को बाँटें
- कार्यों के फायदों पर ध्यान दें।
- कार्यों में एक व्यक्तिगत स्पर्श जोड़ें।
- कार्य में प्रेरक कारकों को ढूँढ़ें।
- समय सीमा निर्धारित करें।

एक बार जब हम उद्देश्य और अर्थ को देख लेते हैं, तो हम हाथ में लिए गये काम से जुड़ा हुआ महसूस करते हैं, यहाँ तक कि सबसे सरल कार्य में भी। यह हमें आंतरिक भटकाव को दूर रखने में मदद करता है।

बाहरी विकर्षण

बाहरी भटकाव वे होते हैं जो कभी-कभी सरकार, प्रकृति, अन्य लोगों, प्रणाली, पड़ोस के कारण होते हैं। मान लीजिए कि आप घर पर महत्वपूर्ण ऑफिस के काम पर काम कर रहे हैं और आपका जीवनसाथी पूरी आवाज़ में टीवी चालू करता है। आप अचानक अपनी एकाग्रता खो देंगे और विचलित महसूस करेंगे। जैसे कि एक बल्लेबाज पिच पर होता है और दर्शक नारे लगाने लगते हैं। आप अपनी बल्लेबाजी पर ध्यान केंद्रित नहीं कर सकते और विचलित हो जायेंगे। एक बैठक के लिए जा रहे हैं और सरकार कर्फ्यू लगाती है। आप एक क्लाइंट बैठक के बीच में है और एक बड़े भूकंप के कारण बिजली गुल हो जाती है।

हम एक विविध दुनिया में रहते हैं। हम कई समूहों, पड़ोस, नगर पालिकाओं, और समुदायों का हिस्सा हैं। इसी तरह हमें एक नागरिक के रूप

में बने सरकार के नियमों और विनियमों का पालन करना चाहिए। कई बार हमें प्राकृतिक खतरों और आपदाओं से निपटने की जरूरत होती है, जिन्हें हम अपनी योजना बनाते समय ध्यान में रखना भूल जाते हैं। ये सभी बाहरी भटकाव के कारण हैं।

बाहरी विकर्षणों को कम करें

मैं यह किताब कोविड 19 महामारी के दौरान लिख रहा हूँ। यह बाहरी भटकाव के सर्वोत्तम उदाहरणों में से एक है। हमने साल की शुरुआत में अपनी कंपनी के विकास की योजना बनायी थी। हमने अतिरिक्त ऑफिस स्थान, खरीदे गये उपकरण और अन्य आवश्यक सामग्री को बुक किया था। जब हमारे सबसे बड़े क्लाइंट ने अनुबंध के लिए मना किया तब हमारी भर्ती प्रक्रिया पूरे जोरों पर थी। इसने हमारी विकास योजना को पूरी तरह से बाधित कर दिया। हम नये क्लाइंट के पास वापस गये, जिसके लिए हम विस्तार कर रहे थे। हमने उन्हें महामारी और लंबे समय में व्यापार पर इसके प्रभाव के बारे में बताया। हमने उन्हें नया फैसला लेने से पहले स्थिति को परखने का सुझाव दिया। एक सप्ताह के बाद, वे वापस लौट आये और स्थिति सामान्य होने तक परियोजना की शुरुआत को स्थगित कर दिया। हमने ऑफिस की जगह भी कम कर दी और धनवापसी के लिए खरीदी गयी अतिरिक्त सामग्री वापस कर दी।

• जैसा कि पहले बताया गया है, बाहरी भटकाव हमारे नियंत्रण में नहीं हैं। लेकिन हम इसके प्रभाव को कम कर सकते हैं। कभी-कभी हमें भारी नुकसान और पराजय से बचने के लिए त्वरित निर्णय लेने और कुछ नुकसान उठाने की जरूरत होती है। बाहरी विकर्षणों को रोकने या कम करने के कुछ तरीके यहाँ दिए गये हैं-

• अपने आपको अपने दीर्घकालिक उद्देश्यों पर केंद्रित रखें।

• बाहरी व्याकुलता के लिए एक समाधान खोजें जिससे आपके काम पर असर पड़ा।

- अपने आसपास के लोगों और पर्यावरण के प्रति दयालु रहें।
- सही फैसले लेने के लिए परिस्थितियों को परखें।
- सुधार करने के लिए कदम उठायें।

सकारात्मक विकर्षण

हम मनुष्य के रूप में निरंतर और कठोर कार्य करते-करते थक चुके हैं। सकारात्मक विकर्षण वे ब्रेक हैं जो हम अपने आपको फिर से जीवंत करने के लिए लेते हैं। सुचारू रूप से काम करने के लिए सकारात्मक विकर्षण जरूरी हैं। यह हमारे मन और शरीर को भी तरोताजा करता है और हमें सकारात्मक ऊर्जा से भर देता है। हम बाद के अध्यायों में विभिन्न रूपों में सकारात्मक विकर्षणों पर चर्चा करेंगे।

उत्पादकता बाधाएँ : सुविधा क्षेत्र/भय क्षेत्र

मैं आज आपको चुनौती देना चाहता हूँ कि आप अपने सुविधा क्षेत्र से बाहर निकलें। आपके भीतर इतनी अविश्वसनीय क्षमता है। भगवान ने आप में उपहार और प्रतिभाएँ रखी हैं जिनके बारे में आप शायद कुछ भी नहीं जानते हैं।

-जोएल ओस्टीन

हमारे दिमाग को खुद को सतर्क रखने की आदत होती है। हमारा दिमाग हमें शारीरिक और भावनात्मक नुकसान से बचाना चाहता है। पुराने ज़माने में यही मस्तिष्क हमें जानवरों या कीड़ों के हमले से बचाता था। अब जब हम तकनीकी रूप से उन्नत युग में हैं, तो हमारा मस्तिष्क भावनात्मक नुकसान के बारे में ज़्यादा चिंतित है। आइए हम पब्लिक स्पीकिंग का एक उदाहरण लेते हैं। पब्लिक स्पीकिंग से लोग बुरी तरह डरे हुए हैं। इसी तरह जब भी हम कुछ अलग करने के बारे में सोचते हैं तो हमारा दिमाग हमें ऐसा करने से रोकता है।

प्रसिद्ध अमेरिकी लेखक, लेखक और अभिनेता नोएल डोनाल्ड वॉल्श ने सही उद्धरण किया है-

जीवन अपने सुविधा क्षेत्र से बाहर निकलने पर होता है।

गौतम बुद्ध के बारे में तो हम सभी जानते हैं। वह कपिलवस्तु नाम के राज्य के एक राजकुमार थे, खुशी से विवाहित और एक बेटे के गर्वित पिता थे। उनके पास एक आरामदायक और समृद्ध जीवन जीने के लिए जीवन की सभी सामग्रियाँ थीं। जब उन्होंने गहराई से सोचना शुरू किया तो उन्हें अपने अस्तित्व की प्रासंगिकता का पता नहीं चला। उन्होंने सुविधा क्षेत्र से बचने के लिए अपने राजकुमार होने के सौभाग्य और परिवार सहित सब कुछ त्यागने का फैसला किया। उन्होंने देश भर में यात्रा की, प्रकृति से जुड़ने में अपना समय बिताया। उन्होंने दिव्य ज्ञान प्राप्त करने से पहले अपनी जीवन शैली को एक साधारण

संत के रूप में बदल दिया। बाद में, उन्होंने दुनिया के चौथे सबसे लोकप्रिय धर्म बौद्धधर्म की शुरुआत की। दुनिया भर में बौद्धधर्म को 500 मिलियन से ज़्यादा लोग मानते हैं। यहाँ तक कि मगध वंश के महान सम्राट अशोक ने भी बाद में बौद्धधर्म को अपनाया।

आइए अब चर्चा करते हैं। क्या सिद्धार्थ गौतम बुद्ध बन सकते थे अगर उन्होंने अपने सुविधा क्षेत्र में रहने का फैसला किया होता! इसका जवाब मूर्ख भी जानता है। कितने राजकुमार और राजा जो भगवान बुद्ध के समकालीन थे, क्या हम जानते हैं कि ज्ञान किसने हासिल किया था! इतिहास ऐसे बहुत कम राजाओं और राजकुमारों के बारे में बोलता है। इसलिए, अगर आप प्रसिद्ध होना चाहते हैं या कुछ अविश्वसनीय करना चाहते हैं, तो आपको अपने सुविधा क्षेत्र से बाहर आना चाहिए।

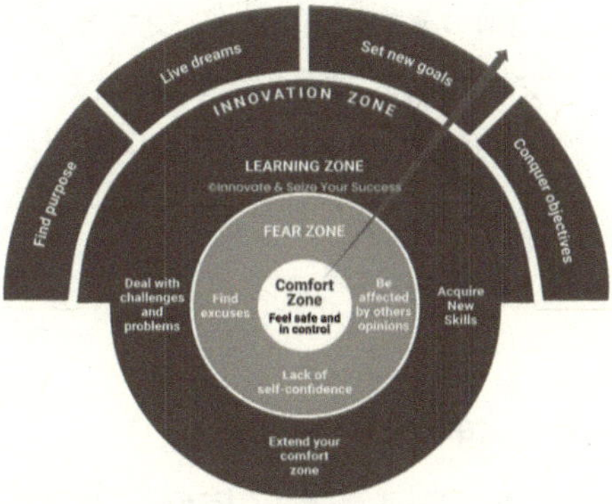

जैसा कि चित्र में दिखाया गया है, सुविधा क्षेत्र आपको भय क्षेत्र में ले जाता है। आपका आत्मविश्वास दिन-ब-दिन कम होता जाता है और उत्पादकता कम स्तर पर होती है। आप हर नयी पहल के लिए बहाने बनाने लगते हैं, क्योंकि आप सुविधा क्षेत्र में होते हैं। एक छोटा-सा बदलाव भी आपको बुरी तरह परेशान करता है। ऐसे में हम दूसरों का अनुसरण करने लगते हैं और उनके विचारों से प्रभावित हो जाते हैं। आपका दिमाग भी सोचना बंद कर देता है; इसलिए आप कुछ सोच नहीं पाते और फैसला नहीं ले पाते। जितनी देर आप सुविधा क्षेत्र और डर में रहेंगे, उससे बाहर आना उतना ही मुश्किल होगा। भारत सरकार के ज्यादातर कार्यालय कर्मचारियों को अपने 'सुविधा क्षेत्र' में रहने

की आदत है। वे डर के क्षेत्र में हैं और हमेशा बहाने बनाने के लिए तैयार रहते हैं। बात करते-करते वे ऐसे बोलते हैं जैसे देश चला रहे हों, लेकिन एक सरल काम में भी बहुत ज़्यादा समय लगता है। आपकी फ़ाइल बिना किसी कारण के अस्वीकार की जा सकती है।

मुझे वे दिन याद हैं जब भारत में सरकारी बैंकों में कम्प्यूटरीकरण की शुरुआत हुई थी। वहाँ वरिष्ठ कर्मचारी इसे नहीं सीख पा रहे थे और सरल काम को करने में बहुत लंबा समय लेते थे और अपने संगठनों के लिए अनुत्पादक हो गये और डर के कारण उन्होंने काफी समय तक पढ़ाई बंद कर दी थी। सुविधा क्षेत्र क्योंकि वे सरकार द्वारा नियंत्रित बैंकों के साथ काम कर रहे थे, इसका मतलब है कि उनकी नौकरी सुरक्षित थी। डर क्षेत्र क्योंकि उनमें आत्मविश्वास और सीखने के उद्देश्य की कमी थी। वे लंबे समय तक एक ही अवस्था में थे और खुद को उत्पादकता क्षेत्र में धकेल नहीं सकते थे। ज़्यादातर बैंकों ने अपने वरिष्ठ कर्मचारियों को एक उत्पादक युवा टीम के साथ बदलने के लिए बड़े पैमाने पर स्वैच्छिक सेवानिवृत्ति (वोलंटरी रिटायरमेंट) को लागू किया।

सुविधा क्षेत्र के नुकसान

- यह सुधार को रोकता है।
- यह आपको वह हासिल करने से रोकता है जो आप हासिल करने में सक्षम हैं।
- यह हमारे पेशेवर और व्यक्तिगत विकास को सीमित करता है।
- हम नये रास्ते खोजना बंद कर देते हैं।
- हम धीरे-धीरे बाहरी दुनिया में रुचि खो देते हैं।
- यह क्षमता को कम करता है और विलंब को प्रेरित करता है।

हमारी दुनिया ऐसे लोगों के उदाहरणों से भरी पड़ी है जो अपने सुविधा क्षेत्र से बाहर आये, दुनिया को बदल दिया और अविस्मरणीय बन गये। हर दिन, कुछ लोग सुविधा क्षेत्र से बाहर निकलने और अपने जीवन को बेहतर बनाने के लिए फैसला लेते हैं। पहली कोशिश में हर कोई सफल नहीं होता है, निश्चित रूप

से। यह जीवन का हिस्सा है। हालाँकि अपने सुविधा क्षेत्र से बाहर निकलने की कोशिश हमें मजबूत और दृढ़ बनाती है। अपने सुविधा क्षेत्र से बाहर निकलने से पता चलता है कि कुछ भी संभव है और हम एक बेहतर, मजबूत और खुशहाल व्यक्ति बनने के लिए गति हासिल करते हैं।

यह सिर्फ एक सुविधा क्षेत्र है जो प्रतिभाशाली व्यक्तियों को सरकारी नौकरियों के लिए आवेदन करने के लिए प्रेरित करता है। ज्यादातर, हम प्रवाह का अनुसरण करते हैं। बहुत कम लोग अपने आजीविका के क्षेत्र को तय करने के लिए अपनी आंतरिक क्षमताओं या ज्ञान को परखते हैं। हम सिर्फ सॉफ्टवेयर इंजीनियरों की भारी मांग की खबर सुनते हैं। हम गूगल, फेसबुक, और अमेज़न जैसे नवसिखुआ को भारी वेतन की पेशकश के बारे में सुनते हैं और कंप्यूटर इंजीनियर बनने का फैसला करते हैं। फिर आप एक सुविधा क्षेत्र में हैं क्योंकि आप एक ऐसा आजीविका चुनते हैं जहाँ नौकरी पाना ज़्यादा आरामदायक हो। क्या आप अपने फैसले के उद्देश्य और दीर्घकालिक दृष्टिकोण को समझने की कोशिश करते हैं? शायद नहीं। एक बार जब आप अपने निर्णय के उद्देश्य और उसी के दृष्टिकोण को समझने की कोशिश करते हैं, तो हम अपने सुविधा क्षेत्र से बाहर आ सकते हैं।

सुविधा क्षेत्र से बाहर आने के कुछ फायदे-

- हम अपने आपको नयी चुनौतियों और अनुभवों के लिए खोल रहे हैं।
- हम अपने आसपास की दुनिया को बेहतर तरीके से समझते हैं।
- हम नयी चीज़ें सीखते और महारत हासिल करते रहते हैं
- हम आत्म-खोज के रास्ते पर हैं
- हम लगातार खुद को बेहतर बनाते हैं
- हम प्रेरित होते हैं और नकारात्मक विचारों से दूर होते हैं।
- हम सफलता के रास्ते पर हैं।

उत्पादकता अवरोध: अभिभूत होना

मुझे नहीं लगता कि आप जीवन के तूफानों को अपने ऊपर हावी होने दे सकते हैं। जब आप ऐसा करते हैं, तो आप उस पागलपन से बेहतर नहीं होते जिसके कारण आप पर हमला हुआ

-टीडी जेक्स

ऐसी स्थितियाँ हैं जहाँ हम कार्यों और अन्य ध्यान देने वाली गतिविधियों के साथ उलझे हुए हैं। आइए एक परिदृश्य पर चर्चा करें। आपने एक महत्वपूर्ण कार्य पर काम करना शुरू कर दिया है। जल्द ही आपको अपने मालिक से अन्य कार्यों को तुरंत पूरा करने के लिए फोन आया। कुछ समय बाद, आपको उस ग्राहक से प्राथमिकता 1 (व्यावसायिक-महत्वपूर्ण) समर्थन टिकट मिला, जिसे जल्दी समाधान की आवश्यकता है। आप क्या करेंगे? क्या आप यह तय करने में सक्षम हैं कि कौन सा कार्य पहले चुनना है? आप अटका हुआ और अनिर्णायक महसूस करते हैं। आप काम पर ध्यान केंद्रित नहीं कर सकते। ऐसी स्थिति अभिभूत का एक उत्कृष्ट उदाहरण है।

कोई भी मुश्किल स्थिति में हो सकता है। अगर आप एक उद्यमी हैं, तो आपको कई प्राथमिकता वाले काम, लाइन में परियोजना, क्लाइंट दबाव और विक्रेता प्रबंधन के ढेर मिलते हैं। अगर आप एक माँ हैं, तो आपको कई काम करने होते हैं, जैसे अपने बच्चे का डायपर बदलना, उसके लिए खाना बनाना, उसके कपड़े साफ-सफाई से धोना। इसी तरह अगर आप एक छात्र हैं, तो आपको परीक्षाओं के दौरान कई चीज़ों का अध्ययन करना होता है। कभी-कभी जब आप विषय से अच्छी तरह परिचित नहीं होते हैं, तो आप एक-एक करके पाठ और विषय पढ़ते हैं। लेकिन अंत में आप ज्यादा याद नहीं कर पाते हैं। कारण यह है कि आप अभिभूत थे।

हम पहले के एक अध्याय में आंतरिक भटकाव पर चर्चा कर चुके हैं। भावनात्मक अतिरेक भी एक प्रकार का अतिरेक है। जब हम अपने विचारों

की तीव्रता को नियंत्रित नहीं कर पाते हैं, तो इसे भावनात्मक अतिरेक कहते हैं। यह सकारात्मक या नकारात्मक हो सकता है। सकारात्मक भावनात्मक अभिभूत होने के मुख्य कारण- अनपेक्षित सफलता, जीत, अचानक समृद्धि, लॉटरी, अविश्वसनीय प्रेम जीवन, आदि। इसी तरह, नकारात्मक भावनात्मक अभिभूत का कारण है- क्रोध, भय, अपराध, महत्वपूर्ण नुकसान, खोया हुआ प्यार, प्रियजनों की मृत्यु, आदि।

अभिभूत होने के सामान्य संकेत

- आप तुच्छ सामान के लिए अजीब तरह से प्रतिक्रिया कर रहे हैं।
- आप सरल कार्यों पर भी ध्यान केंद्रित नहीं कर सकते।
- आप अपने नजदीकी और प्रियजनों का सामना नहीं करना चाहते।
- आप दुर्व्यवहार कर रहे हैं।
- आप बीमार महसूस करते हैं।
- आप अपने दैनिक कामों को याद कर रहे हैं।
- आप असामान्य रूप से काम कर रहे हैं।

अभिभूत के परिणाम

एक बार अभिभूत होने पर आप ध्यान खो देते हैं। आप अपना ख़याल नहीं रख सकते। आप आसानी से अपना भोजन छोड़ सकते हैं, अपनी बैठक और बाकी जरूरी चीज़ों के बारे में भूल सकते हैं। ऐसा व्यवहार तार्किक रूप से सोचने और सही फैसला लेने की आपकी क्षमता को कम करेगा। समय रहते इस पर नियंत्रण नहीं किया गया तो स्थिति और भी खराब हो सकती है। इससे शारीरिक और मानसिक परेशानी हो सकती है। अतिशय सामाजिक जीवन में भी बाधा उत्पन्न कर सकता है। या तो आप बहुत सारी बातें कर रहे हैं और लोगों के साथ अनावश्यक बातें कर रहे हैं या खुद को समाज से अलग कर लिया है। ऐसी सभी गतिविधियों का आपकी उत्पादकता पर बुरा प्रभाव पड़ता है। इसलिए जितनी जल्दी हो सके नकारात्मक अतिरेक की पहचान करना और उसका इलाज करना

जरूरी है।

अभिभूत से निपटने के तरीके

जैसे ही आप पहचानें कि आप अभिभूत हैं, ये उपाय करें -

- अभिभूत होने के मूल कारण को समझने की कोशिश करें।
- परेशान करने वाले कार्यों को हटा दें; विचार आपके दिमाग से निकाल दें।
- यदि आप कार्यों की एक लंबी सूची से अभिभूत हैं, तो उसी की एक सूची बनायें।
- क्रिया मोड में आयें और कार्यों को खत्म करना शुरू करें।
- अपने मुद्दों को सुलझाने में अभिनव रहें।
- अपने परिवार के सदस्यों, दोस्तों या सहकर्मियों के साथ धैर्यपूर्वक चर्चा करें।
- खुद पर भरोसा रखें।
- जब आप मुश्किल में हों तो अपने वरिष्ठों को शामिल करें।

आइए यहाँ वास्तविक जीवन के उदाहरण पर चर्चा करें। मेरे मित्र हरीश पेशे से वकील हैं। कुछ साल पहले, उन्होंने देश के एक प्रसिद्ध वकील के अधीन एक कनिष्ठ के रूप में काम किया। हरीश के मालिक का कंपनी कानून के मामलों में जबरदस्त ट्रैक रिकॉर्ड था। एक दिन, सुबह-सुबह हरीश को अपने मालिक के सचिव का फोन आया। सचिव ने कहा कि कुछ जरूरी कारणों से मालिक एक हफ्ते के लिए विदेश जा रहे थे। उन्होंने इस सप्ताह निर्धारित मामलों को कार्यालय के अन्य लोगों को सौंपा है और हरीश को एक गंभीर मामला भी सौंपा गया था। हरीश से दो घण्टे के भीतर मामले की फाइलें लेने का अनुरोध किया गया था। हरीश जल्दी से कार्यालय पहुँचा। वह मालिक के केबिन में गया। उसका मालिक मुस्कुराया और कहा, "हरीश यह एक गंभीर मामला है और आपको हर कीमत पर जीतना चाहिए।" उन्होंने हरीश को क्लर्क से केस फाइल लेने को कहा।

हरीश ने फाइलें लेते समय मामले की अगली सुनवाई की तारीख के बारे में पूछा। क्लर्क ने कहा कि अगले दिन 12:30 बजे सुनवाई होनी है। हरीश को लगा जैसे वह सर्दियों में पसीने में डूब रहा हो। उसने फाइल में देखा। मामले का मूल विवरण 246 पेज का था। अन्य अनुबंध अतिरिक्त 600 पेज थे। वह पूरी तरह से अभिभूत था। वह घर वापस आया लेकिन शुरू नहीं कर सका। उसने पहले कुछ पन्नों को देखा, जिनमें अनुबंध और अन्य सहायक दस्तावेजों के समीक्षा की आवश्यकता थी। उसने घड़ी को देखा और यह जानकर चकित रह गया कि उसने अपने 6 घण्टे सोचने में लगा दिए हैं। उन्होंने रिकॉर्ड के साथ शुरुआत भी ठीक से नहीं की थी। पहले से ही 9 बज गये थे। हरीश के मन में तरह-तरह के विचार आने लगे। उसने बहाना बनाने की सोची। अगले मिनट में, उसने सुनवाई की एक और तारीख का अनुरोध करने के बारे में सोचा, हालाँकि हरीश को पता था कि यह उसके विकास के लिए एक दुर्लभ अवसर था। हरीश ने आँखें बंद कीं, दिमाग खाली किया, दस मिनट के लिए कुर्सी पर लेट गया। उसने निर्धारित सुनवाई के समय पर मामले को आगे बढ़ाने का फैसला किया। हालाँकि यह आसान नहीं था, हरीश को अभी भी पता नहीं था कि कहाँ से शुरू किया जाये। उसने अचानक अपने दोस्त और विशेषज्ञ कॉर्पोरेट वकील अनवर को फोन करने का सोचा। हरीश ने जल्दी से अपना मोबाइल फोन उठाया और अनवर को फोन किया। हरीश ने अपनी चुनौतियों को साझा किया और अनवर से मदद के लिए अनुरोध किया। अनवर मदद के लिए तैयार हुआ और 20 मिनट में हरीश के घर पहुँच गया। फाइलों का बंडल देखकर अनवर मुस्कुराया। अनवर ने हरीश को सांत्वना दी और दो कप कॉफी बनाने को कहा और फाइलों को देखने लगा।

शांति से कॉफी पीने के बाद अनवर ने कहा, "मैं समस्या की पहचान कर सकता हूँ क्योंकि कल आपकी सुनवाई है। आज आपको 850 पेज की फाइलें मिलीं और समझ नहीं आ रहा है कि कहाँ से शुरू करें। एक बात स्पष्ट है; हम इतने कम समय में पूरी जानकारी तक नहीं जा सकते। हमें इस स्थिति को चतुराई से सँभालने की जरूरत है। आइए हम उन सभी कार्यों की एक सूची बनायें जो हम सुनवाई के समय तक करेंगे।" हरीश ने अपने नोटपैड पर नीचे दी गयी सूची के अनुसार एक सूची बनाना शुरू किया-

1. शिकायत का विषय पढ़ें।

2. शिकायत में बताये गये सभी अनुबंधों की जाँच करें।

3. सभी सहायक दस्तावेजों को ध्यान से देखें।

4. कोर्ट में पहले दी गयी याचिका को पढ़ें।

5. याचिका में उल्लिखित संदर्भों को ढूँढ़ें और मान्य करें।

6. तर्क के लिए टिप्पणियाँ बनायें।

7. विरोधी पक्ष द्वारा प्रस्तुत याचिका को पढ़ें।

8. विरोधी पक्ष द्वारा प्रस्तुत संदर्भों की पुष्टि करें और कमियों का पता लगायें।

9. विरोधी पक्ष की याचिका में हमारे मजबूत बिंदुओं को सूचीबद्ध करें, और बाकी सब।

उन्होंने 30 विषम कार्यों की एक सूची बनायी। नोटपैड पर लिखते समय हरीश राहत महसूस करने लगा। जल्द ही अनवर की आँखें झपक गयीं और उन्होंने कहा, "आइए हम याचिका पर गौर करें। जिसने भी इसे तैयार किया है, हो सकता है कि उसने सभी विवरणों को देखा हो। इसके अलावा, अदालत में हमारा तर्क याचिका में बताये गये तथ्यों और सबूतों के इर्द-गिर्द होगा।" जल्द ही अनवर और हरीश ने याचिका की कॉपी पढ़ना शुरू कर दिया। वहाँ बातों का जिक्र किया हुआ था। याचिका के बगल में फाइल में एक हस्तलिखित वंचक पत्रक थी। यह याचिका में बताये गये बिंदुओं के संदर्भों की एक सूची थी। हरीश ने कुछ संदर्भों की जाँच की और यह सटीक था। हरीश और अनवर दोनों खुशी से झूम उठे। हरीश इस विषम परिस्थिति पर काबू पाने में सफल रहा। इसके बाद से हरीश पूरी तरह से बदला हुआ आदमी था। वह अब किसी भी चुनौतीपूर्ण स्थिति से नहीं डरता था। आजकल हरीश एक व्यस्त और प्रसिद्ध वकील हैं।

जब भी आप अभिभूत महसूस करें, अपने आपको शांत करें और फिर स्थिति और समाधान के बारे में सोचें। अपने दिमाग को तरोताजा करने के लिए काम से कुछ समय के लिए छुट्टी लें और अलग-अलग कोणों से कार्य के बारे में सोचें। अगर आप अभी भी अनजान हैं, तो अपने सक्षम मित्रों या सहकर्मियों से संपर्क करें।

उत्पादकता अवरोध: चीज़ों के सही होने का इंतजार

अपने जीवन में बदलाव करना शुरू करने के लिए सही समय का इंतजार न करें; सही समय अभी है

-क्रिस गार्डनर

हम चीज़ों के बारे में अटकलें लगाते रहते हैं और खुद को कुछ रोमांचक शुरू करने से रोकते हैं। हम में से ज़्यादातर लोग सही समय का इंतजार करते हैं और शुरुआत में देरी करते रहते हैं। जैसा कि पिछले अध्यायों में चर्चा की गयी है, हमें अपने लक्ष्य तक पहुँचने की शुरुआत करनी चाहिए। हम कई लोगों से मिलते हैं जो कहते हैं; मैं थक गया हूँ, मुझे कुछ दिन आराम करने दो। मेरे पास समय की कमी है। मेरे कौशल पुराने हैं, मैं सक्षम नहीं हूँ। अन्य पहले से ही कर रहे हैं, मुझे इंतजार करने दें कि वे कैसा प्रदर्शन करते हैं। मुझे अब बहुत देर हो चुकी है, अभी सही समय नहीं है। ये सब तो बस बहाने हैं। उनमें इतना आत्मविश्वास नहीं है कि वे पहला कदम आगे बढ़ा सकें।

रसायन विज्ञान और भौतिकी में, हम सक्रियण ऊर्जा के बारे में पढ़ते हैं। इसे प्रारंभिक और अंतिम स्थिति से संबंधित संभावित ऊर्जा सतह के न्यूनतम को अलग करने वाले ऊर्जा अवरोध के परिमाण के रूप में माना जा सकता है। इसका मतलब है कि रासायनिक या परमाणु क्रिया शुरू करने के लिए सक्रियण ऊर्जा की न्यूनतम आवश्यकता है। एक बार जब आप रासायनिक प्रतिक्रिया को सक्रिय करते हैं, तो यह आवश्यक शक्ति स्वयं उत्पन्न करेगा। आमतौर पर, संचालन ऊर्जा सक्रियण ऊर्जा की कई गुना होती है, लेकिन यह सक्रियण के बाद स्वचालित रूप से उत्पन्न होती है। इसका मतलब है कि प्रतिक्रिया के लिए सक्रियता आवश्यक है। इसी तरह, अपने लक्ष्य की सक्रियता आवश्यक है।

भारत में लोग अंधविश्वासी हैं और सही और गलत समय के बारे में बहुत सोचते हैं। हमारे पास अच्छे और बुरे दिन, पखवाड़े, महीने हैं। उदाहरण के लिए,

हिंदू कैलेंडर के अनुसार, भाद्र एक महीना है, यह सुझाव दिया जाता है कि उस दौरान उत्तर भारत में कुछ भी नया शुरू न करें। लेकिन भारत के पश्चिमी भाग में भगवान गणपति के नाम से मनाया जाने वाला सबसे बड़ा त्योहार उस दौरान मनाया जाता है। पश्चिमी भारत में लोग गणेश चतुर्थी से अनंत चतुर्दशी के बीच के दस दिनों को हिंदू कैलेंडर का सबसे शुभ समय मानते हैं। मैं ऐसे सैकड़ों लोगों को जानता हूँ जिन्होंने तथाकथित गलत समय के दौरान अपना प्रयास शुरू किया लेकिन अच्छी तरह से समृद्ध हुए। अगर आपको कोई गंभीर बीमारी है, तो क्या आप शुभ मुहूर्त की प्रतीक्षा करेंगे? अगर कोई आपकी सेवाओं या उत्पादों को आकर्षक दर पर खरीदना चाहता है, तो क्या आप उसे बाद में आने के लिए कहेंगे? हमारी जीवनशैली को पूरी तरह से बदलने के लिए हमारे लक्ष्य बहुत आकर्षक हैं। आपको सही समय का इंतजार करके इसमें देरी नहीं करनी चाहिए।

आपकी सफलता के लिए सभी आवश्यक चीज़ें शायद ही कभी एक साथ इकट्ठा होंगी। मेरे स्कूल के सहपाठी जोसेफ गायन में असाधारण रूप से अच्छे थे। जब भी वे गाते थे दर्शक झूम उठते थे। सभी ने उन्हें संगीत उद्योग में अपनी आजीविका की योजना बनाने का सुझाव दिया। यहाँ तक कि उन्होंने भारतीय फिल्म उद्योग में एक सफल गायक बनने का सपना देखा था। स्कूल से स्नातक होने के छः साल बाद मैं उनसे मिला और उनसे उनके गायन के प्रयास के बारे में पूछा। उन्होंने कहा, 'मैं सही समय का इंतजार कर रहा हूँ। मैंने सोचा, तुम क्यों इंतज़ार कर रहे हो? आप जानते हैं कि आप गायन में अच्छे हैं। उन्होंने सिर हिलाया, "हाँ, मैं अच्छा हूँ, लेकिन अगर मैं सफल नहीं हो पाया तो क्या होगा? इसलिए मैंने फैसला किया है कि पहले मुझे अच्छी नौकरी मिलेगी और फिर गाने की कोशिश करूँगा।" कुछ समय बाद उन्हें एक आई टी कंपनी में नौकरी मिल गयी। उनकी दस साल की नौकरी के बाद, मैंने उनसे बात की और फिर से गाने के बारे में पूछा। उन्होंने कहा, मैं नौकरी और परिवार में फँसा हुआ हूँ और अब गाना गाना भूल गया हूँ। काश मैंने नौकरी में आने से पहले गाने की कोशिश की होती।

जोसेफ के मामले के बारे में सोचिए। वह गायन में कुशल थे, लेकिन वह अपने जुनून से अपनी किस्मत आजमाने के लिए सही समय का इंतजार कर

रहे थे। दुर्भाग्य से, वह सही समय कभी नहीं आया। लेकिन जोसेफ को बाद में शुरू न करने का पछतावा हुआ। आदर्श समय खोजने की प्रक्रिया में वह अपने जुनून और लक्ष्य से पूरी तरह दुर हो गये। यह अवास्तविक आकांक्षाओं वाले अधिकांश लोगों की विशिष्ट कहानी है।

कुछ समय बाद अभी शुरुआत न करने पर आपको पछतावा होगा। यहाँ तक कि अगर आप काम पर हैं, तो आप सही पल या सही स्थिति या सब कुछ सही होने की प्रतीक्षा नहीं कर सकते हैं ताकि सौंपे गये कार्य को शुरू किया जा सके। इसी तरह, हर बार कार्य देते समय आप उत्तम नहीं हो सकते। हम चीज़ों को उत्तम बनाने की चाह में अपना समय बर्बाद करते हैं। इसके अलावा, पूर्णता के बारे में प्रत्येक व्यक्ति की एक अलग राय या पसंद होती है। उदाहरण के लिए, गाने के बोल जो मुझे सही लगते हैं, हो सकता है कि वह दूसरों के लिए सही न हो। आपका काम कभी भी सभी के लिए आदर्श नहीं हो सकता, भले ही आप उस पर अनंत समय क्यों न बितायें। इसलिए, एक अच्छा पर्याप्त स्तर प्राप्त करने और उसके बाद अगले कार्य पर जाने की सिफारिश की जाती है। इस तरह, आप समय सीमा को पूरा कर सकते हैं और खुद को उत्पादक साबित कर सकते हैं। प्रारंभिक शुरुआत और समाप्ति सफलता की कुंजी हैं।

सफल होने के लिए आपको पूर्णता के लिए अपना समय बर्बाद करने के बजाय कार्य करने की आवश्यकता है।

वर्तमान प्रतिस्पर्धी युग में, समय सीमा महत्वपूर्ण है। अगर हम पूर्णता के कारण अपने कार्यों को पूरा करने में अधिक समय ले रहे हैं, तो हमारे प्रतियोगी हमें हरा देंगे। आप जीवन बदलने वाले एक नये विचार पर काम कर सकते हैं, लेकिन आप निश्चिंत नहीं हो सकते कि दूसरे उस विचार पर काम नहीं करेंगे। इसलिए हमें योजना के अनुसार कार्यक्रम के भीतर जल्दी से काम करना चाहिए और चीज़ों को वितरित करना चाहिए।

चीज़ों के सही होने का इंतज़ार करने के नुकसान-

1. यह हमें निष्क्रिय बनाता है।
2. इससे असफलता का डर बढ़ जाता है।

3. यह हमारे कार्यों को अनावश्यक रूप से बढ़ाता है।

4. यह शुरुआत में देरी करता है; कभी-कभी, हम कभी शुरू नहीं कर पाते हैं।

5. यह हमें अतिरिक्त सतर्क करता है।

6. हम बेवजह दूसरों की आलोचना करने लगते हैं।

7. हम निराशावादी हो जाते हैं।

ऊपर दिए गये सभी कारण उत्पादकता को बुरी तरह से कम कर देते हैं। कभी-कभी चीज़ों के सही होने का इंतजार करते हुए हम पूरी तरह से विचलित हो जाते हैं। यह एक मानसिक स्थिति है जहाँ हम चुनौतीपूर्ण कार्य न करने का बहाना बनाते हैं। मनुष्य के रूप में, हम सुविधा क्षेत्र में रहना चाहते हैं और असफलता से डरते हैं। हमें कई क्रिकेट मैच याद हैं जहाँ बल्लेबाज खेल के बीच में अच्छी गेंदों पर रन लेने से हिचकते हैं। वे सही गेंदों का इंतजार कर रहे हैं जिसे वे सीमा से बाहर कर सकते हैं। इसके परिणामस्वरूप बल्लेबाजों को स्लॉग ओवरों में अधिक आवश्यक रन रेट के कारण जोखिम भरे निशाने के साथ अपने विकेट गंवाने पड़ते हैं। एक सफल बल्लेबाज उत्तम गेंदों की प्रतीक्षा किए बिना नियमित रूप से रन बनाता रहता है, इसलिए वह स्लॉग ओवरों के दौरान दबाव में नहीं होता है।

हालाँकि हम कुशल और बिना गलती के कार्य के लिए पूर्णता का लाभ उठा सकते हैं। अगर आप पूर्णता का कुशलतापूर्वक इस्तेमाल करते हैं, जैसा कि इस अध्याय में सुझाया गया है, तो इसके परिणामस्वरूप उच्च उत्पादकता और बेहतर परिणाम हासिल होंगे।

उत्पादकता बाधा: एक समय में एक से अधिक कार्यों को करना

भले ही हमें लगता है कि हम बहुत कुछ कर रहे हैं, विडम्बना यह है कि जब हम एक से अधिक कार्य करते हैं तो यह हमें प्रदर्शनकारी रूप से कम कुशल बनाता है।

-डैनियल लेविटिन

नौकरी पोर्टल पर नौकरी ढूँढ़ते समय, हम अक्सर एक सामान्य आवश्यकता 'एक से अधिक कार्यों में अच्छा होना' देखते हैं। यह दर्शाता है कि मल्टीटास्किंग को एक पसंदीदा व्यक्तिगत विशेषता माना जाता है। आमतौर पर, हम मानते हैं कि अगर हम एक समय पर एक से अधिक कार्य कर सकते हैं तो हम कम समय में बहुत सारे काम कर सकते हैं। हम तकनीकी रूप से उन्नत दुनिया में बहुत सारे यंत्रो से घिरे हुए हैं और हम आमतौर पर जल्दी से जवाब देना चाहते हैं। ऐसी सभी चीज़ें हमें मल्टीटास्कर बनाती हैं और हमें इस पर गर्व महसूस होता है।

एक से अधिक कार्यों पर एक साथ काम करते समय, एक कार्य के बीच दूसरे कार्य में जाना और कई त्वरित एक के बाद एक कार्यों को करना मल्टीटास्किंग के रूप में जाना जाता है। उदाहरण के लिए आप लैपटॉप पर वीडियो सम्मेलन में भाग ले रहे हैं और मोबाइल फोन पर अपनी प्रेमिका के साथ बातचीत कर रहे हैं; आप एक साथ अपने ई-मेल भी जाँच कर रहे हैं। आपको गर्व है कि आप अपना समय बर्बाद नहीं कर रहे हैं और यहाँ तक कि आपको लगता है कि आप सुपर उत्पादक हैं। हम में से ज्यादातर लोग ऐसा ही सोचते हैं। दुर्भाग्य से आप गलत हैं अगर आपको लगता है कि मल्टीटास्किंग उत्पादक है।

अब हम ऊपर दिए गये उदाहरण पर चर्चा करते हैं। आप अपने लैपटॉप पर एक वीडियो सम्मेलन में भाग ले रहे हैं। आपका कैमरा चालू है और आप

सीधे बैठे हैं। आप एक ही लैपटॉप पर अपनी प्रेमिका के साथ बातचीत कर रहे हैं। आप समय-समय पर अपने ईमेल की जाँच भी कर रहे हैं। इसका मतलब है कि आप अपनी स्क्रीन पर एक जगह से दूसरी जगह पर जा रहे हैं। आपको पिछले हफ्ते दी हुई सेवाओं पर अपने ग्राहक से एक कठिन ईमेल मिला है। वे एक ही ईमेल में अपने पैसे वापस मांग रहे हैं। अब वीडियो सम्मेलन पर ध्यान देना या अपनी प्रेमिका से बातचीत करना संभव नहीं है। यह एक उत्कृष्ट उदाहरण है। आइए एक और उदाहरण लें, अगर आपकी प्रेमिका नाराज हो और कुछ अप्रिय शब्द कहे और बातचीत करना बंद कर दे तो क्या होगा? फिर, आप अपना ध्यान खो देंगे और सम्मेलन कॉल में चर्चा किए गये विषयों को नहीं समझेंगे। आप एक महत्वपूर्ण ईमेल भी पढ़ रहे हैं और प्रस्तुतकर्ता ने चर्चा किए जा रहे विषय पर आपकी राय पूछी। आपका ध्यान ईमेल पढ़ने पर है; इसका मतलब है कि आप पूरी तरह से सम्मेलन पर ध्यान केंद्रित नहीं कर रहे हैं। ऐसी स्थिति में आपको अजीब लगेगा और अन्य कार्यों से भी अपना ध्यान खो देंगे।

मल्टीटास्किंग में दुगनी गलतियों के साथ दुगना समय लगता है।

हाँ, आपने इसे सही पढ़ा। मल्टीटास्किंग में हमेशा सामान्य से अधिक समय लगता है। मल्टीटास्किंग के दौरान एक घण्टे के काम को पूरा करने में औसत दो घण्टे का समय लगता है। इसी तरह, मल्टीटास्किंग के दौरान गलती की संभावना दोगुनी हो जाती है। मल्टीटास्किंग के दौरान, सरल काम कठिन हो जाते हैं, क्योंकि ध्यान दो कार्यों में बँट जाता है।

खोज में बताया जाता है कि एक समय पर ज़्यादा कार्य करने से हमारी उत्पादकता पर नकारात्मक प्रभाव पड़ता है। इसी तरह, एक समय में एक कार्य पर काम करने की तुलना में मल्टीटास्किंग करते समय भटकाव को दूर करना ज़्यादा मुश्किल होता है। इसके अलावा, अलग-अलग काम एक साथ करने से मानसिक अवरोध हो सकते हैं, जो हमें धीमा कर देते हैं। हमारे दिमाग के कार्यकारी कार्य मल्टीकार्य करना मैनेज करते हैं। कार्यकारी कार्य कैसे, कब और कार्यों के क्रम को तय करने के लिए संज्ञानात्मक कार्यों का प्रबंधन करता है। इसे दो चरणों द्वारा प्रबंधित किया जाता है लक्ष्य स्थानांतरण और भूमिका सक्रियण। मल्टीटास्किंग में, मस्तिष्क के कार्यकारी कार्य एक से दूसरे में लक्ष्य स्थानांतरण और उसी तरह भूमिका सक्रियण संचालित करते हैं। यह बहुत अधिक मुश्किल

पैदा करता है और उत्पादकता स्तर नकारात्मक स्तर पर चला जाता है।

मल्टीटास्किंग के नुकसान-

- यह ध्यान की कमी का कारण बनता है।
- यह व्याकुलता का एक स्रोत है।
- यह दक्षता कम कर देता है।
- तनाव का स्तर बढ़ाता है।
- स्मृति हानि।
- काम अच्छी गुणवत्ता से नहीं होता।
- सामान्य से अधिक समय लगता है।

यह मदद करेगा अगर आपने कभी भी आवश्यक कार्यों के लिए मल्टीटास्किंग पर विचार नहीं किया है जिसमें ध्यान, रचनात्मकता और समस्या को सुलझाने की आवश्यकता होती है। उदाहरण के लिए, अपने बोर्ड को प्रस्तुत करने के लिए तिमाही की बिक्री रिपोर्ट तैयार करते समय, आपको पूरा ध्यान देने की जरूरत होती है और कोई भी विचलन अजीब परिणाम देगा। नौकरी के लिए साक्षात्कार की तैयारी के दौरान आप अपना ध्यान दूसरे कामों पर नहीं लगा सकते हैं।

मल्टीटास्किंग के प्रतिकूल प्रभावों को कम करें-

- 30 मिनट का नियम- यह नियम बताता है कि आप दिन के सबसे महत्वपूर्ण कार्य पर 30 मिनट समर्पित रूप से खर्च करते हैं। आप उन 30 मिनट के दौरान सख्ती से कोई दूसरा काम नहीं करेंगे। आप अपने काम के प्रकार के आधार पर मिनटों की संख्या कम कर सकते हैं। उदाहरण के लिए, अगर आपके आवश्यक कार्यों में औसत 15 मिनट लगते हैं, तो आप इसे 15 मिनट में बदल सकते हैं या अगर आपके नियमित काम में औसत ज़्यादा समय लगता है, तो

आप इसे बढ़ा सकते हैं। इरादा मल्टीटास्किंग को कम करना शुरू करना है।

- मल्टीटास्किंग कार्यों की संख्या कम करें- आइए मल्टीटास्किंग कार्यों की संख्या को कम करना शुरू करें और प्रभाव देखें। अगर आप पाँच कार्यों पर काम कर रहे हैं, तो इसके बारे में सोचें और इसे तार्किक रूप से कम करें। उदाहरण के लिए, अगर आप एक वेब सम्मेलन में भाग ले रहे हैं, अपनी प्रेमिका के साथ चैट कर रहे हैं और अपने व्यापारिक ईमेल की जाँच कर रहे हैं। आप वेब सम्मेलन में भाग लेकर और ब्रेक के दौरान ईमेल जाँच करके इसे कम कर सकते हैं, इसी तरह अगर आप टीवी देख रहे हैं, फोन पर बात कर रहे हैं और एक साथ टिप्पणियाँ लिख रहे हैं। आप इसे टीवी देखने और टिप्पणियाँ लिखने तक कम कर सकते हैं।

- भटकाव को कम से कम करें- हमने पिछले अध्यायों में पहले ही भटकाव पर चर्चा की है और समझते हैं कि यह हमारी उत्पादकता को कैसे प्रभावित करता है। मल्टीटास्किंग को कम करने के लिए हमें इसे सबसे निचले स्तर पर रखना चाहिए।

- प्राथमिकता वाले कार्यों की सूची बनायें- आवश्यक कार्यों की सूची बनाना हमेशा अच्छा होता है। यह हमें खुद को सही रास्ते पर रखने में मदद करता है।

अब हम समझते हैं कि मल्टीटास्किंग एक उत्पादकता बाधा क्यों है और उत्पादकता को उच्च स्तर पर रखने के लिए इसे कैसे कम किया जाये। हालाँकि कुछ ऐसे काम हैं जिन्हें आप एक साथ कर सकते हैं ताकि आप अपने समय का सदुपयोग कर सकें। उदाहरण के लिए, यात्रा करते समय (ड्राइविंग नहीं), आप दिन के लिए नियुक्तियों की सूची पर फोन कॉल या नज़र डाल सकते हैं और तदनुसार योजना बना सकते हैं। आप सुबह की चाय या नाश्ता करते समय अखबार पढ़ सकते हैं। मल्टीटास्किंग का मूल विचार मल्टीटास्किंग कार्यों की सूची से केवल एक ही कार्य आपके दिमाग में होना चाहिए।

उत्पादकता बाधा : याददाश्त पर निर्भर होना

मेरी माँ ने काम करने के लिए अपनी याददाश्त पर भरोसा किया क्योंकि वह पढ़ नहीं सकती थीं। इसका एक हिस्सा वास्तव में नंबर नहीं जानना था।

-एडवर्ड पी जोन्स

याददाश्त हमारे मस्तिष्क का एक महत्वपूर्ण हिस्सा है, जो हमें आवश्यकता के अनुसार आँकड़ों को एन्कोड करने, संग्रह करने और फिर से हासिल करने में मदद करती है। मनोविज्ञान में, याददाश्त को तीन चरणों में बाँटा गया है- समझना, संग्रह करना, ज़रूरत पड़ने पर याद आना (एन्कोडिंग, स्टोरेज और रिट्रीवल)। स्मृति का हमारे जीवन में महत्वपूर्ण स्थान है। यह हमारे द्वारा सीखे गये कौशल को समझने, सहेजने और इस्तेमाल करने में हमारी मदद करती है। यह हमारे दिन-प्रतिदिन के व्यवहार या राय तैयार करने में भी महत्वपूर्ण भूमिका निभाती है।

लेकिन सवाल यह है कि क्या हम अपनी याददाश्त पर भरोसा कर सकते हैं? बिल्कुल नहीं। हम एक अच्छी तरह से जुड़ी हुई दुनिया में रहते हैं, जहाँ जानकारी हमारी उँगलियों पर उपलब्ध है। हम एक दिन में कई अच्छी और बुरी स्थितियों से गुजरते हैं। कभी-कभी हम काम के बोझ से दब जाते हैं; कभी-कभी हम खुश होते हैं और जश्न मनाने में व्यस्त होते हैं, कभी-कभी हमें खेद या निराशा होती है। हम कई मानसिक अवस्थाओं से गुजरते हैं और चीज़ों को आसानी से भूल जाते हैं। हालाँकि हम अपनी याददाश्त को दोष नहीं दे सकते; इसके बजाय, यह समस्या हमारे व्यस्त कार्यक्रम या अन्य महत्वपूर्ण कारकों की है।

शोधकर्ताओं का सुझाव है कि हम औसत एक घण्टे में 50% जानकारी, 24 घण्टे के भीतर 70% और एक सप्ताह में 90% भूल जाते हैं। हालाँकि व्यक्तियों के बीच भूलने में काफी अंतर होता है, लेकिन यह एक स्थापित सत्य है

जिसे हम भूल जाते हैं। हम क्या भूल जाते हैं और क्या याद रख सकते हैं यह हमारे वश में नहीं है। कभी-कभी हम उपयोगी चीज़ें भूल जाते हैं और टालने योग्य चीज़ों को याद करते हैं। इसलिए निष्कर्ष सरल है; हमें अपनी याददाश्त पर भरोसा नहीं करना चाहिए।

हम आमतौर पर व्यस्त और सफल लोगों को चर्चा के बिंदुओं को नोट करते या रिकॉर्ड करते हुए देखते हैं। इसी तरह, फॉर्च्यून 100 सीएक्सओ एक टीम के साथ चलते हैं। महत्वपूर्ण चीज़ों को नोट करने के लिए उनकी टीम में कुछ समर्पित प्रतिनिधि हैं। जब भी हम कुछ महत्वपूर्ण पढ़ते हैं, जिसे हम याद रखना चाहते हैं, तो हम उसे रेखांकित करते हैं या वेब पेजों को बुकमार्क कर लेते हैं। स्मृति पर निर्भरता से बचने के लिए ये सभी अभ्यास हैं। आपने एम ओ एम (बैठक के कार्यवृत्त) के बारे में तो सुना ही होगा; यह एक बहुत प्रसिद्ध शब्द है और आम तौर पर बैठक में चर्चा किए गये सभी महत्वपूर्ण विषयों, बिंदुओं और क्रियाओं को नोट करने के लिए इस्तेमाल किया जाता है। बैठक के तुरंत बाद एम ओ एम भेजने की भी सिफारिश की जाती है ताकि हम इस बिंदु को भूल न जायें।

उद्यमियों को महत्वपूर्ण चीज़ों को नोट करने की जरूरत है और स्मृति पर 1% भी भरोसा नहीं करना चाहिए। आपके पास सबसे तेज याददाश्त हो सकती है, लेकिन इस पर भरोसा करने का जोखिम कभी न लें। खोज में बताया गया हैं कि सूचना का प्रसार होता है और कभी-कभी हम सूचना के उद्देश्य, आकार, आदर्श वाक्य को भूल जाते हैं। मान लीजिए आपने एक महत्वपूर्ण कार्यक्रम में भाग लिया; आपने एक विशेषज्ञ की राय सुनी, किसी तरह आप वहाँ हुई चर्चा को नोट नहीं कर सके। मुझ पर विश्वास करें; यह आपके समय और ऊर्जा की पूरी बर्बादी है।

आइए हम राजनेताओं का उदाहरण लेते हैं। चुनाव प्रचार के दौरान, वे अपने निर्वाचन क्षेत्र के लगभग सभी स्थानों को कवर करते हैं। क्या वे यह सुनिश्चित करने के लिए अपनी याददाश्त पर भरोसा कर सकते हैं कि वे उसी क्षेत्र या स्थान पर दोबारा नहीं जा रहे हैं? इसी तरह, क्या वे यह सुनिश्चित करने के लिए अपनी याददाश्त पर भरोसा कर सकते हैं कि वे एक ही समूह से बार-बार नहीं मिल रहे हैं? इसका सटीक जवाब है कि संभव नहीं है।

इसी तरह, छात्र अच्छे अंक हासिल करने के लिए अपनी याददाश्त पर भरोसा नहीं कर सकते। उन्हें इसे याद रखने के लिए प्रमेय, संख्यात्मक और अन्य संबंधित सामग्री का अभ्यास करना होगा। अगर वे सिर्फ स्मृति पर भरोसा करते हैं, तो वे सभी सवालों का प्रभावी ढंग से जवाब नहीं दे पायेंगे। 'स्मृति पर भरोसा' एक भ्रम है जो हमें वास्तविकता से दूर ले जाता है। कभी-कभी आपका दिमाग कहता है कि आप तथ्यों को अच्छी तरह से जानते हैं, लेकिन जब आप इसका इस्तेमाल करना चाहते हैं तो आप कुछ भी याद नहीं कर पाते और खाली महसूस करते हैं।

अपने शुरुआती दिनों में, मैं अपनी याददाश्त पर बहुत भरोसा करता था। एक दिन मुझे एक वीडियो सम्मेलन कॉल में कई स्थानों से कई सारे दर्शकों के सामने उपस्थित होना था। मेरे मालिक ने मुझे अच्छी तैयारी करने को कहा। मैंने कई बार केस अध्ययन में मामूली बदलावों के साथ एक ही स्लाइड को प्रस्तुत किया था और इसके बारे में पूरी तरह आश्वस्त था। मुझे हर स्लाइड का बेहतर अंदाजा था। मैंने प्रस्तुति को पूरे प्रवाह में शुरू किया। शुरुआत की दो स्लाइडों को देखने के बाद, मुख्य निर्णयकर्ता ने सॉफ्टवेयर एप्लिकेशन से संबंधित गहन तकनीकी सवाल पूछना शुरू कर दिया, जिसे मैं प्रस्तुत कर रहा था। मैं प्रवाह का अनुसरण करता था और अंत में रुकता था। तकनीकी विवरण भी प्रस्तुति का हिस्सा था, लेकिन वो 9वीं स्लाइड पर था। ईमानदारी से कहूँ तो मुझे कोई विवरण याद नहीं आ रहा था। मुझे पावर-पॉइंट पर स्लाइड नंबर भी याद नहीं आ रहा था जिसे मैंने पहले कम से कम दस बार प्रस्तुत किया था। इसने मेरे प्रवाह को बुरी तरह से तोड़ दिया और मुझे अपने आपको समेटने में कुछ मिनट लगे। तब से, मैंने कभी भी अपनी याददाश्त पर भरोसा नहीं किया है और चीज़ों को नोट करने के लिए एक प्रणाली का इस्तेमाल किया है।

याददाश्त पर भरोसा करना बंद करने के तरीके

- टिप्पणियाँ बनाना शुरू करें- महत्वपूर्ण कार्यों, सीख, मुद्दों, समस्याओं, समाधानों आदि को नोट करने से हमें प्रभावी रूप से मदद मिलती है। आप सभी

सफल लोगों को उनकी चर्चाओं और अन्य प्रमुख बिंदुओं को नोट करते हुए देखते हैं और टिप्पणियाँ बनाके अपने जीवन को अत्यधिक सुविधाजनक बना सकते हैं। क्या आप उस सम्मेलन के प्रमुख बिंदुओं को याद करने में सक्षम हैं जिसमें आपने पाँच साल पहले भाग लिया था? इसे बहुत कम लोग याद कर सकते हैं। लेकिन अगर आप टिप्पणियाँ बनाते हैं, तो आप इसे खोज सकते हैं और हर छोटी-छोटी जानकारी को याद कर सकते हैं। मैं अपनी टीम के सदस्यों से उस प्रसंग पर एक विस्तृत जानकारी लिखने के लिए कहता हूँ, जिसमें वे अगले दिन भाग लेने वाले होते हैं।

- प्रणाली/उपकरण का उपयोग करें- अब, आप तकनीकी रूप से उन्नत युग में विस्तृत जानकारी हासिल करने के लिए उपयुक्त साधन और संपूर्ण प्रणाली इस्तेमाल कर सकते हैं। ऐसे कई ऐप उपलब्ध हैं जो याददाश्त पर निर्भर रहने की आवश्यकता को कम कर सकते हैं। हमारी प्रणाली कुछ भी हो सकती है, एक छोटी पॉकेट डायरी, एक नोटबुक कंप्यूटर या एक मोबाइल ऐप। यह हमारी व्यक्तिगत पसंद और सुविधा पर निर्भर करता है। दिन के अंत में, आप कितनी जानकारी इकट्ठी करते हैं और आप सकारात्मक परिणाम के लिए जानकारी का कितना फिर से इस्तेमाल करते हैं, यह आवश्यक है।

- मल्टीटास्किंग से बचें- मल्टीटास्किंग करते समय, आपका दिमाग कार्यों के बीच स्विच करने और एडजस्ट करने में लगा रहता है; इसलिए महत्वपूर्ण जानकारी को नोट करना आम बात हैं। अगर आप मल्टीटास्किंग से बचते हैं तो इससे मदद मिलेगी।

अगर हम बड़े सपने देख रहे हैं और सफलता हासिल करने का लक्ष्य बना रहे हैं, तो हमें अनुशासित होना चाहिए। हमारे कार्यों, सूचनाओं, अनुसूची आदि को बनाये रखने के लिए एक प्रणाली का इस्तेमाल करना बहुत महत्वपूर्ण है। यह कठिन परिस्थिति में हमारी मदद करता है। यह हमें अपने समय का बेहतर तरीके से इस्तेमाल करने में भी मदद करता है।

उत्पादकता अवरोध : विलंब

मुझे जो भी क्षमताएँ दी गयी हैं, उनका इस्तेमाल न करने से मैं और ज़्यादा भयभीत हो जाऊँगा। मैं विलंब और आलस्य से अधिक भयभीत हो जाऊँगा।

-डेन्ज़ेल वाशिंगटन

हमारा शरीर एक मशीन की तरह है। हम एक दिन में बहुत सारा काम करते हैं, कभी-कभी लगातार बिना पर्याप्त आराम के। हम थका हुआ महसूस करते हैं और ऊर्जा वापस पाने के लिए आराम करते हैं। जब हम आराम करते हैं तो हम अपने आवश्यक कार्यों में देरी करते हैं। हम किसी महत्वपूर्ण चीज की शुरुआत को भी स्थगित कर देते हैं और बिना कोई महत्वपूर्ण कार्य किए अपना समय व्यतीत करते हैं। इस देरी या स्थगन को विलंब के रूप में जाना जाता है- यह एक सामान्य समस्या है जिसका हम सभी समय-समय पर सामना करते हैं।

विलंब पुराने ज़माने से ही अस्तित्व में है। ग्रीक दार्शनिकों और विचारकों सोक्रेटस और एरिस्टोटल ने अपने युग के दौरान इस पर ध्यान दिया और विलंब का वर्णन करने के लिए एक शब्द पेश किया 'अक्रासिया'। उनके अनुसार, अक्रासिया एक ऐसा व्यवहार है जिसमें हम सर्वोत्तम संभव चीज़ों के खिलाफ कार्य करते हैं। दूसरे शब्दों में, अक्रासिया, उर्फ विलंब आत्म-नियंत्रण की कमी, दृढ़ संकल्प की कमी और उत्पादकता की कमी के परिणामस्वरूप होता है।

आप अपने आस-पास विलंब करने वाले लोगों को आसानी से देख सकते हैं। उदाहरण के लिए आपका सहकर्मी दिन के लिए संरेखित ज्ञान हस्तांतरण सत्र आयोजित करने के बजाय खेल क्षेत्र में पूल खेल रहा है, यह विलंब करना है। एक छात्र अपनी कक्षा के असाइनमेंट को पूरा करने के बजाय वीडियो गेम खेल रहा है। शिक्षक महत्वपूर्ण अध्याय शुरू करने के बजाय हाजिरी में समय बिता रहे हैं और विद्यार्थियों की यूनिफार्म की जाँच कर रहे हैं। संसद सदस्य बजट सत्र में भाग लेने की जगह आगामी चुनावों के लिए वीडियो शूट कर रहा

हैं।

आमतौर पर हमारे इरादे अच्छे होते हैं और हम उत्पादक कार्य करना चाहते हैं। शोधकर्ताओं ने 'समय की असंगति' शब्द की पहचान की है। हमारा दिमाग भविष्य या अप्रत्याशित पुरस्कारों के बजाय तत्काल पुरस्कारों या उपलब्धियों को अधिक मूल्य देने का आदी है। इसलिए हम ऐसे कार्यों को करने में अत्यधिक रुचि रखते हैं जिनके तत्काल पुरस्कार या परिणाम होते हैं। यही विचार छात्रों को परीक्षा दूर होने पर कठिन अध्ययन करने से रोकती है क्योंकि जब परीक्षण छः महीने दूर होते हैं तो हम परिणामों का न्याय नहीं कर सकते। हम में से ज्यादातर लोग हर महीने भविष्य में निवेश शुरू करना चाहते हैं, लेकिन अंत में हम कुछ खरीद लेते हैं और अगले महीने के लिए निवेश की योजना को आगे बढ़ाते हैं। मुझे पता है कि बहुत से लोग ऐसा ही कर रहे हैं। यहाँ फिर से, तत्काल इनाम के पीछे का सिद्धांत काम करता है। हमारी संपत्ति हमें भविष्य में लाभ देगी, लेकिन यहाँ हम वर्तमान में अपने पैसे का फायदा उठा रहे हैं। इसलिए जब हमारा दिमाग तत्काल संतुष्टि या परिणामों की पहचान नहीं कर पाता है, तो वह देरी करना शुरू कर देता है। एक बार विलंब की स्थिति में, आप योजनाएँ बनायेंगे और इसे स्वयं तोड़ेंगे।

बेहतर समझ के लिए मैंने विलंब को आगे चार प्रकारों में विभाजित किया है।

1. टाइमपास विलंब- इस प्रकार के विलंब के तहत हम मजेदार गतिविधियाँ करने में समय बिताते हैं। फिर भी हम महत्वपूर्ण कार्य नहीं करते हैं जिस पर हमें ध्यान देने की आवश्यकता है।

2. पूर्णता विलंब- हमने पिछले अध्याय में इस पर चर्चा की थी। आप चीज़ों को सही ढंग से करना चाहते हैं और सही समय का इंतजार कर रहे हैं। कई बार आप चीज़ों को उत्तम बनाने में काफी समय बिता रहे होते हैं। आप असफलता से डरते हैं और कार्य करना बंद कर देते हैं और विलंब करना शुरू कर देते हैं।

3. विलंब शुरू करने की बहुत जल्दी- इस प्रकार का विलंब तब होता है जब आपको आरामदायक समय सीमा के साथ सरल कार्य मिलते हैं। आप

जानते हैं कि आप कार्यों को जल्दी से कर सकते हैं; इसलिए आप विलंब करना शुरू करते हैं।

4. चिंतित विलंब- इस प्रकार के विलंब के तहत, आपके पास सँभालने की क्षमता से ज़्यादा काम है। आप शुरू में कार्यों को पूरा करने की कोशिश करते हैं लेकिन उससे छुटकारा नहीं पाते हैं। इस प्रक्रिया में, आप चिंतित हो जाते हैं और काम से विचलित महसूस करते हैं। अंत में, आप विलंब करना शुरू करते हैं।

विलंब करने के नुकसान

- आप काम से अपना ध्यान खो देते हैं।
- आपकी इच्छाशक्ति कम है।
- आप शुरू करने से डरते हैं।
- आप जो करते हैं उसमें आपको कोई महत्व नहीं दिखता।
- आपका परिवार और सहकर्मी आपसे नाखुश हैं।
- आप बहुत समय बर्बाद कर रहे हैं।
- आपके द्वारा किए गये कार्य की गुणवत्ता घटती है।

आपके आस-पास के लोगों द्वारा किया गया विलंब आपको काफी परेशान कर सकता है। मान लीजिए कि आप जीवन बदलने वाले ए आई ऐप पर काम कर रहे हैं और अपना दिन-रात बिता रहे हैं, जिससे यह अंतिम उपयोगकर्ताओं के लिए एक आदर्श ऐप बन गया है। आपके पास परियोजना पर एक सहयोगी है जिसे यूएटी कार्य सौंपा गया है। लेकिन वह विलंब कर रहा है और यूएटी कार्यों पर काम करने के बजाय, वह पबजी खेलने में व्यस्त है। आपने उसे काम करने के लिए कई बार याद दिलाया; किसी तरह, वह कार्य करने में कामयाब रहा, लेकिन यह जैसा होना चाहिए वैसा नहीं है। पहली नज़र में, आपने पहचाना कि उसने गुणवत्तापूर्ण कार्य नहीं किया था। आप क्या करेंगे? क्या आपको गुस्सा नहीं आयेगा?

हम विलंब को कैसे रोक सकते हैं

- हमारे कार्यों के लिए तत्काल पुरस्कार या परिणाम तय करके।
- कार्यों को और अधिक हासिल करने योग्य बनाकर।
- अपने काम में निरंतरता लाकर।
- वास्तविक समय सीमा निर्धारित करना
- हमारे कार्यों को समय पर शुरू करना
- हम जो कुछ भी करते हैं उसमें एक उद्देश्य और अर्थ ढूँढ़कर।

अपने आपको उत्पादक बनाये रखने के लिए आप जल्दी हासिल होने वाले पुरस्कारों का एक नोट बनाना शुरू कर सकते हैं। इसी तरह अगर हम कुछ कार्यों को समय पर पूरा नहीं कर रहे हैं, तो हमें जुर्माना या नुकसान का भी ध्यान रखना चाहिए। उदाहरण के तौर पर अगर आप समय पर आयकर नहीं भर रहे हैं तो आपको जुर्माना देना होगा। अगर आप किसी निश्चित तिथि तक बिजली बिल का भुगतान नहीं करते हैं, तो आपको अतिरिक्त राशि का भुगतान करना होगा। अगर आप अपनी कार को किसी विशिष्ट तिथि तक सर्विसिंग के लिए नहीं देते हैं, तो यह एक मशीनी समस्या का कारण बन सकता है। विलंब को मात देने के लिए ये सरल गतिविधियाँ जरूरी हैं। आपको एक स्पष्ट योजना और वास्तविक समय सीमा के साथ खुद को सक्रिय और केंद्रित रखना चाहिए। अध्ययनों से पता चलता है, योजना की गयी और वास्तविक समय सीमा हमें विलंब से दूर रखती है।

उत्पादकता बाधा : सोशल मीडिया और स्मार्टफोन

हम भटकाव से घिरे हैं। चाहे वह ईमेल, फोन कॉल, टेक्स्ट मैसेज, सोशल मीडिया नोटिफिकेशन, या आपके कार्यक्षेत्र में प्रवेश करने और छोड़ने वाले लोग हों, वे भटकाव आपके समय का एक अच्छा हिस्सा खा जाते हैं।

-जॉन रैम्पटन

सोशल मीडिया और स्मार्टफोन आज के जीवन का हिस्सा हैं। हम दोनों में से किसी के बिना अपने जीवन की कल्पना नहीं कर सकते। अगर कोई आपकी फेसबुक आईडी पूछता है और आप कहते हैं कि आपके पास नहीं है। आपके साथ एक एलियन जैसा व्यवहार किया जायेगा। अब हम अपने सभी प्रियजनों की गतिविधियाँ जानते हैं। अब सीधे फोन कॉल की जरूरत नहीं है। हम फेसबुक या इंस्टाग्राम पोस्ट देख सकते हैं और सभी की भलाई के बारे में जान सकते हैं। इसी तरह, हम अपने सभी पसंदीदा अभिनेताओं या खिलाड़ियों की गतिविधियाँ सिर्फ ट्विटर पर उनके ट्वीट का अनुसरण करके देख सकते हैं। दुनिया अब वास्तव में जुड़ी हुई है। घटना को दूर के इलाके में होने दें, लेकिन सोशल मीडिया पेज पर पोस्ट करते ही पूरी दुनिया को इसकी जानकारी हो जाती है। हर आगे की सोच रखने वाले संगठन की मौजूदगी लोकप्रिय सोशल मीडिया प्लेटफॉर्म पर है। यहाँ तक कि सरकारी विभागों और मंत्रालयों का भी सोशल मीडिया पर अकाउंट है ताकि लोग आसानी से जुड़ सकें। यह कुछ लोगों के लिए उत्पादकता को एक नये स्तर पर ले गया है।

आप अपने स्मार्टफोन को एक घण्टे के लिए दूर रखने की कल्पना नहीं कर सकते। स्मार्टफोन आपको खुद को दुनिया से जोड़े रखने में मदद करते हैं। हमारे स्मार्टफोन और टैबलेट पर सभी जरूरी ऐप इस तरह से उपलब्ध हैं कि हम अपनी उँगलियों पर महत्वपूर्ण जानकारी देख सकते हैं। अब हमारे लैपटॉप को खोलने और व्यावसायिक ईमेल की जाँच करने की आवश्यकता नहीं है। क्लाउड कंप्यूटिंग के सामान्य इस्तेमाल ने हमारी आवश्यक फाइलों को

स्मार्टफोन पर भी उपलब्ध करा दिया है। अब आप यात्रा करते समय क्लाइंट कॉल में भाग ले सकते हैं और कोई भी जगह के मार्गों को अपने स्मार्टफोन पर गूगल मेप पर देख सकते हैं। इसने कुछ लोगों के लिए उत्पादकता में भी भारी वृद्धि की है।

लेकिन सवाल यह है कि क्या स्मार्टफोन और सोशल मीडिया ने हमारे जीवन को सुविधाजनक बना दिया है? हाँ, इसने हमारे जीवन को सुविधाजनक बना दिया है, लेकिन इसने हमारे उत्पादकता स्तर को कम कर दिया है। हम जुड़े हैं, हम जानकार हैं लेकिन हम निश्चित रूप से अपनी उत्पादकता के साथ समझौता कर रहे हैं। सोशल मीडिया और स्मार्टफोन दोनों को सबसे बड़ी उत्पादकता बाधा माना जाता है। सोशल मीडिया कम से कम आधे उत्पादकता बाधाओं का कारण है जिसकी चर्चा हमने पिछले अध्यायों में की है। चाहे वह ध्यान भटकाना हो या विलंब, सोशल मीडिया और स्मार्टफोन ऐसी बाधाओं के लिए महत्वपूर्ण स्रोत हैं। मुझे आगे के कुछ अनुच्छेदों में समझानें दें कि "सोशल मीडिया सबसे बड़ी उत्पादकता बाधाओं में से एक है।" और मुझे यकीन है कि आप मेरी बात से सहमत होंगे।

क्या आपने कभी लंदन मेट्रो, न्यूयॉर्क बसें, दिल्ली मेट्रो, मुंबई लोकल जैसे गतिशील यात्रा मोड से यात्रा की है? सामान्य समय के दौरान आपको भारी भीड़ मिलेगी- एक साथ यात्रा करने वाले हजारों यात्री। आजकल, आप 95% यात्रियों को अपने स्मार्टफोन पर गेम खेलने या सोशल मीडिया फीड देखने में व्यस्त पायेंगे। आप समाचार फ़ीड की एक अंतहीन सूची देखते हैं। कभी-कभी हम कुछ महत्वपूर्ण कार्यों के लिए अपने फोन खोलते हैं, लेकिन सोशल मीडिया फीड्स में देखने के बाद हम खो जाते हैं। कभी-कभी हम ज़्यादा गहराई में जाते हैं और काम को पूरी तरह भूल जाते हैं। क्या आपको लगता है कि सोशल मीडिया फीड के माध्यम से स्क्रॉल करना अपना समय बिताने का एक शानदार तरीका है? बिल्कुल नहीं।

देवाशीष (बदला हुआ नाम) नाम का एक सुरक्षा कर्मी दिल्ली मेट्रो में दिन में 3 घण्टे सफर करता था। उसने अपनी पढ़ाई के लिए अपने आने-जाने के समय का इस्तेमाल किया और भारत की सबसे प्रतिष्ठित सिविल सेवा परीक्षा को पास किया। वह अपने परिवार की आर्थिक जरूरतों को पूरा करने के लिए

दो शिफ्ट में काम कर रहे थे। पत्रकारों से बात करते हुए उसने कहा, मेरा एक आई ए एस अफसर बनने का सपना था और मैं स्मार्टफोन और सोशल मीडिया का इस्तेमाल करके अपने लक्ष्य से विचलित नहीं हो सकता। ज़्यादातर सुरक्षा कर्मी स्मार्टफोन का इस्तेमाल संगीत सुनने, यूट्यूब पर फिल्में देखने, फेसबुक पर कनेक्ट होने और अपने परिवार के सदस्यों से बात करने के लिए करते हैं। लेकिन देवाशीष ने अपने सपनों को पूरा करने के लिए उसी स्मार्टफोन का इस्तेमाल किया। अगर आप भी अपने सपनों को पूरा करना चाहते हैं तो अभी से सोशल मीडिया और स्मार्टफोन का ज्यादा इस्तेमाल बंद कर दें।

सोशल मीडिया की लत आपकी उत्पादकता के लिए बाधा है।

सोशल मीडिया ने हमारे रिश्तों को बुरी तरह प्रभावित किया है। आजकल, लोग व्यक्तिगत रूप से हमारे निकट और प्रिय लोगों में शामिल होने के बजाय सोशल मीडिया पोस्ट देखना और प्रतिक्रिया देना पसंद करते हैं। यहाँ तक कि विवाहित जीवन भी बुरी तरह प्रभावित है क्योंकि पत्नी और पति दोनों सोशल मीडिया पर व्यस्त हैं। पत्नी सारी चुनौतियों को स्वीकार करने और दूसरों को नामांकित करने में व्यस्त है और पति अपने रोमांच को साझा करने में लगा हुआ है। हम अपने परिवार के सदस्यों के बजाय सोशल मीडिया दोस्तों के बारे में ज़्यादा चिंतित महसूस करते हैं।

सोशल मीडिया पर मेरे कई अनुयायी हैं। वे मेरी पोस्ट को नोटिस करना और उसे लाइक करना कभी नहीं भूलते। मेरी पिछली कंपनियों में से एक में एक कनिष्ठ टीम का सदस्य था। वह मेरे द्वारा की जाने वाली लगभग हर फेसबुक पोस्ट पर लाइक और कमेंट करता है। एक बार मैं उससे विमान में मिला था। मुझे उन्हें देखकर खुशी हुई और सोचा कि हम कई विषयों पर चर्चा करेंगे। वह आदमी मुझे एक संरक्षक के रूप में मानता है और मैं 2 घण्टे की उड़ान के दौरान उसके साथ इस पर चर्चा करने की योजना बना रहा था, लेकिन उसने मुझे नजरअंदाज कर दिया और मेरी सीट से दूर बैठ गया। यह मेरे लिए बिल्कुल नया अनुभव था। एक आदमी जो मेरा सबसे बड़ा अनुयायी है, मेरे उपलब्ध होने पर मुझसे बात करने में कोई दिलचस्पी नहीं है। मुझे हवाई अड्डे बस में उनसे बात करने का समय मिला क्योंकि हम दोनों खड़े थे। मैंने इसका कारण जानने की कोशिश की कि वह मुझे नज़रअंदाज़ क्यों कर रहा हैं। मेरे आश्चर्य के लिए, यह

सोशल मीडिया था। वह सोशल मीडिया के जरिए मेरे बारे में सब कुछ जानता है। इसमें कुछ भी नया नहीं है जो वह जानना चाहेगा। वह मेरी पोस्ट के माध्यम से मेरी विचार प्रक्रिया के बारे में भी जानता है। जाते समय उसने कहा, फेसबुक पर जानकारी पोस्ट करते रहें।

दूसरी बार, मैं एक व्यापारिक सम्मेलन में एक पुराने दोस्त से मिला। वह मेरे पास आया, हाथ मिलाया और कहा, आपने लंबे समय से अपना प्रोफ़ाइल फोटो नहीं बदला है। वैसे, मूँछों में एक आकर्षक फोटो थी। वह व्यस्तता को कारण बताकर चले गये। सोशल मीडिया ने हमें यांत्रिक बना दिया है। आप वास्तविक जीवन की बैठकों की तुलना में कहानियों को प्राथमिकता देते हैं। कारण हम अपनी सुविधानुसार कहानियाँ पढ़ सकते हैं और अपनों के साथ समय बिताने में रुचि नहीं ले सकते।

मैंने नियमित रूप से सोशल मीडिया का इस्तेमाल करने वाले लोगों पर शीर्ष खोज फर्मों और विश्वविद्यालयों द्वारा किए गये सर्वे के परिणामों के लिए वेब ब्राउज़ किया। मैंने कई स्रोतों से कुछ चौंकाने वाले आँकड़े जुटाए हैं। मुझे यकीन है कि आँकड़े आपको हैरान कर देंगे। आइए एक नजर डालते हैं आँकड़ों पर-

आइए जल्दी से आँकड़ों पर एक नज़र डालें -

- आमतौर पर लोग हर दिन चार सोशल मीडिया प्लेटफॉर्म का इस्तेमाल करते हैं। सबसे लोकप्रिय सोशल मीडिया प्लेटफॉर्म हैं- फेसबुक, लिंक्डइन, यूट्यूब, ट्विटर, इंस्टाग्राम आदि।
- 80% से अधिक उपयोगकर्ताओं ने कोई भी सोशल मीडिया प्लेटफॉर्म नहीं छोड़ा है जिससे वे जुड़े हैं।
- लगभग 18% उपयोगकर्ता कुछ घण्टों के बाद सोशल मीडिया से दूर नहीं रह सकते।
- 60% से अधिक उपयोगकर्ता दिन में कम से कम एक बार अपने सोशल मीडिया फीड की जाँच करते हैं।
- 20% से अधिक उपयोगकर्ता सुबह उठने से पहले अपने फ़ीड की

जाँच करते हैं।

- 60% से अधिक अमेरिकी अपना समय नष्ट करने और अपना मनोरंजन करने के लिए ऑनलाइन होते हैं।
- लगभग 30% लोग अनाकर्षक पोस्ट पर टैग नहीं होना चाहते हैं।
- 25% से अधिक उपयोगकर्ता सोशल मीडिया पर तस्वीरें पोस्ट करते समय अपने रूप को लेकर सतर्क रहते हैं।
- लगभग 20% लोगों को बुरा लगता है जब कोई उनकी तस्वीरों को लाइक या कमेंट नहीं करता है।

ऊपर दिए गये सभी आँकड़े दर्शाते हैं कि सोशल मीडिया का इस्तेमाल एक अतिरिक्त मानसिक परत बनाता है, जिसके परिणामस्वरूप हमारे मस्तिष्क पर अतिरिक्त बोझ पड़ता है। सोशल मीडिया हमारा मनोरंजन करने के लिए हर तरह के तरीकों को शामिल कर रहा है। बड़ी सोशल मीडिया कंपनियाँ आपके इस्तेमाल प्रतिरूप और व्यवहार को पढ़ने के लिए आँकड़ों साइंस, एनयेलपी (प्राकृतिक भाषा प्रसंस्करण), मशीन लर्निंग और व्यापारिक सूचना का इस्तेमाल करती हैं। आपके उपयोग प्रतिरूप के आधार पर, विषय दिखाया जा रहा है ताकि आप उस पर ज़्यादा समय बिता सकें। उदाहरण के लिए आप एक एसईओ ऐप के लिए एक वीडियो प्रचार देखते हैं और आप पर इसी तरह के विज्ञापनों की बौछार हो जायेगी। आप एक अपार्टमेंट विज्ञापन स्क्रॉल करते हैं और आपको इसी तरह के विज्ञापन मिलने लगेंगे। आप जितना अधिक समय देखेंगे, उतने अधिक विज्ञापन देखेंगे, और सोशल मीडिया कंपनी उतनी ही अधिक आय अर्जित करेगी। इस प्रक्रिया में, हमारी राय बदलने के लिए ट्रोलर्स द्वारा रणनीतिक रूप से छिपे हुए अभियान चलाए जा रहे हैं। इसलिए किसी और की योजना का हिस्सा बनने के बजाय अपना समय उत्पादक कार्यों में लगाना बेहतर है।

सोशल मीडिया के नकारात्मक प्रभाव-

- आप खुद को दुसरो से कम महसूस करने लगते हैं- सोशल मीडिया एक आभासी दुनिया है, जहाँ हर कोई एक प्रसिद्ध व्यक्ति है। लोग खुशी-खुशी

किसी खूबसूरत जगह पर बेहतरीन कपड़ों में अपनी तस्वीरें पोस्ट करते हैं। कई ऐप्स ने आपके दिखने के तरीके को बदलना आसान बना दिया है। कुछ लोगों को लगता है कि उनके अलावा हर कोई रोमांचित और समृद्ध है। यह हीन भावना का कारण है।

• खुशी की कमी- कुछ लोग सोशल मीडिया से ज्यादा जुड़ाव महसूस करते हैं। सोशल मीडिया की आभासी दुनिया उनकी संतुष्टि को नियंत्रित करती है। जब लोग उनकी पोस्ट को लाइक, फॉलो और कमेंट करेंगे तो वे अच्छा महसूस करेंगे। मैंने लोगों को नियमित अंतराल पर अपनी लाइक्स और टिप्पणियों की गिनती करते देखा है। अधिक लाइक और कमेंट अब संतुष्टि का विषय हैं। ऐसे लोग अपने वास्तविक परिवेश से कट जाते हैं और बिल्कुल भी खुश नहीं होते हैं।

• चिंता का बढ़ना- सोशल मीडिया के व्यसनी कई असामान्य आदतें विकसित करते हैं। एक सामान्य प्रतिरूप को एफ ओ एम ओ (फियर ऑफ मिसिंग आउट) के रूप में जाना जाता है। उन्हें लगता है कि उनके दोस्त और परिवार के सदस्य उनके बिना इसका आनंद ले रहे हैं। वे अलग-थलग और ईर्ष्यालु महसूस करने लगते हैं, जो आगे चलकर चिंता में बदल जाता है।

• अवसाद का कारण बनता है- शीर्ष सामाजिक मनोविज्ञानीयों के मुताबिक आप जितना ज्यादा सोशल मीडिया का इस्तेमाल करते हैं उतना ही आप उदास महसूस करते हैं। सोशल मीडिया सामाजिक जुड़ाव और मान्यता की बुनियादी जरूरत को पूरा करता है, लेकिन यह आभासी है। आपको इस तथ्य का जल्द ही एहसास होगा, या बाद में सोशल मीडिया के दोस्त जरूरत पड़ने पर आपकी मदद नहीं करेंगे।

• नींद की समस्या- टेक्स्टिंग और ब्राउजिंग में समय बिताना नींद के प्रतिरूप को खराब तरीके से प्रभावित कर सकता है। आमतौर पर सोशल

मीडिया में हमारा ध्यान बनाये रखने के लिए कई तरह की चीज़ें होती हैं। हम सोशल मीडिया के माध्यम से अपना मनोरंजन करने के लिए अपनी नींद में देरी करते हैं और नींद न आने की समस्या विकसित करते हैं।

- आलस्य में वृद्धि- सोशल मीडिया का बढ़ता इस्तेमाल हमें एक स्थान पर बाँधे रखता हैं। इसका मतलब है कि कोई शारीरिक गतिविधि नहीं होना और कम कैलोरी बर्न होना। इसका परिणाम मोटापा, मधुमेह और अन्य बीमारियों में होता है।

- खाने के विकार- सोशल मीडिया पर सक्रिय लोग अपने स्वास्थ्य को लेकर काफी चिंतित रहते हैं। वे अपने संपादित की हुई और फोटोशॉप्ड तस्वीरें देखते हैं और आहार और व्यायाम योजना बनाना शुरू करते हैं। लेकिन चूँकि सोशल मीडिया उनकी आदत है, इसलिए वे आहार या व्यायाम योजनाओं पर ध्यान केंद्रित नहीं कर सकते। इसके परिणामस्वरूप खाने के विकार और लिवर रोग होते हैं।

- परिवार के सदस्यों को विचलित करता है- सोशल मीडिया आपके आस-पास के लोगों के लिए व्याकुलता का एक विशिष्ट कारण है। आप सोशल मीडिया में गहराई से शामिल हैं; आपने एक सोशल मीडिया ट्रोल देखा और अपना गुस्सा जाहिर किया। आप नहीं जानते कि आपका जीवनसाथी आलोचनात्मक प्रस्तुतीकरण पर काम कर रहा है।

- करीबी लोगों से दूरी बढ़ाता है- परिवार के सदस्य या दोस्त जो सोशल मीडिया या फोन पर हमेशा संपर्क में रहते हैं, उनके पास मिलने के बाद बात करने के लिए कुछ भी नहीं होता है। सोशल मीडिया रिश्तों के मुद्दों के सबसे बड़े कारणों में से एक है। साझेदार एक-दूसरे के लिए समय की कमी के कारण कम जुड़ाव महसूस करते हैं।

सोशल मीडिया के ऊपर दिए गये सभी नकारात्मक प्रभाव हमारे दिमाग को विचलित करते हैं और हमें कई तरह से हमारे लक्ष्यों से विचलित करते हैं।

अंत में यह हमारी उत्पादकता में भारी कमी करता है। सोशल मीडिया बिना किसी संदेह के आकर्षक और मनोरंजक है, लेकिन हमें इसके लाभ लेने के लिए इसके नकारात्मक प्रभावों को दूर रखना चाहिए। आइए चर्चा करें कि हम सोशल मीडिया के फायदे कैसे उठा सकते हैं और इसके नकारात्मक प्रभाव को कम कर सकते हैं।

सोशल मीडिया की लत से कैसे निपटें

- सोशल मीडिया का व्यावसायिक उपयोग- आजकल, सोशल मीडिया हर एक व्यवसाय कार्यक्षेत्र के लिए ग्राहक लेके आने का एक महत्वपूर्ण स्रोत है। मशीन लर्निंग, डेटा साइंस और एनयेलपी की शुरुआत ने हमारे आँकड़ों को विभाजित करने और एक व्यक्तिगत अभियान चलाने की स्वतंत्रता दी है। एक व्यावसायिक उपयोगकर्ता के रूप में, हम मूल्य जोड़ने के लिए सोशल मीडिया का समझदारी से इस्तेमाल कर सकते हैं।

- काम के दौरान कोई सोशल मीडिया नहीं- ज़्यादातर बड़े संगठनों ने महसूस किया कि सोशल मीडिया के माध्यम से समय की बर्बादी होती है और अपने परिसर के अंदर सोशल मीडिया के इस्तेमाल पर प्रतिबंध लगा दिया है। यह ऑफिस समय के दौरान कर्मचारियों को उत्पादक बनाये रखने में मदद करता है। सोशल मीडिया की लत और इससे होने वाले भटकाव के बारे में सर्जनात्मक लोग जानते हैं। इसलिए वे रचनात्मक काम करते हुए जानबूझकर स्मार्टफोन और सोशल मीडिया को दूर रखते हैं।

- सोशल मीडिया पर अपना समय सीमित करें- आप सोशल मीडिया के इस्तेमाल को कम कर सकते है इसके उपयोग को सीमित करके, उदाहरण के लिए, दिन में 10 मिनट सोशल मीडिया का इस्तेमाल करना या लंच के समय सोशल मीडिया को स्क्रॉल करना आदि।

- ट्रोल्स में शामिल होने से बचें- सोशल मीडिया ट्रोल्स को लक्षित किया जाता है और टिप्पणियाँ या प्रतिक्रियाओं के रूप में कड़वी राय प्राप्त करने की योजना बनायी जाती है। एक बार जब आप ट्रोल पर कुछ पोस्ट करते हैं, तो आपको एक बेतुकी चर्चा में घसीटा जा सकता है। यह अंत में व्याकुलता का परिणाम होगा, जिससे हमें बचना चाहिए।

जैसा कि चर्चा है, आप सोशल मीडिया का इस्तेमाल पूरी तरह से बंद नहीं कर सकते, क्योंकि यह कभी-कभी जरूरी होता है। एक उद्यमी के रूप में, आपको एक बड़े उपयोगकर्ता आधार से जुड़ने का अवसर मिलता है। आप अपने लक्षित समूह को उनके उपयोग प्रतिरूप के आधार पर और ढूँढ़ सकते हैं। वकील नये कानूनों और उनके फायदे और नुकसान के बारे में जागरूकता फैलाने के लिए सोशल मीडिया का इस्तेमाल कर सकते हैं। राजनेता मशहूर होने और नागरिकों से सीधे जुड़ने के लिए सोशल मीडिया का इस्तेमाल कर सकते हैं। आजकल, आप कई देशों में शिकायतें दर्ज करने के लिए ट्विटर के उत्पादक इस्तेमाल को देख सकते हैं। विडम्बना यह है कि प्रमुख वेबसाइटों पर दर्ज शिकायतों की तुलना में ट्विटर पर ट्वीट की गयी शिकायतों का समाधान समय कम होता है।

खुद को उत्पादक बनाये रखने के लिए आपको सोशल मीडिया और स्मार्टफोन का सही इस्तेमाल करना चाहिए। आपको इसकी लत नहीं लगनी चाहिए, लेकिन उपलब्ध सुविधाओं को जानना अच्छा है। अपने दोस्तों के प्रोफ़ाइल अपडेट देखना अच्छा है, लेकिन जब तक आप मूल्य नहीं देखते तब तक ट्रोल का हिस्सा बनने की कोई आवश्यकता नहीं है। आइए अब से सोशल मीडिया का इस्तेमाल समझदारी से करना शुरू करें!!

उत्पादकता वैयक्तिकरण

मेरा मानना है कि उत्पादकता एक गहरी व्यक्तिगत चीज है। हम सभी के पास अलग-अलग दिमाग होता हैं और इसलिए, अलग-अलग प्राथमिकताएँ, दृष्टिकोण और परिस्थितियाँ होती हैं जहाँ हम सबसे प्रभावी महसूस करते हैं।

-मार्क मैनसन

हम अब उत्पादकता और इसकी बाधाओं के बारे में जानते हैं। अगला कदम उत्पादकता वैयक्तिकरण है। हम जानते हैं कि हर एक व्यक्ति की एक अलग मानसिकता और व्यक्तिगत विशेषताएँ होती हैं। हर एक व्यक्ति की अलग-अलग प्राथमिकताएँ, दृष्टिकोण और परिस्थितियाँ होती हैं; इसलिए समान तरीके और उपाय सभी के लिए पर्याप्त नहीं हो सकते हैं। यह वही है, एक ही बीमारी के लिए अलग-अलग मरीजों को डॉक्टर से अलग-अलग दवाएँ मिलती हैं। कारण, प्रत्येक व्यक्ति की अलग-अलग शारीरिक स्थितियाँ होती हैं और वे एक ही बीमारी के लिए अतिरिक्त तत्वों की कमी होती हैं। सौभाग्य से आपके पास अपनी शारीरिक स्थिति का पता करने और उसे समझने के लिए एक चिकित्सक है। दुर्भाग्य से हमारे पास अभी भी हमारे उत्पादकता स्तर को मापने और अनुपलब्ध तत्वों को खोजने के लिए मशीनों की कमी है। आप, अपने उत्पादकता स्तर को तय करने के लिए स्वयं सबसे अच्छे चिकित्सक हैं। यह एक ऐसा प्रयोग है जिसे आप रोजाना कर सकते हैं और सीख सकते हैं। उत्पादकता वैयक्तिकरण गतिविधियों का एक समूह है जो सही जगह पर सभी चीज़ों को निर्धारित करता है और आत्मविश्वास के साथ आगे बढ़ता है।

वैयक्तिकरण डिजिटल मार्केटिंग में आमतौर पर इस्तेमाल किया जाने वाला शब्द है जो वैयक्तिकृत सामग्री बनाने के लिए दर्शकों और आँकड़ों के विश्लेषण से संबंधित है। यहाँ मैं व्यापक सोच में उत्पादकता वैयक्तिकरण का इस्तेमाल कर रहा हूँ और यह केवल डिजिटल मार्केटिंग से जुड़ा नहीं है। डिजिटल मार्केटिंग क्षेत्र के मित्रों, कृपया इस भाग को पढ़ते हुए अपने वैयक्तिकरण

को अलग रखें। हम उत्पादकता को वैयक्तिकृत करेंगे ताकि यह सामान्य और खुलेपन को छोड़ने के बजाय प्रत्येक व्यक्ति के अनुकूल हो सके। वैयक्तिकरण आपको सही फैसले लेने और सफलता का अनुमान लगाने योग्य बनाने में मदद करेगा।

हम सभी के पास उत्पादकता के लिए एक व्यक्तिगत विधि है। एक व्यक्ति को छः कप स्वायत्तता और सिर्फ एक चुटकी सहयोग की आवश्यकता हो सकती है। किसी अन्य व्यक्ति को कभी-कभार गोपनीयता के केवल एक चम्मच के साथ, सामाजिकता और शोर के ढेर की आवश्यकता हो सकती है।

-नील ब्लूमेंथल

मुझे विस्तार से बतायें कि व्यक्तित्व कैसे अलग हैं और वैयक्तिकरण अनिवार्य क्यों है। कुछ साल पहले मैं तीन करीबी दोस्तों के साथ फीफा विश्व कप मैच देख रहा था। यह एक सप्ताहांत की रात थी और हम पार्टी कर रहे थे और एक फुटबॉल मैच देख रहे थे। अचानक एक दोस्त ने कहा- ये फुटबॉल खिलाड़ी कैसी शाही जीवन जीते हैं? दूसरे दोस्त ने कहा- कितने अमीर हैं यार? देखें कि वे कितना पैसा कमाते हैं। तीसरे दोस्त ने कहा- उनकी इतनी खूबसूरत प्रेमिका हैं? वे सभी सुंदर मॉडल, अभिनेता और अन्य सफल महिलाओं से शादी करते हैं। इस बीच, एक चौथे दोस्त ने मेस्सी और बेकहम की महलनुमा हवेली को गूगल किया और कहा कि उनके आवास कितने शाही हैं? मैं भी चर्चा में खो गया था और फुटबॉल खिलाड़ियों की प्रसिद्धि के बारे में सोच रहा था। यहाँ तक कि मैंने फुटबॉलरों की प्रसिद्धि पर भी टिप्पणी की। उन्हें हर कोई जानता है। भले ही वे सेवा-निवृत्त हो जायें, लेकिन वे मशहूर वैश्विक हस्तियाँ हैं।

मुझे आशा है कि आप समझ गये होंगे कि कैसे हमारी मानसिकता और दृष्टिकोण पूरी तरह से अलग हैं। हम जो पसंद करते हैं उसे जल्दी से चुन लेते हैं और आसानी से अनदेखा कर देते हैं जिसके बारे में हम चिंतित नहीं हैं। पिछले उदाहरण में, हम चार दोस्त एक साथ बैठे थे, एक ही फुटबॉल मैच देख रहे थे लेकिन उनकी राय अलग थी। किसी के लिए पैसा सबसे महत्वपूर्ण चीज है, लेकिन दूसरों के लिए, एक अच्छा घर होना जरूरी है, उसी तरह कुछ लोगों को

प्रसिद्ध होने में दिलचस्पी हो सकती है और इसी तरह। हम जीवन में भी उसी प्रतिरूप का पालन करते हैं। कुछ लोग मोबाइल कॉल से पूरी तरह विचलित हो सकते हैं, लेकिन बहुत से लोग मोबाइल फोन पर बात करना पसंद करते हैं। कुछ लोगों को नौका विहार पसंद होता है और कुछ लोग इससे नफरत करते हैं। आप एक ही स्कूल में एक ही शिक्षक द्वारा पढ़ाये गये एक ही पाठ्यक्रम का अध्ययन करते हैं, लेकिन आपके सभी सहपाठियों ने एक ही दिशा में कदम नहीं उठाया होगा।

ज़्यादातर क्षेत्रों में उपयोगकर्ताओं या समानता वाले लोगों की पहचान करने के लिए वैयक्तिकरण किया जाता है। उदाहरण के लिए- उपयोगकर्ता व्यक्तित्व एक मशहूर मार्केटिंग धारणा है जहाँ उपभोक्ता व्यवहार को मानने और व्यक्तित्व के आधार पर बाजार को विभाजित करने के लिए काल्पनिक उपयोगकर्ता चरित्र बनाये जाते हैं। वैयक्तिकरण व्यक्तियों के लक्ष्यों, इच्छाओं और सीमाओं पर विचार करने में मदद करता है और वे सफलता हासिल करने के लिए कैसे नवाचार कर सकते हैं।

मैंने उत्पादकता वैयक्तिकरण के लिए सात महत्वपूर्ण घटकों की पहचान की है, जैसा कि नीचे दिया गया है।

1. प्रभावी योजना
2. अपने आपको बेहतर जानें
3. अपना कार्यक्षेत्र तय करें
4. आवश्यक कौशल जानें
5. महान विचार उत्पन्न करें
6. विचार अमल में लाएं
7. मजबूत टीम का निर्माण

आइए, अगले अध्यायों में प्रत्येक घटक पर एक-एक करके चर्चा करें।

उत्पादकता वैयक्तिकरण: प्रभावी योजना

युद्ध की तैयारी में मैंने हमेशा पाया है कि योजनाएँ बेकार हैं, लेकिन योजना बनाना अनिवार्य है

-ड्वाइट डी आइजनहोवर

योजना बनाना एक महत्वपूर्ण प्रक्रिया जिसमें आप इच्छित लक्ष्य को हासिल करने के लिए आवश्यक कार्यों को सोचते और पूरा करते हैं। योजना बनाना सफलता के लिए एक अनिवार्य गतिविधि है और इसमें योजना का निर्माण और रखरखाव शामिल है। योजना बनाना सभी बड़े लक्ष्यों की मूल प्रक्रिया है। योजना बनाना एक महत्वपूर्ण परियोजना प्रबंधन तकनीक है जिसमें भविष्य के परिदृश्य को कार्यों को करने और जोखिमों से कुशलता से निपटने के लिए माना जाता है। अगर आप ठीक से योजना बना सकते हैं, तो आप कुशलता से लक्ष्य हासिल कर सकते हैं। इसके अलावा, आप कीमती समय और प्रयासों को महत्वपूर्ण रूप से बचायेंगे। एक उचित योजना आपको आपकी प्रगति पर वास्तविक समय की जानकारी के साथ सही रास्ते पर रखती है; आप जानते हैं कि आप कितनी दूर पहुँच चुके हैं और आपकी मंजिल कितनी दूर है।

योजना बनाना मस्तिष्क का एक कार्यकारी काम है और इसमें लक्ष्य-उन्मुख कार्यों के लिए निर्माण, मूल्यांकन और फैसला शामिल हैं। शोध ख़राब योजना बनाना क्षमता और ललाट पालि (फ्रंटल लोब) को नुकसान के बीच एक सकारात्मक संबंध बनाते हैं। ललाट पालि(फ्रंटल लोब) में स्थित मध्य पृष्ठीय प्रांतस्था (मिड-डोरसोलेट्रल फ्रंटल कोर्टेक्स), संज्ञानात्मक योजना और कार्यशील स्मृति में महत्वपूर्ण भूमिका निभाता है।

आइए हम चर्चा करें कि कैसे योजना ने एडमंड हिलेरी और तेनजिंग नोर्गे को दुनिया की सबसे ऊँची चोटी एवेरेस्ट पर्वत पर पहली सफल चढ़ाई के लिए सशक्त बनाया।

एवरेस्ट पर पहली सफल चढ़ाई

कर्नल जॉन हंट को 1953 के ब्रिटिश एवरेस्ट अभियान का नेतृत्व करने के लिए अल्पाइन क्लब और रॉयल ज्योग्राफिकल सोसाइटी की संयुक्त हिमालय समिति द्वारा आश्चर्यजनक रूप से आमंत्रित किया गया था। शुरुआत में, एरिक शिप्टन को अभियान का नेतृत्व करना था, लेकिन समिति ने असाधारण सैन्य नेतृत्व क्षमता को प्राथमिकता दी। एरिक के हाल के अभियान के अनुभवों पर हंट की अनुकरणीय चढ़ाई की साख। अंग्रेजों पर दबाव था क्योंकि उन्हें तीन साल बाद मौका मिलेगा, क्योंकि फ्रांसीसी और स्विस को 1954 और 1955 में इसी तरह के अभियानों के लिए मंजूरी मिल चुकी थी। संयुक्त हिमालयन समिति के सामने एक और चुनौती धन जुटाने की थी, लेकिन किसी तरह उन्होंने इसे प्रबंधित किया। स्नोडन और ग्लाइडरौ की ढलानों पर सर्दियों के दौरान टीम ने वेल्स के स्नोडोनिया में अभ्यास किया और अपने कौशल को तेज किया। उन्होंने कैपेल क्यूरिग के पास हेलग में क्लब हट में पर्वतारोहियों पर ऑक्सीजन उपकरण का परीक्षण किया।

पहला समूह 10 मार्च 1953 को काठमांडू से रवाना हुआ, उसके बाद दूसरा समूह 11 मार्च को गया और 3867 मीटर (12687 फीट) 26 और 27 मार्च को स्थित गांव टेंगबोचे पहुँचा। अंत में, पार्टी 12 अप्रैल 1953 को 5455 मीटर (17900 फीट) पर स्थित आधार शिविर पर पहुँच गयी। आधार शिविर को आपूर्ति के लिए खुंबू बर्फबारी के माध्यम से एक मार्ग बनाने में उन्हें कुछ समय लगा।

अभियान के नेता हंट ने हमले के लिए दो-दो पर्वतारोहियों की तीन टीमों की योजना बनायी। लगातार दो हमलों के बाद उन्होंने ताकत हासिल करने और पिछले हमलों की गलतियों से सीखने के लिए कुछ दिनों के ब्रेक की योजना बनायी। लगातार कोशिशों के लिए टीम ने साल भर से अनुमति अपने पास रखी थी। अगर वसंत अभियान विफल हो जाता है तो उनके पास मानसून के बाद शरद ऋतु के प्रयास करने की योजना थी।

टीम ने धीरे-धीरे लेकिन लगातार शिविरों की एक श्रृंखला के माध्यम से पहाड़ पर ऊँचाई तक पहुँचने के लिए आगे बढ़ना जारी रखा। एडमंड हिलेरी,

जॉर्ज बैंड और जॉर्ज लोव ने 15 अप्रैल को 5,900 मीटर (19,400 फीट) पर दूसरे शिविर की स्थापना की, जिसके बाद आखिरी शिविर तक पहुँचने के लिए निरंतर प्रयास किए गये। विल्फ्रेड नोयस और शेरपा एनुलुलु 21 मई तक 7900 मीटर (26000 फीट) पर आखिरी शिविर द साउथ कर्नल पहुँचे।

टॉम बॉर्डिलॉन और चार्ल्स इवांस की पहली जोड़ी, जो पहले से ही हंट द्वारा चुनी गयी थी, ने 26 मई को शिखर के लिए चढ़ाई शुरू की। वे अंतिम शिखर सम्मेलन के 100 मीटर (300 फीट) के भीतर, 8,750 मीटर (28,700 फीट) दक्षिण शिखर सम्मेलन की पहली चढ़ाई पर पहुँच गये। लेकिन ऑक्सीजन में एक समस्या के कारण, चार्ल्स इवांस थकावट महसूस करने लगे और अंत में, इस जोड़ी ने वापस लौटने का फैसला किया। इस जोड़ी ने चट्टानों पर बर्फ और बर्फ की पतली परत और साउथ समिट और फाइनल समिट के बीच हिलेरी स्टेप को देखा। हिलेरी स्टेप, जो समुद्र तल से लगभग 8790 मीटर (28,839 फीट) की ऊँचाई पर स्थित है, तकनीकी रूप से नेपाल की ओर से एवरेस्ट की चढ़ाई का सबसे कठिन हिस्सा है। हिलेरी स्टेप पर चढ़ने पर कम से कम 2400 मीटर (8000 फुट) नीचे गिरने का खतरा होता है।

अभियान का शानदार दूसरा हमला दूसरी जोड़ी एडमंड हिलेरी और शेरपा तेनजिंग ने 27 मई को सुबह 6:30 बजे शिविर IX से शुरू किया। एडमंड हिलेरी न्यूजीलैंड के नागरिक थे और उन्होंने कम उम्र से ही पर्वतारोहण में रुचि विकसित कर ली थी। हिलेरी सफलतापूर्वक वर्ष 1939 में 20 वर्ष की आयु में माउंट ओलिवियर के शिखर पर पहुँचे थे। माउंट ओलिवियर न्यूजीलैंड के कैंटरबरी क्षेत्र में एक 1,933 मीटर (6,342 फीट) ऊँचा पर्वत है। शेरपा तेनजिंग नोर्गे नेपाल से थे और 1952 के स्विस अभियान दल के एक हिस्से के रूप में एवरेस्ट की रिकॉर्ड ऊँचाई पर चढ़े थे। कर्नल हंट द्वारा तय की गयी तीन जोड़ियों में इस जोड़ी को सबसे मजबूत माना जाता था। इस जोड़ी ने चढ़ाई करने के लिए ओपन-सर्किट ऑक्सीजन उपकरण का इस्तेमाल किया और सुबह 9:00 बजे दक्षिण शिखर पर पहुँच गये और 11:30 बजे दुनिया के शिखर पर थे। यह इतिहास में एवरेस्ट की पहली सफल चढ़ाई थी और कुछ अविश्वसनीय हासिल करने की योजना बनाने का एक उत्कृष्ट उदाहरण था।

एवरेस्ट की सफल चढ़ाई में योजना की भूमिका

योजना बनाना 1953 के ब्रिटिश एवरेस्ट अभियान का एक महत्वपूर्ण अंग था। इसकी शुरुआत कर्नल हंट को चुनने से हुई थी, जिन्हें हत्यारा प्रवृत्ति वाले नेता के रूप में माना जाता था। इस अभियान की योजना अंग्रेजों के लिए इस लक्ष्य को हासिल करने के एक दुर्लभ अवसर के रूप में बनायी गयी थी क्योंकि फ्रांस और स्विटजरलैंड की टीमों को अगले दो वर्षों के लिए पहले ही अनुमति मिल चुकी थी। संयुक्त हिमालय समिति ने एक उचित बजट की योजना बनायी और अभियान के सुचारू संचालन के लिए इसे हासिल किया।

टीम के सभी सदस्यों ने अपने चढ़ाई कौशल में सुधार करने के लिए प्रशिक्षण सत्र शुरू किए क्योंकि उन्हें जीवन भर के अवसर में एक बार चुना गया था। कर्नल हंट, टीम लीडर के रूप में, क्या-अगर परिदृश्य के साथ वैकल्पिक योजना बनायें। टीम को तीन जोड़ियों में विभाजित करना टीम निर्माण का हिस्सा था और दूसरे हमले के लिए सबसे मजबूत जोड़ी को रखना योजना का ही हिस्सा था। जब पहला जोड़ा मिशन को पूरा नहीं कर सका, तो उन्होंने अगले हमले के लिए महत्वपूर्ण जानकारी एकत्र की। वे वास्तविक समय में शामिल जोखिमों से भी परिचित हुए। इसने हिलेरी और तेनजिंग को योजना में बदलाव करने और चुनौतियों से निपटने में मदद की।

मुझे यकीन है कि अब आप प्रभावी ढंग से योजना बनाने के महत्व को जानते हैं। अब मैं आपसे पृथ्वी के सबसे ऊँचे शिखर पर चढ़ने की उम्मीद नहीं कर रहा हूँ। लेकिन, आइए हम योजना के मूल सिद्धांतों पर चर्चा करें।

1. अपना मिशन निर्धारित करें- लक्ष्य को प्रभावी ढंग से हासिल करने के लिए आपके पास एक स्पष्ट मिशन और उन लक्ष्यों का दृष्टिकोण होना चाहिए जिन्हें आप हासिल करना चाहते हैं। कोई भी अस्पष्टता घटिया योजना और विफलता का कारण बन सकती है।

2. सुविधाजनक योजना बनायें- हमेशा कार्य की कई योजनाएँ बनायें। सिर्फ योजना ए के साथ ही आपको सफलता का आश्वासन नहीं दिया जा सकता

है। आपके पास विकल्प उपलब्ध होने चाहिए जैसे कि कर्नल हंट ने एवरेस्ट अभियान के लिए वैकल्पिक योजनाएँ बनायीं।

3. नवाचार करते रहें- आपको सही दिशा खोजने और अपने उद्देश्य को कुशलता से पूरा करने के लिए नवाचार करते रहना चाहिए। आप उचित दिशा के बिना विकास नहीं कर सकते, और यही बात योजना पर भी लागू होती है।

4. एक स्पष्ट नक्शा तैयार करें- योजना आपको एक स्पष्ट नक्शे के साथ सक्षम बनाती है। एक स्पष्ट नक्शा लक्ष्य को हासिल करने के लिए जवाबदेही और जिम्मेदारी देता है।

5. जोखिमों की पहचान करें और इसे कम करें- वास्तविक नेता योजना बनाने के दौरान जोखिमों की पहचान करने और तदनुसार एक प्रभावी योजना बनाने में सक्षम हैं। अगर आपके पास पहले से जोखिमों का अंदाजा है, तो आप जोखिम को अवसर में बदल सकते हैं।

6. व्यापक भागीदारी सुनिश्चित करें- योजना ज्यादातर शीर्ष प्रबंधन द्वारा बनायी जाती है और उसे अंतिम रूप दिया जाता है, लेकिन हर कोई अलग-अलग स्तर पर शामिल होता है। इसलिए योजना में टीम के सभी सदस्यों की भागीदारी सुनिश्चित करना महत्वपूर्ण है।

योजना बनाना सही उद्देश्यों को चुनने और उद्देश्य को हासिल करने के लिए एक वैकल्पिक योजना तय करने से शुरू होती है। स्वभाव से, योजना बनाना एक बौद्धिक कार्य है जो आपको आगे देखने और भविष्य के लिए कुशलतापूर्वक तैयार करने में सक्षम बनाता है। एक संगठन में, योजना बनाने को सबसे महत्वपूर्ण प्रबंधकीय कार्य माना जाता है। योजना बनाना अन्य कार्यों जैसे आयोजन, नियंत्रण, स्टाफिंग, निर्देशन आदि से पहले होता है। योजना प्रबंधकों को प्रश्नों के सही उत्तर देने में मदद करती है जैसे- क्या करना है, कब करना है और कैसे करना है।

योजना बनाने के फायदे

- महत्वपूर्ण कार्यों पर ध्यान दें- योजना बनाना न सिर्फ लक्ष्यों को हासिल करने के लिए आवश्यक महत्वपूर्ण कार्यों पर ध्यान केंद्रित करना है, बल्कि यह एक प्रभावी और भविष्य की प्रमाण योजना बनाने में भी मदद करता है।

- अनिश्चितता को कम करती है- योजना बनाने के दौरान सभी बाधाओं को ध्यान में रखा जाता है। आप एक उपयुक्त योजना चुनने के लिए सभी उपलब्ध संसाधनों का मूल्यांकन और विश्लेषण करते हैं, जिससे आप जोखिमों और चुनौतियों के बारे में जान सकते हैं। यह अनिश्चितता को काफी हद तक कम कर देती है।

- संसाधन का अच्छे से इस्तेमाल- योजना बनाना एक बौद्धिक और प्रबंधकीय प्रक्रिया है। योजना बनाना आपको अपने संसाधन का उत्पादक रूप से इस्तेमाल करने का अवसर देती है। आप प्रभावी योजना बनाकर ही अपने संसाधन का बेहतर इस्तेमाल कर सकते हैं।

- जोखिम और चुनौतियों का अनुमान लगाना- योजना बनाना भविष्यवाणी करना और अनुमान लगाना है। एक विस्तृत योजना बनाते समय, आप संभावित जोखिमों और चुनौतियों का सामना करते हैं। योजना बाधाओं का पहले से अनुमान लगाने में मदद करती है और जोखिमों और चुनौतियों को कम करने में मदद करती है।

- नियंत्रण करने में सक्षम बनाती है- नियंत्रण एक अन्य महत्वपूर्ण प्रबंधकीय कार्य है। लेकिन आप बिना योजना के नियंत्रण कैसे कर सकते हैं? योजना अनुमान और बजट देती है और आप वर्तमान स्थिति की जाँच करने के लिए किसी भी बिंदु पर वास्तविक जाँच कर सकते हैं। अगर वास्तविक योजना से परे जा रहे हैं, तो आप इसे नियंत्रित और सुधारने के लिए कदम उठा सकते हैं।

• सामूहिक कार्य और सौंपने को प्रोत्साहित करती है- आप सब कुछ अपने दम पर नहीं कर सकते हैं और कई कार्यों को करने के लिए एक टीम की आवश्यकता हो सकती है। ज़्यादातर समय और बजट योजना बनाने की बड़ी समस्या हैं। सही समय पर कार्यों को करने के लिए आपको उन्हें सही लोगों को सौंपना होगा।

प्राथमिकताओं को मैनेज करने और समय का सदुपयोग करने के लिए एक सचेत योजना के बिना, आप विलंब कर सकते हैं। अगर आप अपने जीवन में असाधारण सफलता प्राप्त करना चाहते हैं, तो आज से ही योजना बनाना शुरू कर दें। योजना सफलता की ओर पहला ठोस कदम है।

उत्पादकता वैयक्तिकरण: अपने आपको बेहतर जानें

अपने दुश्मन को जानो और खुद को जानो, और आप बिना किसी मुश्किल के सौ लड़ाइयाँ लड़ सकते हैं।

-सन त्जू

आपके पास इस बारे में काफी जानकारी है कि आपको कैसा होना चाहिए या क्या आपको उत्पादक और सफल बनाता है। लेकिन मैंने देखा है कि हम में से ज्यादातर लोग महत्वपूर्ण कदम को नज़रअंदाज़ करते हैं, जो कि आत्म-जागरूकता है। आत्म-जागरूकता काम, जीवन और रिश्तों में पूर्ति की कुंजी है और समग्र उत्पादकता में महत्वपूर्ण भूमिका निभाती है। विडम्बना यह है कि अगर आप अपनी क्षमताओं को नहीं जानते हैं तो आप शायद नयी सीख को लागू नहीं कर सकते।

यहाँ तक कि जो लोग श्रेष्ठ लगते हैं उनमें भी कमजोरियाँ होती हैं। एक इंसान के रूप में, आप मूल्यवान परिणामों के लिए सचेत, अवचेतन और अचेतन शक्तियों द्वारा संचालित होते हैं। आपको अपनी प्रतिभा और कमजोरियों का आभास हो सकता है। अपनी ताकत का लाभ उठाना सीखना और अपनी देनदारियों को एक तरह से इसका लाभ उठाने के लिए प्रबंधित करना आपकी उत्पादकता को उच्च स्तर तक ले जा सकता है।

आइए चर्चा करें कि कैसे सबसे उत्कृष्ट सैन्य प्रचारक सिकंदर महान ने नाबाद रहने के लिए अपने और अपनी सेना की ताकत और कमजोरियों के बारे में जानने के लिए आत्म-विश्लेषण कैसे किया। सिकंदर प्राचीन यूनानी साम्राज्य मैसेडोनिया का शासक था। वह अरगद वंश का सदस्य था। सिकंदर का जन्म 356 ईसा पूर्व में हुआ था और वह 20 साल की छोटी उम्र में शासक के रूप में अपने पिता फिलिप द्वितीय के उत्तराधिकारी बने। सिकंदर ने अपने शासन के अधिकांश वर्ष पश्चिमी एशिया और पूर्वोत्तर अफ्रीका के माध्यम से सैन्य

अभियानों पर बिताये। तीस साल की उम्र में, सिकंदर ने ग्रीस से लेकर उत्तर-पश्चिमी भारत तक फैले सबसे बड़े साम्राज्यों में से एक का निर्माण किया था। सिकंदर युद्ध में अपराजित था और उसे अब तक के सबसे सफल सैन्य कमांडरों में से एक माना जाता हैं।

इतिहासकारों के अनुसार, अपने सैन्य अभियान के दौरान, गांधार और तक्षशिला जीतने के बाद, सिकंदर पंजाब में आगे बढ़ गया। पंजाब में सिकंदर की सेना का क्षेत्रीय राजा पोरस से तीव्र टकराव हुआ। हालाँकि सिकंदर 326 ईसा पूर्व में हाइडस्पेश की लड़ाई में पोरस को हराने में कामयाब रहा, लेकिन यह मैसेडोनिया के लोगों के लिए सबसे कठिन लड़ाई थी। सिकंदर के पूर्व की ओर जाने पर उसे मगध के नंद साम्राज्य के साथ लड़ाई करनी पड़ती। ग्रीक सूत्रों के अनुसार मगध की सेना सिकंदर की सेना से पाँच गुना बड़ी मानी जाती थी।

इसके अलावा, हाल ही में राजा पोरस की सेना के साथ हुई कड़ी लड़ाई के कारण सिकंदर की सेना बहुत थक गयी थी। वे भारत-गंगा के मैदान के माध्यम से बड़े भारतीय सैनिकों का सामना करने की संभावनाओं के बारे में भी चिंतित थे। सिकंदर ने अपने अधिकारी कोएनस के साथ एक आत्म विश्लेषण किया और पूर्व की ओर आगे नहीं बढ़ने का फैसला किया। उन्होंने दक्षिण में अपना मार्ग बदल दिया और दक्षिणी पंजाब और सिंध की ओर चले गये। निचली सिंधु नदी के किनारे कुछ आदिवासी राज्यों पर विजय हासिल करने के बाद सिकंदर अंत में पश्चिम की ओर चला गया।

खुद को जानने के फायदे

- बेहतर निर्णय लेना- जब आप अपने और अपने विकल्पों के बारे में जानते हैं तो आप वास्तविक चुनाव कर सकते हैं। उदाहरण के लिए- अगर आप जानते हैं कि आप गणित में अच्छे हैं, तो आप इंजीनियरिंग या आर्किटेक्चर के लिए जाने का विकल्प चुन सकते हैं। संक्षेप में, आप ज़्यादातर समस्याओं को हल कर सकते हैं।

- आत्म-नियंत्रण- आप जानते हैं कि आपको क्या प्रेरित करता है और क्या आपको परेशान करता है, इसलिए आप आसानी से बुरी आदतों का विरोध कर सकते हैं और अच्छी आदतों को विकसित कर सकते हैं। आप उन मूल्यों और लक्ष्यों के बारे में जानेंगे जो इच्छाशक्ति को बढ़ायेंगे।

- सामाजिक दबाव का प्रतिरोध- जब आप अपनी प्राथमिकताओं और उद्देश्य को बेहतर ढंग से जानते हैं, तो आप गलत वादों से दूर रहते हैं। इस तरह, आप सामाजिक और भावनात्मक दबाव में आकर "हाँ" कहने की जगह "नहीं" कहेंगे।

- दूसरों के प्रति सहनशीलता और समझ- अगर आप अपनी कमजोरियों और संघर्षों से अवगत हैं, तो यह आपको मुश्किल परिस्थिति में दूसरों के साथ सहानुभूति रखने में मदद करेगा।

- जीवन शक्ति और आनंद- सच्चा होना आपको जीवित महसूस करने में मदद करता है और आपके जीवन के अनुभव को समृद्ध, व्यापक और रोमांचक बनाता है।

- अब जब आप सहमत हो गये हैं कि आत्म-ज्ञान हासिल करने योग्य है (ऐसा नहीं है कि आपको समझाने की आवश्यकता है!), तो हम आत्म-ज्ञान के उन 'महत्वपूर्ण संकेतों' पर आगे बढ़ेंगे।

- खुशी- जब आप यह व्यक्त कर सकते हैं कि आप कौन हैं तो आप ज़्यादा खुश होंगे। अपनी इच्छाओं को व्यक्त करने से यह अधिक संभावना होगी कि आपको वह मिलेगा जो आप चाहते हैं।

• कम आंतरिक संघर्ष- जब आपके बाहरी कार्य आपकी आंतरिक भावनाओं और मूल्यों के अनुसार होते हैं, तो आप कम आंतरिक संघर्ष का अनुभव करेंगे।

ज्यादातर लोग मानते हैं कि वे आत्म-जागरूक हैं, लेकिन एक बार जब वे अपने बारे में सवाल पूछना शुरू कर देंगे, तो वे हैरान हो जायेंगे। उदाहरण के लिए- आपने किशोरों को यह कहते सुना होगा, मुझे एक ऐसा साथी चाहिए जो मेरे जैसा हो। लेकिन जब आप उनसे अपने बारे में पूछते हैं तो वे ठीक से जवाब नहीं दे पाते हैं। ऐसे किशोर दूसरों के विचारों से अपने बारे में अपनी राय बनाते हैं। दूसरों की राय खुद को जानने का सही तरीका नहीं है। आपको आपसे बेहतर कोई नहीं जान सकता।

जितना ज़्यादा आप खुद को जानते हैं, उतना ही धैर्य आप में होता है दूसरों को समझने के लिए।

-एरिक एरिकसन

आप अपने आपको बेहतर कैसे जान सकते हैं

• रुचियाँ- आपकी रुचि ही आपका आकर्षण है। आपकी रुचि में आपके शौक, जुनून और रोमांच शामिल हैं। अपनी रुचि जानने के लिए आप आत्मनिरीक्षण कर सकते हैं और यह समझने की कोशिश कर सकते हैं कि आपको क्या पसंद है? आप किस बारे में जिज्ञासु हैं? आप किस चीज़ के लिए पागल हैं? आपको क्या चिंता है? आपने लोगों को अनपेक्षित पेशों को चुनते देखा होगा; यह सिर्फ रूचि के कारण होता है। मैं एक दोस्त को जानता हूँ जो उत्सुकता से अदालत कक्ष में आया था और उसने वकील बनने का फैसला किया। अब वह एक सफल वकील हैं।

• स्वभाव- मिज़ाज आपका बुनियादी स्वभाव है, यह आपके जन्मजात विकल्पों का मार्गदर्शन करता है। आप तथ्यों या भावनाओं के आधार पर फैसला कैसे लेते हैं? क्या आप नवीन विचारों या इसके बारे में विस्तृत जानकारी

पसंद करते हैं? आप कई लोगों की कंपनी चुनते हैं या अकेले रहना पसंद करते हैं? क्या आप योजना बनाते हैं या सिर्फ प्रवाह के साथ चलते हैं? अपने स्वभाव को आंकने के लिए ऐसे सभी सवालों का उत्तर ज़रूरी है।

- महत्व- फैसला लेने की प्रक्रिया में महत्व प्रमुख तथ्य हैं। आपके लिए क्या महत्व रखता है, जैसे स्वास्थ्य पहल, परोपकार, सलाह और वित्तीय सुरक्षा, निर्णय लेने से पहले विचार करने वाले प्रमुख कारक हैं। हमारे फैसले लक्ष्यों के लिए प्रेरक कारक हैं। इसलिए अगर आप ज़्यादा उत्पादक बनना चाहते हैं, तो आपके लिए क्या महत्व है वो जानें।

- मिशन- आपका मिशन दृढ़ता से लक्ष्य, महत्वाकांक्षा या अंतर्ज्ञान महसूस करना है। आपका मिशन आपको अपने लक्ष्य के प्रति प्रेरित और सकारात्मक रखता है। आपको अपने आप से पूछना चाहिए कि जीवन में आपका मिशन क्या है और इसका दूसरों के जीवन पर क्या प्रभाव पड़ेगा?

- दूरदर्शिता- दूरदर्शिता बुद्धि के साथ भविष्य की योजना बनाने की क्षमता है। दूरदर्शी एक मशहूर शब्द है जिसका इस्तेमाल अक्सर महान लोगों के लिए किया जाता है। जीवन के बारे में आपकी स्पष्ट दृष्टि आपको खुद को बेहतर तरीके से जानने देती है। अब से 5, 10 या 20 साल बाद आप खुद को कहाँ देखते हैं? अगर आप इसकी कल्पना कर सकते हैं, तो आप खुद को बेहतर तरीके से जान पायेंगे।

- लक्ष्य- एक लक्ष्य इच्छित परिणाम, माइलस्टोन, या अंतिम लक्ष्य है जिसे हासिल करने के लिए एक व्यक्ति या लोगों का समूह कल्पना करता है, योजना बनाता है और काम करता है। ज़्यादातर लक्ष्य अच्छे परिणाम हासिल करने के लिए समय सीमा के साथ बँधे होते हैं। आप अपने द्वारा तय किए गये लक्ष्यों के आधार पर अपने व्यक्तित्व का आकलन कर सकते हैं। आपको अपने आप से सवाल पूछने चाहिए जैसे- जीवन में मेरे प्राथमिक लक्ष्य क्या हैं? मैं अपने

लक्ष्य को प्राप्त करने से कितना दूर हूँ? अगर मैं अपना लक्ष्य पूरा कर लूँ तो मुझे क्या मिलेगा? मेरे लक्ष्य का दूसरों पर क्या प्रभाव पड़ेगा? और इसी तरह।

- शक्ति/कौशल- हर एक मनुष्य में कुछ अनोखें कौशल और शक्तियाँ होती हैं। उदाहरण के लिए आप गायन में अच्छे हो सकते हैं। आपका दोस्त खेलकूद में अच्छा हो सकता है, दूसरे पढ़ाई में अच्छे हो सकते हैं। एक लीडर के रूप में अपनी टीम की ताकत को जानना एक जरूरी विशेषता है।

मुझे आशा है कि आप आत्म-विश्लेषण के महत्व को समझेंगे और स्वयं को बेहतर तरीके से जान पायेंगे।

उत्पादकता वैयक्तिकरण : अपना कार्यक्षेत्र तय करें

आपको अपना कार्यक्षेत्र ढूँढ़ने की कोशिश करते रहना होगा और जो भी जगह आपके लिए बची है उसमें योग्य होने की कोशिश करना या अपना खुद की एक जगह बनाना है।

-डॉली पार्टन

हर एक इंसान में अनोखी विशेषताएँ और कौशल होते हैं, जो उन्हें कुछ विशिष्ट क्षेत्रों में महारत हासिल करने या रुचि हासिल करने के लिए सशक्त बनाते है। उच्च उत्पादकता और सफलता प्राप्त करने के लिए आपको सबसे उपयुक्त जगह तय करनी चाहिए। कार्यक्षेत्र आजकल आमतौर पर डिजिटल मार्केटिंग में इस्तेमाल किया जाता है, लेकिन मैं यहाँ एक व्यापक सोच में कार्यक्षेत्र का इस्तेमाल कर रहा हूँ, जिसका अर्थ है आपका कार्यक्षेत्र, पेशा या रुचि।

अगर आप एक ऐसा कार्यक्षेत्र तय करते हैं जिसके बारे में आप में जोश हैं, तो सफलता मिलने की संभावना लगभग निश्चित है।

आमतौर पर लोग कमाई की उम्मीदों के आधार पर अपनी कार्यक्षेत्र तय करते हैं, जो सही नहीं है। आपको हमेशा अपने जुनून के साथ जाना चाहिए। आप शुरू में एक लाभदायक कार्यक्षेत्र पर पैसा कमा सकते हैं, लेकिन कुछ समय बाद ऊबने की अधिक संभावना है, जो आगे चलकर विलंब का कारण बन सकती है। वहीं अगर आपने जुनून के आधार पर अपना कार्यक्षेत्र तय कर लिया है तो आप कभी बोर नहीं होंगे। आप हमेशा काम पर पूरा ध्यान देंगे। कुल मिलाकर, अगर आप अपने लिए सही कार्यक्षेत्र चुन रहे हैं तो आप संतुष्ट महसूस करेंगे।

हमारे युवा आमतौर पर कार्यक्षेत्र को लेकर अस्पष्ट रहते हैं। उनके लिए अपना क्षेत्र तय करना मुश्किल है। आमतौर पर, वे अलग-अलग विषयों के बारे में भावुक होते हैं, लेकिन निर्णय लेते समय, वे एक लाभदायक कार्यक्षेत्र चुनते

हैं। आमतौर पर, युवा वही करते हैं जो उनके माता-पिता, अभिभावक या गुरु' उनसे करने के लिए कहते हैं। कभी-कभी वे दूसरों के उदाहरण से चलते हैं। अगर आप भी उनमें से एक हैं, तो कृपया इस अध्याय को ध्यान से पढ़ें।

कुछ साल पहले मेरी मुलाकात पीयूष नाम के एक लड़के से हुई। वह सरकारी बैंक अधिकारी परीक्षा देना चाहता था। वह बहुत मेहनती व्यक्ति था और निर्धारित अभ्यास को हल करने और मूल बातें सीखने में कई घण्टे लगाता था। एक दिन जिज्ञासावश मैंने उसकी उत्तर पुस्तिका में देखा। मैंने देखा कि वह गणित और तर्क में उत्कृष्ट था, लेकिन अंग्रेजी में बहुत कमजोर था। जब मैंने उसकी अंग्रेजी के बारे में पूछा, तो उसने स्वीकार किया कि उसकी अंग्रेजी बहुत कमजोर है। मैंने उनके प्रतिरूप की सावधानीपूर्वक जाँच की और महसूस किया कि अंग्रेजी में कम से कम नंबर लाना भी उसके लिए इतना आसान नहीं होगा। मैंने पीयूष को कुछ अन्य कार्यक्षेत्र के बारे में सोचने के लिए कहा। उसे नहीं पता था और उसने बताया कि उसे पढ़ाने का बहुत शौक है, लेकिन उसके पिता चाहते थे कि वह एक बैंक अधिकारी बने। मैंने उसे सुझाव दिया कि अगर अध्यापन उनका जुनून है तो वो प्राध्यापक-पद परीक्षा की तैयारी करें। लगभग नौ महीने बाद, पीयूष मिठाई का एक पैकेट लेकर मेरे पास आया और मुझे प्राध्यापक-पद परीक्षा में अपने चयन के बारे में बताया।

अपना कार्यक्षेत्र तय करने के फायदे

- सही दिशा में प्रयास- सही कार्यक्षेत्र का निर्णय करना आपकी ऊर्जा को सर्वोत्तम क्रम में प्रसारित करता है। आपने एक ऐसा क्षेत्र चुना है जिसके साथ आप सबसे अधिक सहज हैं; यह अतिरिक्त प्रेरणा देता है।
- विशिष्ट क्षेत्र- आपने बेशुमार कार्यक्षेत्र में से एक विशिष्ट कार्यक्षेत्र या क्षेत्र पर फैसला लिया है। सिर्फ एक विशेष क्षेत्र पर ध्यान केंद्रित करके, आप वास्तविक सफलता का स्वाद चख सकते हैं। प्रसिद्ध वैज्ञानिकों के बारे में सोचें, वे अपने शोध क्षेत्रों को बहुत सावधानी से चुनते हैं। उनका शोध क्षेत्र समग्र रूप से विज्ञान का एक छोटा-सा हिस्सा है। अगर वे विज्ञान की हर चीज पर ध्यान देंगे तो वे कभी वैज्ञानिक नहीं बन पायेंगे।

• कम प्रतिस्पर्धा- आपने अपना कार्यक्षेत्र चुन लिया है; आप उस कार्यक्षेत्र में अपना स्थान खोजने के लिए इसके बारे में और जानेंगे। अब आपकी प्रतिस्पर्धा काफी कम है। आइए एक चिकित्सक का उदाहरण लेते हैं। मान लीजिए कोई चिकित्सक है जो फिजिशियन है। लेकिन शहर में बहुत सारे चिकित्सक हैं। अब एक चिकित्सक को कार्डियोलॉजिस्ट, गैस्ट्रोलॉजिस्ट, न्यूरोलॉजिस्ट, आदि के रूप में और भी विशिष्ट किया जा सकता है। अगर कोई चिकित्सक उनकी विशेषताओं का सही उल्लेख करता है तो विशेष रोगी मिलने की अच्छी संभावना है। इससे प्रतिस्पर्धा में भारी कमी आयेगी।

• बढ़ी हुई दृश्यता- अपना कार्यक्षेत्र तय करने के बाद, आपको अपने काम को बेहतर तरीके से दिखाना है। आप आसानी से नक्शा देख सकते हैं कि आप वर्तमान में कहाँ खड़े हैं।

• सम्मानित विशेषज्ञता- एक विशेषज्ञ के रूप में, आप एक विशेष कार्यक्षेत्र पर केंद्रित हैं। आप उसी क्षेत्र के लोगों के साथ काम कर रहे हैं। धीरे-धीरे आप एक विशेषज्ञ के रूप में उभर कर आते हैं।

• कम संसाधन- अगर आप किसी विशिष्ट कार्यक्षेत्र पर केंद्रित हैं तो आप चीज़ों को आसानी से नियंत्रित कर सकते हैं। इसका परिणाम आपके काम के लिए बेहतर स्रोत होगा।

• बढ़ी हुई उत्पादकता- आप केंद्रित हैं। आपके पास अपने काम और लक्ष्य की बेहतर दृश्यता है। आपने अपने स्रोत को अनुकूलित किया है। आपकी उत्पादकता बहुत अधिक होगी।

सही कार्यक्षेत्र चुनना आधी लड़ाई जीतने के बराबर है।

बहुत से लोग मानते हैं कि सही कार्यक्षेत्र चुनना आपकी संभावना को सीमित कर रहा है। लेकिन, मेरा विश्वास करो, यह विपरीत है। अपने आपको विशिष्ट बनाना हमेशा आपके अवसरों को बढ़ाता है। फिर भी, अगर आप एक

से अधिक कार्यक्षेत्र में काम करना चाहते हैं, तो मेरा सुझाव है कि एक बार में एक कार्यक्षेत्र पर जायें। निर्धारित मापदण्डों को प्राप्त करें और फिर अगले के लिए जायें।

अपना कार्यक्षेत्र कैसे तय करें

- आपकी रुचियाँ और जुनून- हमने पिछले अध्याय में पहले ही इस पर चर्चा की थी। सबसे उपयुक्त कार्यक्षेत्र चुनने के लिए अपनी रुचियों और जुनून को पहचानें।

- आप किन समस्याओं का समाधान कर सकते हैं- एक व्यक्ति के रूप में, आप अनोखे हैं और आपके पास असाधारण कौशल है। यह समझने की कोशिश करें कि आप किन समस्याओं का समाधान कर सकते हैं। आप किस दर्द को दूर कर सकते हैं या कम से कम कर सकते हैं। तदनुसार अपना कार्यक्षेत्र चुनें।

- अपनी प्रतिस्पर्धा पर शोध करें- अपना कार्यक्षेत्र तय करने का एक और महत्वपूर्ण तरीका। सभी प्रतिस्पर्धियों की सूची बनायें और उनके मजबूत क्षेत्रों के खिलाफ अपने अनोखे प्रस्तावों की सूची बनायें। कार्यक्षेत्र के भीतर सही जगह खोजने के लिए आप अपने प्रतिस्पर्धियों को और फ़िल्टर कर सकते हैं।

- आपका कार्यक्षेत्र कितना लाभदायक है- पर्याप्त पैसे कमाने के लिए आपको एक आशाजनक कार्यक्षेत्र चुनना चाहिए।

- अपने विचार का परीक्षण करें- आपका विचार मूर्खतापूर्ण होना चाहिए। किसी विचार को सही बनाने के लिए आपको उसका हर तरफ से परीक्षण करना चाहिए। कभी-कभी लोग फायदे को एक आवश्यक दृष्टिकोण से

देखते हैं। लेकिन हमेशा याद रखें कि वित्तीय लाभ सिर्फ एक पहलू है। आपको स्थिरता के लिए सामाजिक, कानूनी, आर्थिक और संबंधित मापदण्डों पर अपने विचार को सावधानीपूर्वक परीक्षण करना चाहिए।

आपको समझदारी से सोचना चाहिए और सबसे उपयुक्त कार्यक्षेत्र चुनने में कुछ समय लगाना चाहिए। अपने कार्यक्षेत्र को आसानी से बदलना आसान नहीं है। कभी-कभी एक बार चुने जाने के बाद, आप एक क्षेत्र में फँस जाते हैं। यहाँ तक कि अगर आपको एहसास हुआ और कुछ समय बिताने के बाद अपना कार्यक्षेत्र बदल रहे हैं, तो भी आपने अपना ध्यान, समय और अन्य महत्वपूर्ण संसाधनों को बर्बाद कर दिया है। इसलिए अपने कार्यक्षेत्र के बारे में कभी भी जल्दबाजी में फैसला न लें!!

उत्पादकता वैयक्तिकरण : आवश्यक कौशल सीखें

केवल वे ही जिनके पास सरल चीज़ों को पूरी तरह से करने का धैर्य है, वे ही कभी मुश्किल कामों को आसानी से करने का कौशल हासिल करते हैं।

-जेम्स जे कॉर्बेट

आपने खुद को परख लिया हैं; आपने अपना कार्यक्षेत्र तय कर लिया है। अब अगला महत्वपूर्ण कदम आगे बढ़ना और आवश्यक कौशल सीखना है। सीखना एक लगातार चलने वाली प्रक्रिया है जो कभी नहीं रुकनी चाहिए। ज्ञान के अलग-अलग तरीके हैं और आप अपनी सुविधानुसार तरीका बदल सकते हैं। खासकर जब आप किसी लक्ष्य पर काम कर रहे हों तो सीखना जरूरी हो जाता है। आपको लगभग हर उस चीज की मूल बातें पता होनी चाहिए जिसे हासिल करने की आपने योजना बनायी है। इसके अलावा, आपको अपने आपको ज़्यादा उत्पादक बनाये रखने के लिए एक या अधिक महत्वपूर्ण क्षेत्रों में उत्कृष्ट होना चाहिए।

जिस दिन आप सीखना बंद कर देते हैं, आपका व्यक्तिगत विकास बंद हो जाता है।

एक व्यक्ति के रूप में, आपको हमेशा व्यक्तिगत विकास के सही रास्ते पर रहना चाहिए। व्यक्तिगत विकास सभी आवश्यक कौशलों को सक्रिय रूप से सीखने के बारे में है। सीखना आपके खाली समय का सदुपयोग करने और विलंब को दूर रखने का एक सही तरीका है। अगर आप हमेशा काम के बोझ को कम करने और अपने जीवन को सरल बनाने के लिए बेहतर उपकरणों, तकनीकों और ज्ञान की तलाश में रहते हैं तो यह मदद करेगा।

सीखने वाले की मानसिकता-

- मैं अपनी प्रतिभा को सामने लाऊँगा।

- मैं हमेशा दयालु महसूस करता हूँ।
- मैं दुनिया की एक जरूरत को पूरा करूँगा।
- मैं गलतियों को अवसर मानता हूँ।
- मैं जो कुछ भी करता हूँ उसमें जुनून रखता हूँ।
- मैं अपने विचारों को बहुत गंभीरता से लेता हूँ।
- मैं संभावना से समझौता करता हूँ, सीमा से नहीं।
- मुझे हर पल को सही ढंग से इस्तेमाल करना है।
- मैं अनुसरण करता/करती हूँ।

यहाँ मैं बाबासाहेब अम्बेडकर के बारे में बताना चाहूँगा। बाबासाहेब लोकप्रिय रूप से भारतीय संविधान के मुख्य आर्किटेक्ट के रूप में जाने जाते हैं। वह एक प्रसिद्ध वकील, अर्थशास्त्री और प्रशासक थे। बाबासाहेब भारत के एक महत्वपूर्ण राज्य महाराष्ट्र के आर्थिक रूप से कमजोर समाज से थे। कानून के प्रोफेसर और वकील के रूप में अपने शुरुआती दिनों में बाबासाहेब को बहुत भेदभाव और यहाँ तक कि अस्पृश्यता का भी सामना करना पड़ा। बाबासाहेब एक विद्वान थे और उन्होंने कोलंबिया विश्वविद्यालय से डबल एम.ए. किया, अर्थशास्त्र और इतिहास, समाजशास्त्र, दर्शनशास्त्र और नृविज्ञान के अन्य विषयों में पढ़ाई की। बाद में, बाबासाहेब लंदन स्कूल ऑफ इकोनॉमिक्स से पोस्ट स्नातक और डॉक्टरेट के लिए ब्रिटेन चले गये।

बाबासाहेब हमेशा सीखने और कौशल हासिल करने पर जोर देते थे। बाबासाहेब ने बॉम्बे हाईकोर्ट में अपने कानूनी अभ्यास के दौरान शिक्षा और सामाजिक-आर्थिक सुधार को बढ़ावा देने के लिए बहिष्कृत हितकारिणी सभा नामक एक केंद्रीय संस्थान की स्थापना की। उनके विशाल ज्ञान और व्यापक अनुभव को देखते हुए, उन्हें सर्वसम्मति से भारतीय संविधान की ड्राफ्टिंग समिति के अध्यक्ष के रूप में नियुक्त किया गया था। बाबासाहेब की प्रतिभा के कारण, भारतीय संविधान अभी भी दुनिया का सबसे महत्वपूर्ण संविधान है और भारत जैसे विशाल और विविधतापूर्ण देश के लिए जीवन के हर पहलू को कवर करता है। जल्द ही बाबासाहेब स्वतंत्र भारत के पहले कानून मंत्री बने। तमाम बाधाओं के बाद, बाबासाहेब ने साबित कर दिया कि कैसे सीखना आपको अगले स्तर

तक ले जा सकता है। बाबासाहेब को देश भर में उनके योगदान के लिए याद किया जाता है

कौशल आपको बाकी लोगों से अलग करता है। आपके पास अनोखा कौशल हो सकता है, लेकिन आप अपनी प्रतिभा को बिना सीखे एक महत्वपूर्ण स्तर तक नहीं ले जा सकते। सभी सफल लोग अपने कौशल को सीखने और उन्नयन करने में बहुत समय लगाते हैं।

सीखने के फायदे

- आत्म-प्रेरणा को बढ़ावा देता है- सीखना सही दृष्टिकोण और तकनीकों के साथ सशक्त बनाता है। आप अपने लक्ष्यों को हासिल करने के लिए सही दिशा पा सकते हैं। कुल मिलाकर, यह आत्म-प्रेरणा को बढ़ावा देता है।
- व्यक्तिगत और व्यावसायिक कौशल में सुधार करता है- सीखना आपको सही व्यक्तिगत और व्यावसायिक कौशल के साथ एक बेहतर व्यक्ति में बदल देता है। उदाहरण के लिए- एक पेशेवर के रूप में, आपको अगले स्तर पर जाने के लिए उन्नत कौशल और शिष्टाचार सीखना होगा।
- आपको बदलाव के लिए तैयार करता है- कभी-कभी, आप गलत दिशा में हो सकते हैं। आप फँस गये हैं और आगे नहीं बढ़ पा रहे हैं। हालाँकि अगर आप जल्दी से सीखजाते हैं, तो आप सही दिशा की कल्पना कर सकते हैं और उसके अनुसार आगे बढ़ सकते हैं।
- व्यक्तिगत रुचियों और लक्ष्यों के साथ बेहतर तालमेल- सीखना आपको अपनी रुचियों को प्रभावी ढंग से पहचानने में मदद करता है। एक बार जब आप अपनी रुचियों से अच्छी तरह परिचित हो जाते हैं, तो आप वास्तविक लक्ष्य बना सकते हैं।
- आत्मविश्वास में सुधार- आप अपने लक्ष्यों को हासिल करने के लिए सही तकनीकों, उपकरण और प्रक्रिया को जानते हैं। सीखना आपको पहले से जोखिमों का अनुमान लगाने में मदद करता है और सही समाधान के साथ खुद को तैयार रखता है। यह आपके आत्मविश्वास में मौलिक रूप से सुधार करता है।

सीखने के कई तरीके हैं और आप सबसे सुविधाजनक तरीकों का इस्तेमाल कर सकते हैं। ज्ञान हासिल करने के लिए किताबें पढ़ने और ऑनलाइन पाठ्यक्रम लेने के अलावा भी कई रास्ते है। उदाहरण के लिए- अगर आप मार्शल आर्ट में रुचि रखते हैं और मार्शल आर्ट पर यूट्यूब वीडियो देखते हैं, तो वह भी सीखना है। एक राजनेता के रूप में जनप्रतिनिधियों से उनके स्थानीय मुद्दों पर बात करना भी सीखना है। एक वकील के रूप में, मुवक्किल के साथ गहन जानकारी के लिए चर्चा करना भी सीखना है।

आप सीखना कैसे जारी रख सकते हैं

- गुणवत्तापूर्ण पढ़ने की आदत बनायें- आपको शायद ही कोई ऐसा सफल व्यक्ति मिलेगा जिसे पढ़ने का शौक न हो। गुणवत्तापूर्ण पढ़ना हमारे आत्मविश्वास को बढ़ाता है और हमारी मानसिकता को जीवंत रखता है। हर गुणवत्ता वाली किताब या विषय में कुछ न कुछ होता है जो आपके जीवन को बदल सकता है।

- अपने आपको सीखने वाले लोगों से घेरें- शिक्षार्थी अपने ज्ञान को प्रभावी ढंग से साझा करते हैं और त्वरित सीखने के तरीकों का सुझाव देते हैं। वे आपकी मदद सही ज्ञान, युक्तियों और तकनीकों से कर सकते हैं। हमेशा अलग-अलग रुचियों और मानसिकता के लोगों से जुड़ने की कोशिश करें। यह आपके ज्ञान को बढ़ायेगा।

- खबरों से खुद को जानकार रखें- आप जिस दुनिया में रहते हैं उसके बारे में जानना हमेशा अच्छा होता है। इसके अलावा, आप अपने उद्देश्य के लिए महत्वपूर्ण समाचारों को ट्रैक कर सकते हैं। उदाहरण के लिए- एक वस्तु व्यापारी के रूप में, आपको पता होना चाहिए कि कौनसी वस्तु मांग में हैं। एक स्वास्थ्य पेशेवर के रूप में, आपको नयी आने वाली बीमारियों के बारे में पता होना चाहिए। एक राजनेता के रूप में, आपको विचाराधीन नीतियों के बारे में सीखना चाहिए। एक छात्र के रूप में, आपको अपने क्षेत्र में नवीनतम सिद्धांतों

और आविष्कारों के बारे में पता होना चाहिए। खबरों से खुद को जानकार रखने की आदत आपको जानकार बनाती है।

- प्रेरित, तनावमुक्त और सतर्क रहें- प्रेरणा आपको आवश्यक विषय सीखने के लिए ध्यान और जिज्ञासा के साथ सक्षम बनाती है। इसी तरह अगर आप शांत और सतर्क हैं, तो आप जल्दी सीख सकते हैं। अगर आप विचलित हैं तो आप सीख नहीं सकते। उदाहरण के लिए- एक उद्यमी के रूप में, आपके पास एक विचार है जिसके बारे में आप जानना चाहते हैं। आप उन सभी चीज़ों को जानना चाहते हैं जो आपके विचार को मान्य करने में उपयोगी हो सकती हैं। आप प्रेरित हैं क्योंकि आगे की पढ़ाई आपको गहन ज्ञान प्रदान करेगी। आप निश्चिंत हैं क्योंकि आपके पास एक शानदार विचार है। आप सतर्क हैं क्योंकि आप बेहतर योजनाएँ बनाना चाहते हैं।

- पूरी एकाग्रता के साथ सीखें- हमेशा अपने सीखने पर ध्यान दें। आपके मस्तिष्क और इंद्रियों को सीखने की प्रक्रिया में शामिल होना चाहिए। मोबाइल फोन और सोशल मीडिया जैसे सामान्य विचलित करने वाले तत्वों को सीखते समय दूर रखें।

- अपनी सीखने की शक्ति में सुधार करें- हमेशा सीखने के नये तरीकों का इस्तेमाल करें। याददाश्त कौशल, जल्दी पढ़ना और मन में नक्शे बनाना जैसे कई तरीके हैं। हमेशा रचनात्मक तरीकों की तलाश करें जो आपके सीखने के कौशल को बेहतर बना सकें।
- दूसरों के साथ सीखें- समूह में सीखना हमेशा उपयोगी होता है। आपके पास मदद करने और चुनौती देने के लिए लोग हैं। हर एक व्यक्ति एक अलग मानसिकता का होता है और किसी विशेष विषय पर दूसरों की तुलना में सबकी अलग-अलग राय होती है।

- खुद को जिज्ञासु रखें- जिज्ञासा सीखने को मनोरंजक बनाती है। जिज्ञासु लोग न सिर्फ सवाल पूछते हैं बल्कि जवाब की गहराई में जाना पसंद

करते हैं। सभी पथप्रदर्शक आविष्कार जिज्ञासा के परिणाम हैं। सर आइजैक न्यूटन ने एक सेब को जमीन पर गिरते हुए देखा और जिज्ञासा की वजह से अनुसंधान शुरू किया और गुरुत्वाकर्षण सिद्धांत का आविष्कार किया। इसलिए अपने आपको जिज्ञासु बनाये रखें और अधिक से अधिक सवाल पूछें।

- अपना ध्यान लक्ष्य पर रखें- आपकी सीख आपके लक्ष्यों के तालमेल में होनी चाहिए। अपने केंद्र से बाहर सीखने में कोई बुराई नहीं है। हालाँकि अपने आपको एक उद्देश्य के साथ जोड़कर रखने से इसे कुशलता से हासिल करने में मदद मिलेगी।

सीखना आपको एक बेहतर इंसान बनाता है। आप अपने काम को प्रभावी ढंग से करने के लिए बेहतर कौशल और तकनीक सीखते हैं। प्रासंगिक कौशल और प्रौद्योगिकी आपको ज़्यादा उत्पादक बनाती हैं और आप अपने लक्ष्य के साथ बेहतर तालमेल बिठाते हैं। कुल मिलाकर सीखना ही सफलता की कुंजी है!!

उत्पादकता वैयक्तिकरण : महान विचार उत्पन्न करें

रचनात्मकता से ऐसे विचार पैदा हो रहें है जो नये और उपयोगी हैं। मैं मूल को ऐसे लोगों के रूप में परिभाषित करता हूँ जो सपने देखने से परे जाते हैं और अपने सपने को साकार करने के लिए पहल करते हैं।

-एडम ग्रांट

विचार उत्पन्न करना एक रचनात्मक प्रक्रिया है जिसमें अनोखे विचारों और प्रक्रिया, विकास और संचार शामिल है। विचार सभी नवाचारों और आविष्कारों का आधार है। अपने आपको ज़्यादा उत्पादक बनाये रखने के लिए आपको महान विचार सोचने चाहिए। महान विचार नये उपकरण, तकनीकों या सर्विस, लोगों के बड़े समूह की सहायता करते हैं। इस बारे में सोचें कि हवाई जहाज के आविष्कार ने कैसे यात्रा को तेज और सुविधाजनक बना दिया। कैसे टेलीफोन के आविष्कार ने लोगों के संवाद करने का तरीका बदल दिया है। नवाचार जैसे-ईमेल और व्हाट्सप्प ने भी हमारे जीवन को आसान बना दिया है। महान विचार ज़्यादा फायदेमंद होते हैं और अक्सर बहुत सारा पैसा और लोकप्रियता हासिल करते हैं। हालाँकि हर महान विचार सफलता और लोकप्रियता का अनुभव नहीं करता है।

भारतीय उद्योगपति और बिजनेस टाइकून जे.आर.डी टाटा को अपने दोस्त के पिता, अग्रणी लुइस ब्लेरियट से विमान उड़ाने का विचार आया। लुइस ब्लेरियट इंग्लिश चैनल को पार करने वाले पहले व्यक्ति थे। टाटा न केवल फरवरी 1929 में भारत में जारी पायलट लाइसेंस हासिल करने वाले पहले व्यक्ति बने, बल्कि उन्होंने 1932 में भारत की पहली व्यावसायिक एयरलाइन टाटा एयरलाइंस की भी स्थापना की। बाद में वही एयरलाइन 1946 में भारत की राष्ट्रीय एयरलाइन, एयर इंडिया बन गयी। टाटा को भारतीय नागरिक उड्डयन के जनक के रूप में भी जाना जाता है।

कई लोग विचारों को उद्यमिता से जोड़ते हैं, लेकिन विचार हर जगह है।

एक शिक्षक को अपने छात्रों के लिए अपने पाठों को अधिक सरल और समझने में आसान बनाने के लिए एक विचार की आवश्यकता होती है। एक वकील को न्यायाधीश के समक्ष अपने मुवक्किल की बातों को प्रस्तुत करने के लिए एक दृष्टिकोण की आवश्यकता होती है। एक गंभीर रोगी की प्रभावी ढंग से सेवा करने के लिए एक डॉक्टर को एक विचार की आवश्यकता होती है। एक राजनेता को प्रसिद्ध होने और अधिक समर्थकों को आकर्षित करने के लिए दृष्टिकोण की आवश्यकता होती है। एक छात्र को अपनी परीक्षा में एक विशिष्ट स्थान प्राप्त करने के लिए एक विचार की जरूरत होती है।

विचारों को उत्पन्न करने की कोई विशिष्ट प्रक्रिया या तरीका नहीं है। कई सफल लोगों को असमान स्थानों जैसे- रसोईघर, पार्किंग का स्थान, स्नानघर आदि पर विचार मिले है। इसी तरह, यात्रा, तैराकी, चढ़ाई आदि के दौरान विचार उत्पन्न किए जा सकते हैं। फिर भी, कुछ आदतें हैं जो महान विचारों में मदद कर सकती हैं।

महान विचार उत्पन्न करने की आदतें

- गहरी रुचि विकसित करें- एक व्यक्ति के रूप में, आप एक या कुछ चीज़ों में मजबूत होते हैं। आपको अपने इच्छित क्षेत्र की गहरी समझ हासिल करने में अपनी रुचि विकसित करने की आवश्यकता है। हमेशा अपनी ताकत के इर्द-गिर्द विचार बनाने की कोशिश करें और कभी भी दूसरों की सफलता की कहानियों का अनुसरण न करें।

- जितना हो सके पढ़ें- इस दुनिया का सारा ज्ञान किताबों के अंदर समाया हुआ है। आजकल, आप इंटरनेट पर अपने रुचि क्षेत्र के बारे में पर्याप्त कंटेंट पा सकते हैं। आपको अज्ञात और अनजान चीज़ों के बारे में पता चलता है। पढ़ना आपको नये अवसरों और चुनौतियों के बारे में जानकारी प्रदान करने में भी सक्षम बनाता है।

- विशेषज्ञों का अनुसरण करें- आपको अपनी रुचि के क्षेत्र में हमेशा

विशेषज्ञ के संपर्क में रहना चाहिए। विशेषज्ञ के पास नवीनतम जानकारी होती हैं और उन्हें अपने क्षेत्र की बेहतर समझ है। आपको अपने क्षेत्र के विशेषज्ञ की व्यावहारिक राय के लिए उनका बारीकी से अनुसरण करना चाहिए।

- अनुभव प्राप्त करें- आपको अपनी रुचि के क्षेत्र में पर्याप्त विशेषज्ञता हासिल करनी चाहिए। अनुभव आपको सूचित निर्णय लेने के लिए आवश्यक जानकारी के साथ सशक्त बनाता है। आप विशेषज्ञता के साथ जोखिमों और पुरस्कारों का आसानी से अनुमान लगा सकते हैं।

- जितना हो सके यात्रा करें- यात्रा विचार निर्माण की कुंजी है। आपको नयी जगहों, नयी जलवायु, नये लोगों, भाषाओं के बारे में जानने को मिलता है। हर एक जगह के कुछ सकारात्मक और नकारात्मक पहलू होते हैं, जिनका इस्तेमाल विचार निर्माण के लिए सकारात्मक रूप से किया जा सकता है।

- समस्याओं की पहचान करें और समाधान हासिल करें- एक विचार जो कुछ वास्तविक समस्या को हल करता है, उसके सफल होने की अच्छी संभावना है। आप कई मुद्दों का सामना करते हैं; कुछ मुद्दे गंभीर भी होते हैं। समस्या को हमेशा ध्यान से परखें और सही समाधान के बारे में सोचें।

- सामाजिक बनें- अलग-अलग प्रकार के लोगों से मिलना आपको वास्तविक जीवन का अनुभव देता है। ज़्यादातर विचार किसी न किसी रूप में लोगों से सीधे जुड़े हुए हैं। इसलिए सामाजिक बनने से सामान्य लोगों के साथ बेहतर जुड़ाव हो सकेगा।

एक सफल विचार समर्पित प्रयास और कड़ाई से पर्यवेक्षित नवाचार प्रक्रिया का परिणाम है।

विचार निर्माण पर काम करते हुए आपको सुधार और नवाचार के लिए कीमती अंतर्दृष्टि मिलेगी। आप पारिस्थितिकी तंत्र, कार्य समूह, इलाके और कार्यक्षेत्र के साथ अपने विचार पर काम कर सकते हैं और विचार-मंथन की

आवश्यकता है। हालाँकि कोई सख्त नियम या प्रक्रिया नहीं है, एक सुविधाजनक विचार प्रबंधन प्रक्रिया को परिभाषित करने की सिफारिश की जाती है।

विचार प्रबंधन के लिए कदम

• विचार का चयन करना- आपने एक विचार पर ध्यान दिया किया जिस पर काम किया जा सकता है। अब आपको इसे आगे ले जाने के लिए इसे चुनना करना है। हालाँकि धारणा अभी भी परिकल्पना के चरण में है, लेकिन इसका लंबे समय में क्या प्रभाव होगा वो समझना अच्छा है। आपको चुने हुए विचार के लिए अपने संसाधन जुटाना शुरू कर देना चाहिए।

• पहलुओं को परखना- आप विचार पर समय और पैसा लगा रहे हैं। कभी-कभी आपका निवेश ना के बराबर हो सकता है लेकिन यह कभी न भूलें कि आप अपना समय भी दे रहे हैं। आपको अवसर के सभी पहलुओं का पर्याप्त विश्लेषण करना चाहिए। आपको पता होना चाहिए- मूल्य, संभावित दर्शक, जुड़े हुए जोखिम, विचार की आवश्यकता, और अन्य संबंधित जानकारी।

• बुद्धिशीलता- एक विशिष्ट कार्यक्षेत्र के आसपास नये विचार और समाधान उत्पन्न करने के लिए बुद्धिशीलता एक सिद्ध तकनीक है। अगर आप अपने विचार के क्षेत्र के विशेषज्ञों से जुड़ें और अपनी दृष्टि के कई पहलुओं पर चर्चा करें तो इससे मदद मिलेगी। आपको रोमांचक अंतर्दृष्टि मिलेगी जो आगे चल कर उपयोगी होगी।

• अपने विचार का परीक्षण करें- पूरा काम शुरू करने से पहले आपको अपनी परिकल्पना का परीक्षण करना चाहिए। आपके दृष्टिकोण को सतह पर लाना आपका पहला कदम होना चाहिए। चुस्त कार्यप्रणाली में, इसे न्यूनतम व्यवहार्य उत्पाद के रूप में जाना जाता है। मापदण्ड परियोजना प्रबंध में, इसे बीटा परीक्षण के रूप में जाना जाता है। यही बात हर क्षेत्र पर लागू होती है।

अगर आप एक वित्तीय सेवा पर काम करने वाले चार्टर्ड एकाउंटेंट हैं, तो आपको अपने विचार का बीटा परीक्षण करना चाहिए। आप सुधार की संभावना का लाभ उठाने के लिए अपने विचारों को परीक्षण कर रहे हैं। आप एक नमूना दर्शक समूह बना सकते हैं और साथ में अपनी परिकल्पना का परीक्षण कर सकते हैं। एक वित्तीय सलाहकार के रूप में, आप अपने ग्राहकों के लिए एक लाभदायक पोर्टफोलियो बनाने के विचार पर काम कर रहे हैं। अपना विचार अमल में लाने से पहले आपको शुरुआत में कुछ ग्राहकों के साथ परीक्षण करना चाहिए।

- सुधार- आपका विचार कुछ विशिष्ट समस्याओं को हल करने का आधार है। लेकिन ज़्यादा दर्शकों के स्तर के अनुरूप हर एक विचार में सुधार की आवश्यकता है। एक राजनेता के रूप में, आपका चुनावी घोषणापत्र आपके मतदाताओं के एक बड़े समूह को आकर्षित करने वाला होना चाहिए। अन्यथा, आपको पर्याप्त संख्या में वोट नहीं मिल सकते हैं। इसी तरह, जैसे ही आप जमीन पर प्रचार करना शुरू करते हैं, आपके अभियान बिंदुओं में सुधार होना चाहिए। अभियान शुरू करने से पहले, आप अभियान के विषयों के लिए भटक सकते हैं। लेकिन जैसे ही आप जनता के बीच जाते हैं, आप वास्तविक जीवन के अभियान विषयों को जान जाते हैं। अब, जैसा कि आप जानते हैं, वास्तविक मुद्दे, आप अपने अभियान विषयों को शीघ्रता से सुधार सकते हैं। अंतिम लक्ष्य अपने विचार की पूर्णता को प्राप्त करना है।

विचार उत्पन करना उत्पादकता का आधार है; आप सिर्फ अनुमान लगा सकते हैं और अपना समय बर्बाद कर सकते हैं अगर आपने कोई विचार उत्पन्न नहीं किया है। क्या आपने अपने विचार पर फैसला किया है? अगर नहीं, तो आज ही फैसला लें!

उत्पादकता वैयक्तिकरण : विचार को अमल में लाना

जो कुछ आपने करने के बारे में सोचा है उसके बारे में न बतायें, लेकिन बुद्धिमान समिति द्वारा इसे अमल में लाने के लिए इसे गुप्त रखें।

-चाणक्य

हर नया मिशन या परियोजना एक विचार से शुरू होता है; हालाँकि सफलता पूरी तरह से निष्पादन पर निर्भर करती है। एक स्टार्टअप के लिए, एक उत्पाद में आपके विचार को लागू करने के बाद, अंतिम उपयोगकर्ता भुगतान या भुगतान नहीं करने का निर्णय लेंगे। यहाँ तक कि एक टीम या उद्यमी जैसे निवेशक भी विचारों के बारे में बहुत कुछ बोलने के बजाय समाधान जल्दी दे सकते हैं। एक लेखक के रूप में, आपने एक महत्वपूर्ण विषय चुना है, लेकिन पाठक आपकी पुस्तक को तब तक खरीद और पढ़ नहीं सकते जब तक कि वह समाप्त न हो जाये। वर्तमान प्रतिस्पर्धी दुनिया में, आपको विचार निर्माण के बाद जल्दी ही विचार अमल में लाना चहिए।

एक साधारण विचार एक ऐसे प्रतिभाशाली विचार को पार कर सकता है अगर उसे अच्छी तरह से अमल में लाया जायें। आइए गूगल का एक उदाहरण लेते हैं। गूगल इंटरनेट खोज प्रदान करने वाली पहली कंपनी नहीं थी। अन्य खिलाड़ी जैसे याहू! और अल्टाविस्टा ने गूगल से पहले इंटरनेट खोज व्यवसाय में प्रवेश किया, लेकिन गूगल खोज मुद्रीकरण निष्पादित करने वाली पहली कंपनी थी। मजबूत निष्पादन क्षमताओं के कारण, गूगल इस भाग का बाज़ार निर्णायक बन गया है।

अमेज़न से पहले बड़ी संख्या में क्लाउड सर्विस प्रोवाइडर कंपनियाँ शुरू हुई थीं। लाउडक्लाउड भी क्लाउड सेवाओं के शुरुआती प्रदाताओं में से एक था। लाउडक्लाउड को अपना पहला ग्राहक 1999 में मिला, जो कि अमेज़न से कम से कम सात साल पहले था। तब क्लाउड कंप्यूटिंग एक नया शब्द था। इसके अलावा, लाउडक्लाउड और अन्य कंपनियाँ बाजार की तैयारी का आकलन नहीं

कर सकीं और क्लाउड समाधान और स्टोरेज लाभों को बढ़ावा नहीं दे सकीं। जल्द ही लाउडक्लाउड ने अपना ध्यान नये नाम ऑप्सवेयर के साथ डेटा सेंटर समाधान में बदल दिया। क्लाउड समाधान के लाभों को बढ़ावा देने और सही से योजना किए गये निष्पादन के बाद मार्किट खोज ने लाउडक्लाउड जैसी कंपनियों के लिए चमत्कार किया होगा।

एक अभिनव या पुरस्कार विजेता विचार सिर्फ शुरुआत है; आप सफलता के लिए अपनी सबसे अच्छी क्षमताओं के साथ अपने विचारों को लागू करने की जरूरत है। हर कोई अपने अभूतपूर्व विचारों के साथ कुछ नया करना चाहता है, लेकिन सफल निष्पादन असली संघर्ष है। एक व्यक्ति या संगठन को नवाचार के लिए कुशलतापूर्वक निष्पादन के कानून का पालन करना चाहिए।

सफल विचार निष्पादन के लिए कदम

- स्पष्ट दृष्टिकोण- निष्पादन के लिए नेतृत्व करने से पहले आपका विचार और धारणा स्पष्ट होनी चाहिए। यह मदद करेगा अगर आप कार्यान्वयन के मूल्य और लम्बे समय के प्रभाव को भी परिभाषित करते हैं।

- केंद्रित रणनीति- हमेशा महत्वपूर्ण क्षेत्रों और आवश्यक कार्यों पर ध्यान केंद्रित करें। प्राथमिकता वाले कार्यों की एक सूची बनायें जो आपकी समग्र सफलता को प्रभावित करे। मूल्यवान कार्यों के साथ अपनी कार्यसूची को सुधारते और अनुकूलित करते रहें।

- परिभाषित उद्देश्य- बीच में किसी भी तरह की मुश्किलों से बचने के लिए आपको शुरुआत में ही अपने लक्ष्य निर्धारित करने चाहिए। समय और लागत की आवश्यकताओं का सही अनुमान लगायें और अपनी आंतरिक और बाहरी टीम के सदस्यों के साथ आम सहमति पर पहुँचें। उचित तालमेल के लिए परिणामों को नियमित रूप से मापते रहें।

• प्राथमिकताओं को प्रबंधित करें- प्राथमिकताओं को अच्छे से प्रबंधित न करना निष्पादन की विफलता का एक अन्य कारण है। आमतौर पर प्राथमिकताएँ रोजाना बदलती रहती हैं। आपको नये महत्वपूर्ण कार्य मिलते हैं और ध्यान देने योग्य होते हैं। प्राथमिकताओं का बार-बार बदलना गति को तोड़ सकता है और प्रतिबद्धता की कमी का कारण बन सकता है।

• नवीनतम उपकरण और तकनीकों का इस्तेमाल करें- आपको नयी तकनीकी प्रगति के लिए खुली नज़र रखनी चाहिए जो समस्याओं को हल कर सकती है और आपकी प्रक्रिया को स्वचालित कर सकती है। प्रशिक्षण और कौशल विकास सत्र हमेशा टीम के अंदर नवाचार में मदद करते हैं। आप जरूरत के आधार पर बाहरी विशेषज्ञों, भागीदारों और विक्रेताओं से भी मदद ले सकते हैं।

• सुधार को मापें और नया करें- शुरुआत से चरण में किसी भी अंतर या भेद को नोटिस करने के लिए आपको हर कदम पर अपने प्रदर्शन को मापना चाहिए। एक उपेक्षा पूरी विफलता का कारण बन सकती है। हमेशा कुछ प्रमुख चालक तय करें और उसकी स्थिति पर नज़र रखें। मूल्य श्रृँखला को बनाये रखने के लिए परिणाम को थोड़े थोड़े समय में मापा जाना चाहिए। आप ग्राहकों की प्रतिक्रिया, उद्योग के मानकों और प्रतिस्पर्धा के आधार पर अपने प्रदर्शन को बेंचमार्क कर सकते हैं।

इनाम और सजा- योजना को प्रभावी ढंग से निष्पादित करने के लिए प्रदर्शन के लिए उच्च मापदण्ड निर्धारित करें। हमेशा अपने साथियों के उत्कृष्ट प्रयासों की सराहना करें। जिन्होंने बहुत अच्छे से काम किया हो उनके लिए पुरस्कार निर्धारित करें ताकि वे प्रेरित महसूस करें, और अन्य भी पुरस्कार के लिए उनका अनुसरण कर सकें। इसी तरह, गैर-प्रदर्शन करने वालों को दण्डित किया जाना चाहिए।

विचार को अमल में लाने के लिए प्राथमिकता वाली वस्तुओं की निरंतर

खोज और शोधन की आवश्यकता है। आपको हमेशा मूल्य श्रृंखला को बरकरार रखने पर ध्यान देना चाहिए। जब तक आप अपने विचार अमल में नहीं लाते है, तब तक आपको वास्तविक जीवन में कौनसी समस्याएँ हो सकती है उसका अनुमान लगाना मुश्किल है। वास्तविक जीवन की निष्पादन समस्या को पूरा करने के लिए आपके पास एक योजना तैयार होनी चाहिए। क्या आप अपनी धारणा को अमल में लाए हैं? अगर नहीं, तो निष्पादन के साथ आगे बढ़ने का समय आ गया है!!

उत्पादकता वैयक्तिकरण : मजबूत टीम का निर्माण

मजबूत दिमाग वाले व्यक्तियों का एक संग्रह जिन्होंने अपने निजी जीवन में गलतियों, निराशाओं और समस्याओं को खारिज करना सीख लिया है, एक मजबूत टीम बनाते हैं। अगर ज़्यादातर टीम के पास वह है, तो एक यूनिट के रूप में, आपको हराना लगभग असंभव है

-गैरी नेविल

एक व्यक्ति के रूप में, आप बहुत उत्पादक हो सकते हैं, लेकिन आपके पास एक दिन में सिर्फ 24 घण्टे होते हैं। एक जबरदस्त और पर्याप्त उपलब्धि के लिए कई विशेषज्ञों के प्रयासों और सर्वोत्तम प्रयासों की आवश्यकता होती है। एक अकेला व्यक्ति कुछ चीज़ों में बहुत अच्छा हो सकता है, लेकिन वह हर चीज में अच्छा नहीं हो सकता। उदाहरण के लिए आप बिक्री और विपणन में अच्छे हो सकते हैं लेकिन लेखांकन में अच्छे नहीं हो सकते हैं। एक डॉक्टर सर्जरी में बहुत अच्छा हो सकता है, लेकिन वह अभी भी एक निश्चेतक की मदद चाहता है। एक अभिनेता अभिनय में अच्छा हो सकता है, लेकिन वह उस पर फिल्माये जाने के लिए गाना नहीं गा सकता।

हम कई शब्दों के बारे में सुनते हैं जैसे- सहयोगी, सहकारी समितियाँ, साझेदारी, कंपनी, समूह, टीम। ये सभी शब्द मानव सभ्यता की शुरुआत के बाद से मौजूद हैं। सम्राटों और राजाओं के दरबार में कई विशेषज्ञ शामिल थे जिन्हें अपने क्षेत्रों का बेहतर ज्ञान था। हमारा इतिहास बहादुर सैनिकों और महान सेनानियों और महापुरूषों से भरा है। वे सभी महान योद्धा महान सम्राटों द्वारा बनायी गयी मजबूत टीम का हिस्सा हैं। कोई भी सम्राट बिना मजबूत दल के शासन नहीं कर सकता। इसी तरह, आप एक मजबूत टीम के बिना मजबूत नहीं बन सकते।

1969 में नासा का अपोलो 11 मिशन मानवता के लिए एक अविश्वसनीय माइलस्टोन था। यह बेहतरीन टीम वर्क का भी बेहतरीन उदाहरण है। इस

ऐतिहासिक घटना में तीन में से दो अंतरिक्ष यात्रियों ने चाँद की सतह पर कदम रखा। हम नील आर्मस्ट्रांग, बज़ एल्ड्रिन और माइकल कॉलिन्स को अच्छी तरह से जानते हैं, लेकिन वे अपनी सहायता टीम के कठोर प्रयासों के बिना इतिहास नहीं बना सकते थे। इस समूह ने मिशन से दो साल पहले सबसे अच्छा समय और उतरने के लिए सबसे अच्छी जगह को अंतिम रूप देने के लिए अपनी शोध शुरू की थी। टीम ने सभी महत्वपूर्ण निर्धारकों का अध्ययन और विश्लेषण करने के लिए गहन शोध की जैसे- गड्ढे, सतह, बोल्डर और चट्टान आदि के बारे में पता लगाया। नासा के एक अनुमान के अनुसार, मिशन में चार लाख से अधिक लोग शामिल थे। अंतरिक्ष यात्रियों ने अच्छी तरह से जुड़ने और एक एकजुट टीम बनाने के लिए प्रयोगशालाओं का दौरा किया।

अपोलो 11 सफलता हासिल कर सकता था क्योंकि हर एक चरण की योजना पहले से बनायी गयी थी और टीम का पूरा सहयोग था।

मजबूत टीम के गुण

- एक ही लक्ष्य का होना- एक मजबूत टीम सामान्य उद्देश्यों के लिए एक साथ हो जाती है। कंपनी हों या जीवन बदलने वाले मिशन, समान लक्ष्य वाले लोग एक मजबूत टीम बनाते हैं। एक शोधकर्ता के रूप में, आप एक किसान से अपने साथी होने की उम्मीद नहीं कर सकते। एक किसान आपको कुछ उपयोगी जानकारी दे सकता है, लेकिन वह आपकी टीम का सदस्य नहीं बन सकता।

- स्पष्ट दिशा- आपको एक दम स्पष्ट दिशा के लिए शुरुआत से ही अपेक्षाएँ निर्धारित करनी चाहिए। आपकी टीम के सदस्यों को पता होना चाहिए कि उन्हें क्या हासिल करना है और कैसे।

- खुला संचार- खुला संचार टीम की महत्वपूर्ण सफलता की कुंजी है। टीम के सभी सदस्यों में तालमेल होना चाहिए, और उन्हें टीम के बीच स्वतंत्र रूप से संवाद करना चाहिए। महान नेता हमेशा अपनी टीम के सदस्यों को अपनी राय व्यक्त करने और बेहतर विचार और समाधान विकसित करने के लिए

प्रोत्साहित करते हैं।

• परिभाषित भूमिकाएँ- टीम के हर एक सदस्य की एक सीमित भूमिका होनी चाहिए। वे अपनी जिम्मेदारियों को समझेंगे और अपना सर्वश्रेष्ठ प्रदर्शन करेंगे। यह सौंपे गये कार्यों के स्वामित्व की भावना को भी प्रोत्साहित करता है। चूँकि टीम के सदस्यों को विशिष्ट कार्य दिए जाते हैं, वे आसानी से ध्यान केंद्रित कर सकते हैं।

• परस्पर जवाबदेह- मजबूत टीमें सफलता और विफलता के लिए परस्पर जिम्मेदार होती हैं और कभी भी अपनी टीम के सदस्यों को हार के लिए दोषी नहीं ठहराती हैं। टीम का हर एक सदस्य अपने हिस्से का स्वामित्व लेता है और समग्र सफलता में अपनी भूमिका के महत्व को समझता है।

• विचारों में अंतर को प्रोत्साहित करें- सफल होने के लिए एक टीम बनायी जाती है और बिना गलती के योजनाओं और कार्यों के माध्यम से सफलता हासिल की जाती है। समान विश्वासों का एक समूह कई प्रकार की चीज़ों को अनदेखा कर सकता है, क्योंकि वे आमतौर पर यह नहीं मान सकते कि एक अलग मानसिकता वाले लोग क्या सोचते हैं। हम अलग-अलग संस्कृतियों, जातियों, सामाजिक व्यवहार, भाषाओं, जीवन शैली आदि के लोगों को देखते हैं। आप, एक एशियाई के रूप में, एक अफ्रीकी के भोजन प्रतिरूप को नहीं मान सकते हैं और इसके विपरीत। एक क्रिकेटर के तौर पर आप गोल्फर की मानसिकता को नहीं समझ सकते। इसलिए टीम का विविधीकरण और उसकी राय टीम निर्माण के लिए एक महत्वपूर्ण विचार है।

• आपसी सम्मान और भरोसा- हमेशा अपनी टीम के सदस्यों का उनके रंग, जातीयता, पद, स्थिति आदि की परवाह किए बिना सम्मान करें। आपको टीम के सदस्यों के बीच विश्वास भी बनाना चाहिए और उनका आत्मविश्वास बढ़ाने में उनकी मदद करनी चाहिए। सम्मान और विश्वास की कमी संघर्ष और

प्रतिशोध में बदल सकती है। आप मन मुटाव के कारण अपनी अच्छी गति को कभी खोना नहीं चाहेंगे।

- भावनात्मक बुद्धिमत्ता का अभ्यास करें- महान नेता भावनात्मक बुद्धिमत्ता में अच्छे होते हैं। बेहतर प्रदर्शन के लिए आपको टीम के अंदर भावनात्मक बुद्धिमत्ता का अभ्यास भी शुरू करना चाहिए। भावनात्मक बुद्धिमत्ता आपकी अपनी और टीम के अन्य सदस्यों की भावनाओं की निगरानी करने की क्षमता है, यह समझने के लिए कि कोई व्यक्ति किसी भी परिस्थिति में कैसे और क्यों प्रतिक्रिया करता है और उनकी विचार प्रक्रिया को समझकर उचित प्रतिक्रिया करता है।

- सकारात्मकता से प्रेरित करें- प्रशंसा और पुरस्कार सभी को पसंद होते हैं। पुरस्कार बेहतर प्रदर्शन को प्रोत्साहित करते हैं। एक टीम के सदस्य के रूप में, आपको हमेशा अपने टीम के सदस्यों के उत्कृष्ट काम की सराहना करनी चाहिए। हमेशा अपनी टीम के सदस्यों की ताकत और अच्छे काम के बारे में बात करें। आप अपनी टीम के सदस्यों के बीच स्वस्थ प्रतिस्पर्धा को प्रोत्साहित करने के लिए बेहतर प्रदर्शन के लिए पुरस्कार भी तय कर सकते हैं।

टीमवर्क ने मिशन-महत्वपूर्ण और अविश्वसनीय परियोजनाओं को सफल बनाया है। ज़्यादातर सफल हॉलीवुड या बॉलीवुड फिल्मों में, हम मुख्य अभिनेताओं और निर्देशकों के नाम जानते हैं, लेकिन सैकड़ों लोगों ने इसे सफल बनाने के प्रयास किए हैं। महत्वपूर्ण सफलता के लिए एक मजबूत टीम जरूरी है। क्या आपके पास एक टीम है? अगर नहीं, तो आगे बढ़ें और एक मजबूत टीम बनायें!!

उत्पादकता तकनीक

प्रौद्योगिकी या प्रबंध तकनीक में कोई एक भी विकास नहीं है, जो अपने आप में उत्पादकता में, विश्वसनीयता में, सादगी में एक दशक के भीतर परिमाण के एक क्रम में सुधार का वादा करता है।

-फ्रेड ब्रूक्स

सोक्रेटस और एरिस्टोटल के समय से प्रमुख व्यापारिक दिग्गज जैसे वॉरेन बफेट और राष्ट्रपति ड्वाइट आइजनहावर जैसे राजनेताओं ने अपने जीवन में उत्पादकता के महत्व को स्पष्ट रूप से पहचाना। ज़्यादातर सफल लोग काम को पूरा करने के लिए कुछ तकनीकों का इस्तेमाल करते हैं। मैंने इस भाग में चर्चा करने के लिए अत्यधिक उपयोगी, लोकप्रिय और युद्ध परीक्षण उत्पादकता तकनीकों को चुना है।

क्या आप जानते हैं सफलता की असली कुंजी क्या हैं? मैं पिछले अध्यायों में पहले ही इस पर चर्चा कर चुका हूँ, लेकिन मैं यहाँ दोहराना चाहता हूँ। उत्कृष्टता का मतलब कुछ नया करने के लिए मुश्किल गतिविधियाँ करना नहीं हैं; बल्कि यह आपके लक्ष्य को हासिल करने के लिए सरल और उपयोगी गतिविधियों को बार-बार और लगातार करना है।

एंथोनी ट्रोलोप का 15 मिनट की दिनचर्या

मैं एक सरल तकनीक साझा करना चाहता हूँ जिसमे एंथनी ट्रोलोप को 47 उपन्यास, 18 गैर काल्पनिक, 12 छोटी कहानियाँ, दो नाटक, और लेख और पत्रों का वर्गीकरण, और एक आत्मकथा लिखने में सक्षम बनाया।

ट्रोलोप 19वीं सेंचुरी के एक प्रसिद्ध अंग्रेजी उपन्यासकार और विक्टोरियन युग के एक सिविल सेवक थे। उनका सबसे लोकप्रिय काम उपन्यासों की एक

श्रृंखला है जिसे द क्रॉनिकल्स ऑफ बार्सेटशायर के नाम से जाना जाता है। एंथोनी ट्रोलोप एक निश्चित दिनचर्या का पालन कर रहे थे और अपने लेखन का दिन सुबह 5:30 बजे शुरू कर रहे थे। पोस्ट ऑफिस की नौकरी के लिए निकलने से पहले वह हर दिन तीन घण्टे लिखते थे। ट्रोलोप ने अपने लिए एक तकनीक बनायी और हर 15 मिनट में 250 शब्द लिखे। गति बनाये रखने के लिए उन्होंने अपने सामने एक घड़ी का इस्तेमाल किया। ट्रोलोप ने अपने नौकर को कॉफी के कप के साथ समय पर जगाने के लिए प्रति वर्ष अतिरिक्त £5 का भुगतान किया। कुछ आलोचक ट्रोलोप को उनकी अविश्वसनीय उत्पादकता के कारण उन्हें एक रचनात्मक लेखक नहीं मानते हैं।

ट्रोलोप ने एक महत्वपूर्ण कार्य पर तेजी से काम करते हुए प्रगति को मापने के लिए 15 मिनट के लेखन ब्लॉक को ईमानदारी से डिजाइन किया है। ट्रोलोप ने दीर्घकालिक लक्ष्यों को हासिल करने पर ध्यान केंद्रित किया, जिसमें कार्यों को त्वरित पूरा करने और तत्काल भुगतान के लिए छोटे समय के ब्लॉकों में विभाजित किया था।

क्यों ट्रोलोप की 15 मिनट की तकनीक उसके लिए सफल रही-

- छोटे कार्यों को पूरा करना आसान होता हैं और इससे बड़े कार्यों को पूरा करने के लिए आपको गति मिलती है।
- जैसे ही आप अपने दिन की शुरुआत किसी उत्पादक कार्य से करते हैं, आप पूरे दिन सकारात्मकता महसूस करते हैं।
- आप आसानी से अपनी प्रगति की जाँच कर सकते हैं क्योंकि ट्रॉलोप ने प्रति तिमाही घण्टे 250 शब्दों का लक्ष्य रखा था।

आपको हमेशा सरल और व्यावहारिक तकनीकों का इस्तेमाल करना चाहिए। इस खण्ड के लिए चुनी गयी सभी तकनीकों का इस्तेमाल करना आसान है; एक सामान्य व्यक्ति किसी भी तकनीक का आसानी से इस्तेमाल कर सकता है। ज़्यादातर कामयाब लोगों ने इस सूची से एक या उससे अधिक तकनीकों का इस्तेमाल किया है। यहाँ तक कि ज़्यादातर तकनीकों को प्रसिद्ध व्यक्तियों द्वारा पेश किया गया है जिन्होंने पूरी दुनिया के सामने अपनी उत्कृष्टता साबित की है।

तकनीकों के बारे में जानने के बाद, आपको एहसास होगा कि कैसे अभिनव लोग चीज़ों को सरल रखते हैं।

आपको अपने कार्यों को सही ढंग से करने के लिए आवश्यक कौशल विकसित करना होगा। महत्वपूर्ण कार्यों की पहचान करने और कार्यों को प्रभावी ढंग से करने के लिए अच्छी तकनीक का इस्तेमाल करना महत्वपूर्ण है क्योंकि यह प्रदर्शन को बढ़ाता है और जोखिम को घटाता है। अगर आप गलत तकनीकों का इस्तेमाल करते हैं, तो शुरुआत में तो आप अच्छा प्रदर्शन कर सकते हैं लेकिन लंबे समय में आपके लिए जोखिम बढ़ जायेगा।

हर उत्पादकता तकनीक हर किसी के लिए उपयुक्त नहीं हो सकती है। जैसा कि आप जानते हैं, हर व्यक्ति का एक अलग व्यक्तित्व, व्यवसाय, बैकग्राउंड और लक्ष्य होता है। इसलिए आपको तकनीकों को ध्यान से पढ़ना चाहिए और फिर अपने लिए उपयुक्त तकनीकों को चुनना चाहिए। मैंने चित्रों के साथ हर तकनीक को विस्तार से समझाया है ताकि आप उसे अच्छे से समझ सकें। आपको अपने अनुसार दो या अधिक तकनीकों को मिलाना होगा या आपको अपने अनुकूल कुछ तकनीकों में संशोधन करना पड़ सकता है। इस खण्ड को पढ़ने के बाद आपको अपने आप पता चल जायेगा कि कौनसी तकनीक आपके लिए सबसे बेहतर रहेगी।

यहाँ उन उत्पादकता तकनीकों की सूची दी गयी है, जिनके बारे में हम इस खण्ड में बात करने वाले हैं-

1. **परेटो सिद्धांत**
2. **आइजनहोवर बॉक्स**
3. **पोमोडोरो तकनीक**
4. **पार्किंसंस सिद्धांत**
5. **5/25 रणनीति**
6. **जैरी सेनफेल्ड रणनीति**
7. **आइवी ली विधि**

8. 1-3-5 तकनीक

9. कार्यों को समूहित करना

10. बाधाओं का सिद्धांत

11. ABCDE विधि

12. समय गुणक

आइए एक-एक करके सभी तकनीकों पर चर्चा करें।

उत्पादकता तकनीक : परेटो सिद्धांत

प्रभावी संचार 20% है जो आप जानते हैं और 80% जो आप महसूस करते हैं।

-जिम रोहन

परेटो सिद्धांत (जिसे 80/20 नियम के रूप में भी जाना जाता है) इंगित करता है कि शीर्ष 20% कार्यों से लगभग 80% प्रभाव पड़ता है। यह एक अर्थशास्त्र सिद्धांत है, जो कि जीवन के हर पहलु के लिए प्रासंगिक है। अनुभवजन्य रूप से 80/20 नियम प्राकृतिक घटनाओं और मापदण्डों के लिए भी एक शक्ति-कानून वितरण है। इसी सिद्धांत का व्यापार में भी इस्तेमाल किया जाता है जब 80% बिक्री 20% ग्राहक से आती है। इस सिद्धांत को 'लॉ ऑफ द वाइटल फ्यू' या 'द प्रिंसिपल ऑफ फैक्टर स्पारसिटी' के नाम से भी जाना जाता है।

प्रबंधन सलाहकार जोसेफ एम. जुरान ने सबसे पहले इस सिद्धांत की पेशकश की थी और इसका नाम इतालवी अर्थशास्त्री विल्फ्रेडो परेटो के नाम पर रखा, जिन्होंने पहली बार लुसाने विश्वविद्यालय में 1896 में 80/20 के बीच संबंध देखा। परेटो ने अपने पहले काम में चित्रित किया इकोनोमी पॉलिटिक को, कि इटली की ज़मीन का लगभग 80%, आबादी के 20% लोगों के नाम पर था। परेटो ने लोगों के बीच आय और धन के वितरण के संदर्भ में अवधारणा को फिर से स्थापित किया।

जैसा कि पहले ज़िक्र किया गया है कि परेटो सिद्धांत या 80:20 नियम का इस्तेमाल लगभग हर जगह पर होता है और इसमें उत्पादकता कोई अपवाद नहीं है। 80:20 नियम के अनुसार, आपको 20% कार्यों से 80% परिणाम मिलता है। दूसरे शब्दों में कहा जाए तो, 20% कार्य हमें अत्यधिक फायदा पहुँचाते हैं। इसलिए योजना बनाते समय, हम ज़्यादा मूल्य के साथ 20% कार्यों

को पूरा करने पर ध्यान केंद्रित कर सकते हैं।

परेटो के सिद्धांत के फायदे

- आप आसानी से उच्च मूल्य वाले कार्यों पर ध्यान केंद्रित कर सकते हैं- आपने 80:20 नियम का इस्तेमाल करके अत्यधिक फायदेमंद कार्यों की पहचान कर ली है। अब आप आसानी से उच्च मूल्य वाले कार्यों पर ध्यान केंद्रित कर सकते हैं और कम मूल्य वाले कार्यों को छोड़ सकते हैं। हम में से ज़्यादातर लोग समझ नहीं पाते हैं कि उन्हें किन कार्यों पर काम करना चाहिए। परेटो का सिद्धांत उच्च मूल्य वाले कार्यों को अलग करता है जहाँ आपको ध्यान देना चाहिए।
- आप जानते हैं कि आपको क्या नज़रअंदाज़ करना है- आप कम मूल्य वाले कार्यों के बारे में जानते हैं। कभी-कभी कम मूल्य वाले कार्य आपके लक्ष्यों के लिए महत्वहीन होते हैं; इसलिए आप उन कार्यों को अन्य टीम के सदस्यों को सौंप सकते हैं या फ्रीलांसरों के माध्यम से उन्हें पूरा कर सकते हैं।

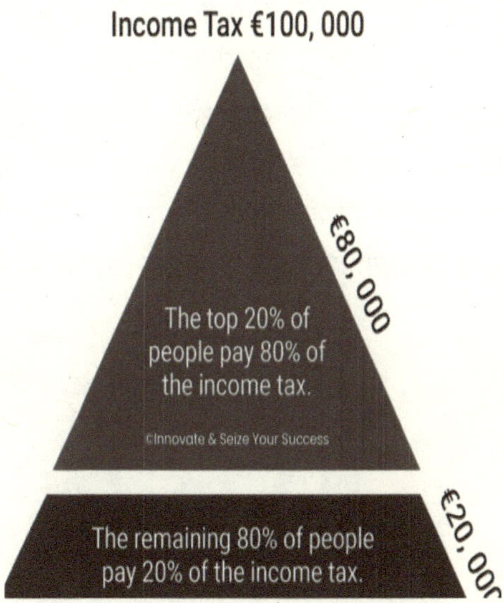

- कुशल संसाधन आवंटन- एक बार जब आप मूल्य जान जाते हैं,

तो आप अपने संसाधनों का इस्तेमाल उसके अनुसार ही करेंगे। उदाहरण के तौर पर- एक व्यवसाय के मालिक होने के नाते, अगर आपको लगता है कि अनुसंधान और विकास आपके शीर्ष ग्राहकों के लिए महत्वपूर्ण है। तो आप अनुसंधान और विकास गतिविधियों, उपकरणों और विशेषज्ञों में अधिक निवेश कर सकते हैं।

- कम तनाव- आप प्रभाव और मूल्य को जाने बिना कार्यों पर बहुत ज़्यादा समय खर्च कर रहे हैं; आप अंततः अभिभूत महसूस करने लगेंगे। 80/20 नियम का इस्तेमाल करके आप बहुत ही तेज़ी से अपने व्यापार पर एक वास्तविक प्रभाव डालने के लिए कार्यों की पहचान कर सकते हैं। केवल निर्दिष्ट उच्च मूल्य वाली नौकरियों पर ध्यान केंद्रित करके, आप कम समय में बहुत कुछ करते हैं। यह आपके आत्मविश्वास को ऊँचे स्तर पर लेकर जाता है और तनाव को आपके दिमाग से बाहर निकालता है।

- आप अपने कार्यों के साथ अत्यधिक जुड़ाव महसूस करते हैं- आप अत्यधिक फायदेमंद कार्यों के बारे में जानते हैं और उन्हें पूरा करने पर अधिक से अधिक ध्यान केंद्रित करते हैं। आपको उच्च मूल्य वाले कार्यों को पूरा करने का प्रभाव दिखाई देता है। जब आप सकारात्मक परिणामों के बारे में आश्वस्त होते हैं तब आपका जुड़ाव स्तर बहुत अधिक होता है।

- अटकलों का अंत- कोई और अधिक प्रयोगों और परीक्षणों की आवश्यकता नहीं है। उदाहरण के लिए आप क्या करेंगे, अगर आप एक विधार्थी हैं और आपको पता है कि 80% सवाल 20% अध्यायों से ही पूछे जायेंगे? आप सभी अध्यायों को पढ़ने के बजाय 20% अध्यायों को अच्छी तरह से पढ़ेंगे।

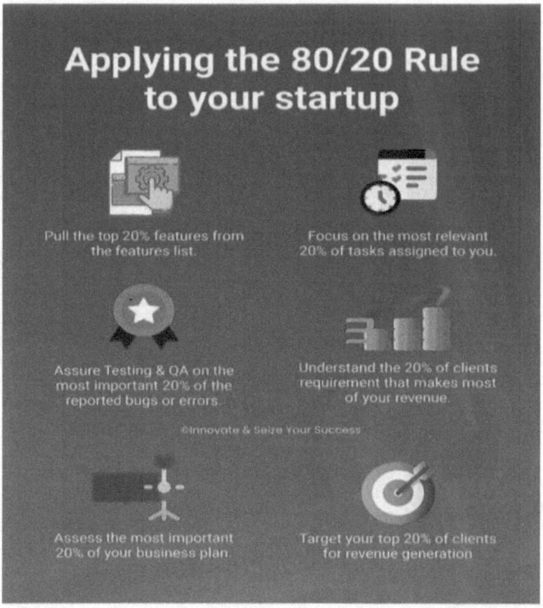

लोग अपने व्यवसाय के लिए मूल्यवान कार्यों की पहचान करने के लिए सबसे अधिक संघर्ष करते हैं और 80:20 नियम एकदम आसानी के साथ ऐसा करता है।

80:20 नियम कंप्यूटर विज्ञान में भी अच्छी तरह से प्रतिध्वनित है। उदाहरण के लिए- यह देखा गया है कि सबसे अधिक रिपोर्ट किए गये बग के शीर्ष 20% को ठीक करके, संबंधित त्रुटियों और क्रैश होने की संभावना को 80% तक घटा दिया जाता है। इसके अलावा, यह भी पता चला है कि सॉफ्टवेयर कोड का 80% आवंटित समय के 20% में लिखा गया है, जबकि 20% कोड का सबसे चुनौतीपूर्ण भाग 80% समय की खपत करता है।

कृपया ध्यान दें कि 80:20 अनुपात एक संकेत है और यह हर परिस्थिति में एक जैसा नहीं हो सकता है। कुछ स्थितियों में आपको 70:30 या 90:10 अनुपात भी मिल सकता है। परेटो सिद्धांत प्रयासों और परिणामों के बीच काफी असंतुलन स्थापित करता है।

उत्पादकता तकनीक: आइजनहोवर बॉक्स

नेतृत्व के लिए सर्वोच्च गुणवत्ता निर्विवाद रूप से अखण्डता है। इसके बिना, कोई वास्तविक सफलता संभव नहीं है, कोई फर्क नहीं पड़ता कि यह फुटबॉल का मैदान हो, एक सेना हो, या एक कार्यालय हो।

-ड्वाइट डी आइजनहोवर

आइजनहोवर बॉक्स उत्पादकता को बढ़ाने, अपने ज़रूरी और आवश्यक कार्यों को प्राथमिकता देने और अपने समय का सही से इस्तेमाल करने के लिए एक प्रभावी तकनीक है। इसे आइजनहोवर डिसिशन मैट्रिक्स, आइजनहोवर मैट्रिक्स या अर्जेंट-इम्पोर्टेन्ट मैट्रिक्स के नाम से भी जाना जाता है। आइजनहोवर बॉक्स एक सरल, लेकिन शक्तिशाली फ्रेमवर्क है जो कार्यों की तात्कालिकता और महत्व के आधार पर कार्यों की सूची को प्राथमिकता देने में मदद करता है।

आइजनहोवर बॉक्स अवधारणा को राष्ट्रपति ड्वाइट आइजनहोवर द्वारा विकसित किया गया था और इसलिए उनके ऊपर ही इसका भी नाम रखा गया था। ड्वाइट डेविड 'आईकेई' आइजनहोवर संयुक्त राज्य अमेरिका के 34 वें राष्ट्रपति (1953 से 1961) थे। राष्ट्रपति बनने से पहले ड्वाइट आइजनहोवर ने आर्मी जनरल के रूप में भी काम किया था। उन्होंने द्वितीय विश्व युद्ध के दौरान यूरोप में मित्र देशों के अभियान बल के सर्वोच्च कमांडर के रूप में कार्य किया था। उन्होंने 1942-43 में ऑपरेशन टोर्च और ऐसे कई अभियानों में उत्तरी अफ्रीका के आक्रमण की योजना बनायी और पर्यवेक्षण किया।

आइजनहोवर ने सेना के कमांडर के रूप में और अन्य प्रमुख कार्यालयों में अपने कार्यों और मुद्दों से कुशलतापूर्वक निपटने के लिए इस मैट्रिक्स का इस्तेमाल किया था। आइजनहोवर बॉक्स X-एक्सिस पर लागू 'अर्जेंट एंड नॉट अर्जेंट'और Y-एक्सिस पर 'इम्पोर्टेन्ट एंड नॉट इम्पोर्टेन्ट' के साथ चार-बॉक्स वर्ग है। इसके अलावा, कार्यों, मुद्दों, एजेंडा की आपकी सूची को चार बॉक्स में बाँटा जा सकता है। आप ऊपरी बाईं ओर 'अर्जेंट एंड इम्पोर्टेन्ट' बॉक्स देख

सकते हैं, जहाँ आपको तुरंत काम करने की ज़रूरत है। आप नीचे दिए गये चित्र में आइजनहोवर बॉक्स का एक टेम्पलेट देख सकते हैं-

आइजनहोवर मैट्रिक्स कैसे काम करता है?

जैसा कि ऊपर चित्र में दर्शाया गया है, आइजनहोवर मैट्रिक्स बनाने के बाद आपके पास चार चथुर्तांश या बॉक्स होंगे। अब आप नीचे दिए गये चार चथुर्तांश/बॉक्स में से एक में तात्कालिकता और महत्व के आधार पर अपने कार्य को लिख सकते हैं।

चथुर्तांश/बॉक्स 1- ऊपरी बायें कोने में स्थित है। इस चथुर्तांश/बॉक्स में अत्यावश्यक और महत्वपूर्ण कार्य लिखे जाते हैं। इन कार्यों पर आपको जल्द से जल्द ध्यान देने की आवश्यकता है। ये वे कार्य हैं जो संकट या समयबद्ध कार्यों के कारण होते हैं, जैसे कि छात्रों के लिए सेमेस्टर परीक्षा में बैठने वाले डॉक्टर के लिए वेंटिलेटर पर मरीजों को शामिल करना।

चथुर्तांश/बॉक्स 2- यह ऊपरी दायें कोने में स्थित है। इस चथुर्तांश/बॉक्स में उन कार्यों को लिखा जाता है जो आवश्यक ज़रूर हैं लेकिन आपको उन पर तुरंत काम करने की ज़रूरत नहीं है। ये वे कार्य हैं जिन्हें आप बाद में भी कर सकते हैं। ये ऐसे कार्य हैं जो लंबी अवधि में व्यक्तिगत रूप से या पेशेवर रूप से आपकी मदद कर सकते हैं, जैसे पेशेवर प्रासंगिक प्रमाणपत्र प्राप्त करना, और

एक विधार्थी का कौशल आधारित प्रशिक्षण प्राप्त करना।

चथुर्तांश/बॉक्स 3- यह बॉक्स के निचले-बायें कोने में स्थित है। इस बॉक्स में उन कार्यों को लिखा जाता है जो ज़रूरी हैं लेकिन महत्वपूर्ण नहीं हैं। यानि कि इन कार्यों पर आपको ध्यान देने की ज़रूरत नहीं है, लेकिन इसकी बजाय आप यह कार्य किसी और से करवा सकते हैं। अगर आपके पास एक टीम है तो आप इन कार्यों को उन्हें सौंप सकते हैं। उदाहरण के तौर पर- आप एक कार्यकारी के लिए परिचालन बैठकों में भाग ले रहे हैं और तत्काल रूप से चिह्नित ई-मेल को संबोधित कर रहे हैं, आदि।

चथुर्तांश/बॉक्स 4- यह बॉक्स के निचले दाहिने कोने में स्थित है। इस बॉक्स में वे सभी कार्य होते हैं जो न तो ज़रूरी होते हैं और न ही महत्वपूर्ण होते हैं। इन कार्यों पर आपको ध्यान देने की आवश्यकता नहीं है। अगर आप इन कार्यों को करना भूल भी जाते हैं तो भी इससे कोई फर्क नहीं पड़ेगा। उदाहरण के तौर पर- एक आईपीएल मैच देखना, एक दोस्त की पार्टी में जाना, सोशल मीडिया पोस्ट देखना, आदि।

एक बार जब आप आइजनहोवर मैट्रिक्स में अपनी कार्यसूची डाल देते हैं, तो आप बहुत तेज़ी से पहचान सकते हैं कि किन कार्यों पर आपको तुरंत काम करना चाहिए और किन कार्यों पर आप बाद में भी काम कर सकते हैं। इसके अलावा, आप सार्थक और बेकार के कार्यों की भी पहचान कर सकते हैं। यह आपकी उत्पादकता को बढ़ा देता है और आपका काफी सारा समय बचाता है।

आइजनहोवर मैट्रिक्स कार्य प्राथमिकता की एक बहुत बड़ी समस्या को बहुत आसानी से हल करता है, ताकि आप हमेशा सबसे मूल्यवान और प्रासंगिक कार्यों पर ध्यान केंद्रित कर सकें। आइजनहोवर मैट्रिक्स कार्यक्षेत्र में आपके कार्यों को प्राथमिकता देने में अत्यधिक प्रभावी है। यह प्रभावी ढंग आपको अपनी कार्यसूची नियंत्रित करने देता है और उत्पादकता में भी काफी सुधार करता है। यह व्यस्त रहने वाले लोगों के लिए आवश्यक कार्यों को पहचानने में मदद करता है और उनके जीवन को आसान बनाता है।

आइजनहोवर मैट्रिक्स का उपयोग करने के फायदे

- प्रभावी ढंग से समय का इस्तेमाल करना- आप कार्यों के मूल्य को जानते हैं और अत्यधिक महत्वपूर्ण और अत्यावश्यक कार्यों को निर्धारित करने के लिए अपने समय का कुशलतापूर्वक प्रबंधन करते हैं।

- कार्य सौंपना आसान बन जाता है- आप जानते हैं कि किन कार्यों पर तुरंत ध्यान देने की आवश्यकता है; हालाँकि यह महत्वपूर्ण नहीं भी हो सकता है। आप अपने साथियों और सहकर्मियों को वह कार्य सौंप सकते हैं।

- आप जान पाते हैं कि आपको कौनसे कार्यों को छोड़ना है- योजना बनाने के दौरान, आप सभी कार्यों की एक सूची बनाते हैं; हालाँकि कुछ कार्य बेकार के हो सकते हैं। आइजनहोवर मैट्रिक्स आपको कम मूल्य या बिना मूल्य वाले सभी कार्यों को पहचानने में मदद करता है। आप उन कार्यों को छोड़ सकते हैं या अपनी सूची से निकाल सकते हैं।

- तनाव को कम करता है- आमतौर पर, जब आपके पास कार्यों की लंबी-चौड़ी सूची होती है तो आप तनावग्रस्त और अभिभूत महसूस कर सकते हैं। लेकिन, आइजनहोवर मैट्रिक्स का प्रभावी उपयोग आपके तनाव को काफी हद तक कम कर देता है या निकाल देता है।

- उत्पादकता को बढ़ाता है- आइजनहोवर मैट्रिक्स आपके जीवन को सरल और व्याकुलता मुक्त बनाता है। इसके अलावा, आलस करने का तो सवाल ही पैदा नहीं होता, क्योंकि आपके पास पहले से ही कुछ ज़रूरी कार्य हैं जिन्हे आपको पूरा करना है।

राष्ट्रपति आइजनहोवर ने अपने पहले कार्यकाल के दौरान ज़िक्र किया था कि मेरे पास दो प्रकार की समस्याएँ हैं, अत्यावश्यक और महत्वपूर्ण। अत्यावश्यक [समस्याएँ] महत्वपूर्ण नहीं हैं और महत्वपूर्ण समस्याएँ कभी ज़रूरी नहीं होती हैं। आइजनहोवर बॉक्स आपको तत्काल और महत्वपूर्ण कार्यों के बीच फर्क करने में मदद करता है। इसकी मदद से आप सीखते हैं कि कैसे आपको अपनी कार्यसूची का प्रबंधन करना चाहिए। अगर आप कार्यों की एक लंबी सूची वाले एक व्यस्त व्यक्ति हैं, तो अपनी जिंदगी को आसान बनाने के लिए आज से ही आइजनहोवर मैट्रिक्स का इस्तेमाल करना शुरू कर दें!!

उत्पादकता तकनीक: पोमोडोरो तकनीक

यह एक कठिन कार्य की शुरुआत में हमारा रवैया होता है, जो किसी भी चीज से अधिक इसके सफल परिणाम को प्रभावित करता है।

-विलियम जेम्स

पोमोडोरो तकनीक एक कार्य और समय प्रबंधन विधि है जो काम को कम अंतराल में तोड़ने के लिए टाइमर का इस्तेमाल करती है, आमतौर पर 25 मिनट, प्रत्येक समय अंतराल के बाद छोटे ब्रेक्स के साथ। पोमोडोरो तकनीक को कई वेबसाइट्स और ऐप्स द्वारा बढ़ावा दिया गया है, जो कार्य और समय प्रबंधन समाधान प्रदान करते हैं। संकल्पनात्मक रूप से पोमोडोरो तकनीक टाइम-बॉक्सिंग के बराबर है, जो पुनरावर्तक और वृद्धिशील है और सॉफ्टवेयर विकास में इसका व्यापक रूप से इस्तेमाल किया जाता है।

फ्रांसेस्को सिरिलो ने 1980 के दशक के आखिर में पोमोडोरो तकनीक का विकास किया था। पोमोडोरो टमाटर का एक इतालवी समानार्थी शब्द है। यूनिवर्सिटी के विद्यार्थी के तौर पर सिरिलो ने टमाटर के आकार के किचन टाइमर का इस्तेमाल किया था। पोमोडोरो तकनीक में हर इंटरवल को पोमोडोरो कहा जाता है।

पोमोडोरो तकनीक में छः चरण हैं जैसा कि आप नीचे देख सकते हैं-

1. कार्यों की पहचान करें और उन्हें चुनें।

2. पोमोडोरो (समय) सेट करें; परंपरागत रूप से, यह प्रति कार्य 25 मिनट है। चार पोमोडोरो मिलकर एक सेट बनाते हैं।

3. बिना ध्यान भटकाये कार्य करें।

4. टाइमर बजते ही अपना काम खत्म कर लें और उसे पूर्ण हुआ के रूप में चिह्नित करें।

5. हर बार जब आप पोमोडोरो खत्म करते हैं तो पाँच मिनट का ब्रेक लें।

6. 4 पोमोडोरो के बाद, 15-30 मिनट का ब्रेक लें और अपने चेकमार्क को रीसेट करें और फिर से चरण 1 से शुरुआत करें।

अगर आपके पास आखिर में चार से भी कम चेकमार्क हैं, तो अपने ब्रेक को 3-5 मिनट तक कम कर दें और चार चेकमार्क्स को पूरा करने के लिए चरण 2 पर जायें।

अगर आपने पोमोडोरो में पहले दिया गया कोई कार्य पूरा कर लिया है, तो आप बचा हुआ समय विश्लेषण और सुधार गतिविधियों पर बिता सकते हैं जैसा कि नीचे दिया गया है-

• आपके द्वारा पूरा किए गये कार्य की समीक्षा करें। छोटे-छोटे सुधार करें और आपने अब तक जो भी सीखा है, उसके नोट्स बनायें।

• आत्मनिरीक्षण के लिए गतिविधियों की समीक्षा करें- मैं इसे और

अधिक कुशलता से कैसे पूरा कर सकता था? यह कार्य करने से क्या प्रभाव पड़ेगा? और आदि।

- आने वाले पोमोडोरो में कार्यों की समीक्षा करें और उन्हें प्रभावी ढंग से पूरा करने की योजना बनायें।

आमतौर पर, प्रक्रिया अगले चरण के रूप में "दिन (आज) के लिए" कार्यसूची में रिकॉर्ड करके कार्यों को प्राथमिकता देने के साथ शुरू होती है; उपयोगकर्ता आवश्यक प्रयास का अनुमान लगाते हैं। इसके अलावा, जैसे ही पोमोडोरो पूरा हो जाता है, यह उपलब्धि को चिह्नित करने और विश्लेषण और सुधार के लिए डेटा प्रदान करने के लिए दर्ज किया जाता है।

पोमोडोरो तकनीक के फायदे

- दैनिक और साप्ताहिक योजना में सुधार करता है- पोमोडोरो तकनीक आपके दिन और सप्ताह को बहुत प्रभावी ढंग से इस्तेमाल करने में मदद करती है। इसमें प्लानिंग, ट्रैकिंग, रिकॉर्डिंग, प्रोसेसिंग और कल्पना करना शामिल हैं और कार्यों की सूची बनाते समय इसमें सभी महत्वपूर्ण कारकों पर विचार किया जाता है।

- ध्यान को भटकने नहीं देता है- पोमोडोरो तकनीक हर उपलब्धि के बाद छोटे ब्रेक्स लेने के लिए कहती है। आप उन सभी चीज़ों से दूर रह सकते हैं जो आपका ध्यान भटका सकती हैं। उदाहरण के तौर पर, काम करते समय आप अपने फोन को दूर रख सकते हैं और ब्रेक्स के दौरान उसका इस्तेमाल कर सकते हैं।

- जवाबदेही को बढ़ाता है- आपको व्यावहारिक रूप से अपने कार्यों को पूरा करने के लिए अपने कार्यों की योजना बनाने और अनुसूची बनाने का मौका मिलता है। आपको अपने आप का विश्लेषण करने और सुधारने का मौका भी मिल रहा है। इसके परिणामस्वरूप आपकी जवाबदेही में भी वृद्धि होगी।

- प्रभावी ढंग से समय का इस्तेमाल करना- आप अपना समय पोमोडोरो (समय अंतराल) में विभाजित करते हैं। आपने अपने कार्यों और ब्रेक्स की भी योजना बनायी है। यहाँ तक कि आपको यह भी पता है कि अगर समय से पहल

आपने अपनी पढ़ाई पूरी कर ली है या निर्धारित कार्य पूरे नहीं किए हैं तो आगे आपको क्या करना है। कुल मिलाकर, आपका समय सही ढंग से प्रबंधित किया जाता है।

• आपको प्रेरित करता है- आपके कार्य छोटे-छोटे हिस्सों विभाजित किए जाते हैं, यह आपको अभिभूत होने से रोकता है। यहाँ तक कि इसमें व्याकुलता और आलस आने का तो सवाल ही नहीं पैदा होता। इसलिए आप प्रेरित रहते हैं।

पोमोडोरो तकनीक आपको अपने कार्यों के मूल्य और उन कार्यों को पूरा करने के लिए आवश्यक समय का अनुमान लगाने में सक्षम बनाती है। इसके अलावा, यह आपको अधिक प्रतिबद्धता और अवर गुणवत्ता के साथ ओवर डिलीवरी से नियंत्रित करता है। यह तकनीक समान दर परियोजनाओं के लिए उपयोगी है, जहाँ छोटे ब्रेक के साथ छोटे टाइम-बॉक्स में काम की योजना बनायी जा सकती है। पोमोडोरो तकनीक समय-सीमा और मूल्यवान लक्ष्यों को पूरा करने में मदद करती है, जो अंततः कार्य-जीवन संतुलन में सुधार करती है।

आप अपनी ज़रूरतों के अनुसार पोमोडोरो तकनीक को बदल सकते हैं और इसे संशोधित कर सकते हैं। उदाहरण के तौर पर, ऐसा ज़रूरी नहीं है कि आप अपने कार्यों को 25 मिनट में ही पूरा करें। आप अपनी ज़रूरत के हिसाब से समय बदल सकते हैं। इसी तरह, आप अपने आवश्यक कार्यों के लिए दो पोमोडोरो के बीच ब्रेक का इस्तेमाल कर सकते हैं, जैसे चर्चा, कॉफी ब्रेक या यात्रा करने के लिए। पोमोडोरो का इस्तेमाल आपकी उत्पादकता पर नज़र रखने और आपके समग्र प्रदर्शन में सुधार करने के लिए प्रभावी ढंग से किया जा सकता है!!

उत्पादकता तकनीक : पार्किंसंस सिद्धांत

क्षुद्रता का सिद्धांत... संक्षेप में कहा जाये तो, इसका मतलब है कि एजेंडा के किसी भी वस्तु पर खर्च किया गया समय शामिल राशि के विपरीत अनुपात में होगा।

-सी. नॉर्थकोट पार्किंसंस

पार्किंसंस के सिद्धांत के अनुसार- समय पर कार्य खत्म करने के लिए कार्य बढ़ता जाता है। आप उपलब्ध समय के अनुसार योजना बनाते हैं और समय-सीमा के करीब आने के बाद समायोजित करते हैं। पार्किंसंस का सिद्धांत हमें कार्यों पर उचित अनुमान और समय आवंटन करने में मदद करता है। सिरिल नॉर्थकोट पार्किंसन एक ब्रिटिश इतिहासकार और प्रसिद्ध लेखक थे। पार्किंसंस ने सबसे पहले 1955 में 'द इकोनॉमिस्ट' के लिए अपने एक लेख में पार्किंसंस के सिद्धांत का ज़िक्र किया था। पार्किंसंस ने 50 से भी अधिक किताबें लिखी थी; उनकी सबसे मशहूर किताब का नाम है 'पार्किंसंस लॉ' (1957)। पार्किंसंस को सार्वजनिक प्रशासन और प्रबंधन में एक प्रभावशाली विद्वान के रूप में माना जाता था।

पार्किंसंस के सिद्धांत के अनुसार, अगर आपको 12 घण्टों के अंदर एक बड़ा कार्य पूरा करने के लिए दिया जाता है, तो समय-सीमा का दबाव आपको पूरे जी जान से काम करने पर मजबूर कर देगा। लेकिन अगर आपको वही कार्य करने के लिए एक हफ्ते का समय दिया जाए, तो आप कुछ दिन लंबा विश्लेषण करने, इसे टालने, काम को उलझाने में बितायेंगे और फिर इसे आखिरी दिन पर पूरा करने बैठेंगे। वास्तविक समय-सीमा के बिना, आप छोटे-छोटे कार्यों पर ज़्यादा ध्यान केंद्रित करेंगे और कम मूल्यवान वस्तुओं को मूल्यवान बना देंगे। आप इस प्रक्रिया में अपना महत्वपूर्ण समय बर्बाद कर देंगे।

अपने लाभ के लिए पार्किंसंस कानून का उपयोग करना

- वास्तविक समय-सीमा निर्धारित करें- पार्किंसंस का सिद्धांत वास्तविक समय-सीमा पर अधिक ज़ोर देता है। आपके अनुमानों की आपके समय का उत्पादक उपयोग करने के लिए बेहतर ढंग से योजना बनायी जानी चाहिए। अनुमान को मानक स्थिति और व्यक्तिगत क्षमता पर आधारित होना चाहिए। अगर आप पार्किंसंस के सिद्धांत का इस्तेमाल करके वास्तविक समय-सीमा नहीं बनायेंगे तो आपको इससे कोई भी मदद नहीं मिलेगी। उदाहरण के लिए आप एक दिन में एक ऊँची इमारत, एक सप्ताह में नहर आदि का निर्माण नहीं कर सकते हैं।

- कार्य पूरा करने को प्रोत्साहित करें- ज़्यादातर लोग काम करने में आलस करते हैं क्योंकि उन्हें तत्काल इनाम या कार्य पूरा करने की प्रेरणा नहीं मिलती है। अगर आप एक उद्यमी या नेता हैं और एक टीम का नेतृत्व कर रहे हैं, तो आपको इसका एक नोट बनाना चाहिए। इसी तरह अगर आप एक साधारण व्यक्ति हैं तो कार्य पूरा करने के बाद खुद को प्रोत्साहित करने के लिए कुछ योजना बनायें। इससे पूरी कहानी बदल जायेगी।

- अपने पास कार्यों की एक सूची रखें- आपके पास अपने कार्यों की एक सूची होनी चाहिए। यह सही से अनुमान लगाने और समय का इस्तेमाल करने में मदद करती है। आप जानते हैं कि आपको किन कार्यों पर काम करना है और उन्हें प्रभावी ढंग से प्रबंधित करना है।

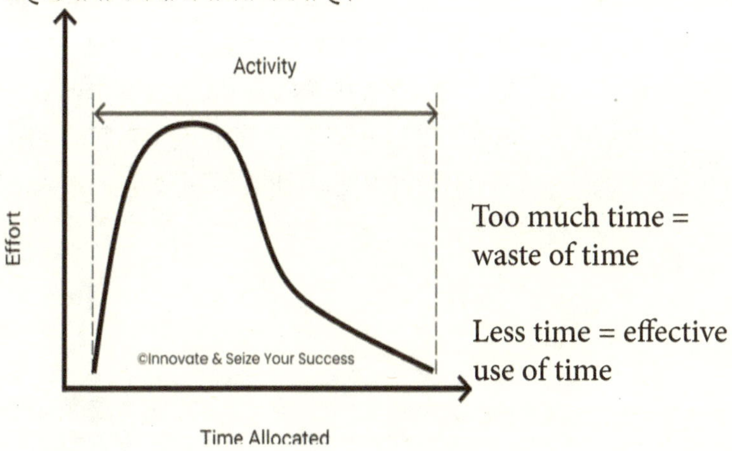

- कम समय में ज़्यादा कार्यों को पूरा करें- आप अपने फायदे के लिए पार्किंसंस के सिद्धांत का इस्तेमाल कर सकते हैं। आपको सौंपे गये कार्यों की एक वास्तविक समय-सीमा बनायें। अब उस कार्य को अनुमानित समय के बजाय आधे समय में पूरा करने की योजना बनायें। ज़्यादातर मामलों में, आप नियोजित (अपने अनुमानित समय का आधा) समय में कार्य पूरा कर लेंगे। अगर आप किसी वजह से इसे निर्धारित किए गये समय के भीतर पूरा नहीं कर पाते हैं, तो इस बात की संभावना बहुत अधिक है कि आप इसे अनुमानित समय से पहले पूरा कर लेंगे।

- टाइम-बॉक्सिंग या टाइम-ब्लॉकिंग- अगर आप ज़्यादातर समय व्यस्त रहते हैं, तो आपको सीमित समय मिलता होगा। टाइम-बॉक्सिंग आपको यह सुनिश्चित करने में मदद करती है कि आप सही कार्यों पर उचित ध्यान दे रहे हैं या नहीं। टाइम-बॉक्सिंग आपके कार्यों को निर्धारित करने, प्रबंधित करने और प्रभावी ढंग से आवंटित करने में मदद करती है।

सख्त समय-सीमा के बिना, छोटे-छोटे कार्य बहुत बड़े बन जाते हैं और आप सामान्य चीज़ों को महत्वपूर्ण बना देते हैं।

कुछ लोग दूसरों द्वारा बनायी गयी समय-सीमा पर कार्य पूरा करने में बहुत अच्छे होते हैं। आपको अपनी समय-सीमा निर्धारित करने और कार्यों को कुशलता से पूरा करने के लिए इस विशेषता का भी इस्तेमाल करना चाहिए। आपको अपने प्रयासों पर प्रभावी ढंग से ध्यान केंद्रित करने के लिए सख्त समय-सीमा निर्धारित करनी चाहिए। सख्त समय-सीमा आपको केवल व्यस्त और सक्रिय लगने के बजाय उत्पादक बनाने में मदद करेंगी।

उत्पादकता तकनीक- 5/25 रणनीति

अगर आप किसी भी ऐसे व्यक्ति को देखेंगे जिसने जीवन में बहुत कामयाबी और,धन हासिल किया है, जैसे कि वॉरेन बफेट, ओपरा विनफ्रे, या लांस आर्मस्ट्रांग जैसे लोगों को, तो आपको पता चलेगा कि उन सभी का ध्यान केवल जीतने पर केंद्रित था।

-रॉबर्ट कियोसाकी

अरबपति वॉरेन बफेट को कोई परिचय की ज़रूरत नहीं है। वह सबसे सफल निवेशक, व्यवसाय महारथी और लोकोपकारक हैं। मिस्टर बफेट बर्कशायर हैथवे के अध्यक्ष और सीईओ हैं। जुलाई 2020 में उनकी नेटवर्थ 71.8 अरब अमेरिकी डॉलर थी, जो उन्हें दुनिया का चौथा सबसे अमीर व्यक्ति बनाती है। कुल मिलाकर, वह अति-उत्पादक व्यक्ति के एक जीते जागते उदाहरण हैं। मिस्टर बफेट अपने अनुभव और तकनीकों के बारे में बताने से कभी पीछे नहीं हटे हैं। वॉरेन बफेट द्वारा बताई गयी उत्पादकता तकनीक, जिसे 5/25 रणनीति के नाम से जाना जाता है। अपने प्राइवेट जेट के पायलट माइक फ्लिंट के पास एक बार मिस्टर बफेट गये, और मज़ाक-मज़ाक में कहा कि- माइक, तुम अब भी मेरे लिए काम कर रहे हो इस बात से मुझे चिंता हो रही है। तुम्हें अपने लक्ष्यों और सपनों को हासिल करने के लिए अब तक आगे बढ़ जाना चाहिए था।

उसके बाद मिस्टर बफेट ने अपनी सरल तीन चरणों की प्रक्रिया को साझा किया, जो आपके संदर्भ के लिए नीचे दी गयी है-

- चरण 1- अपने शीर्ष 25 लक्ष्यों को लिखें।

वॉरेन बफेट ने माइक से अपने जीवन में हासिल करने के लिए सबसे महत्वपूर्ण लक्ष्यों की एक सूची बनाने के लिए कहा। आपके कुल लक्ष्यों की संख्या 25 होनी चाहिए।

- चरण 2- अपने शीर्ष 5 लक्ष्यों के चारों ओर एक सर्कल बनायें।

एक बार जब फ्लिंट ने 25 कैरियर लक्ष्यों की एक सूची बना ली, तो बफेट ने उसे अपने शीर्ष 5 महत्वपूर्ण लक्ष्यों को चुनने और उन चारों पर एक सर्कल बनाने के लिए कहा। फ्लिंट को शुरुआत में बहुत हिचकिचाहट हो रही थी, क्योंकि सभी लक्ष्य उसके लिए ज़रूरी थे। लेकिन जैसे-तैसे करके उसने पाँच सबसे महत्वपूर्ण लक्ष्यों की पहचान कर ली। बफेट ने माइक से पूछा कि क्या यह वही 5 लक्ष्य हैं जो तुम्हारे लिए सबसे ज़्यादा मायने रखते हैं? और माइक ने कहा, "हाँ"।

- चरण 3- अपने शीर्ष 5 लक्ष्यों पर ध्यान केंद्रित करें और बाकी 20 के बारे में भूल जायें

माइक को यह धारणा समझमें आ गयी और उसने बफेट से कहा कि वह अपने शीर्ष 5 लक्ष्यों पर काम करना शुरू कर देगा। बफेट ने पूछा, तुम बाकी के 20 लक्ष्यों का क्या करोगे, जिस पर तुमने सर्कल नहीं बनाया है? माइक ने जवाब दिया कि वह माध्यमिक कार्यों के रूप में शेष 20 लक्ष्यों पर रुक-रुक कर काम करना जारी रखेगा। तब बफेट ने जवाब दिया, नहीं माइक, जिस पर भी तुमने सर्कल नहीं बनाया है उस पर "तुम्हें बिल्कुल भी काम नहीं करना है।" इन लक्ष्यों पर तुम्हें तब तक ध्यान नहीं देना चाहिए जब तक कि तुम अपने पाँच लक्ष्यों को हासिल नहीं कर लेते।

सबसे कामयाब लोगों और नाकामयाब लोगों के बीच सबसे महत्वपूर्ण फर्क यह होता है कि कामयाब लोग हर उस चीज को "नहीं" कह सकते हैं जो उनके लक्ष्य से संबंधित नहीं है।

5/25 रणनीति के फायदे

- आपका ध्यान बढ़ाता है- आपने 25 लक्ष्यों की एक सूची में से पाँच सबसे महत्वपूर्ण लक्ष्यों को चुना है। एक व्यक्ति या टीम के खिलाड़ी होने के नाते, आपके पास काम करने के लिए सीमित समय है। बहुत सारे कार्यों पर ध्यान केंद्रित करने से हम आवश्यक लक्ष्यों पर ध्यान नहीं दे पायेंगे।

- ध्यान कम भटकता है- एक बार सीमित लक्ष्यों की सूची बनाने के बाद आप किसी भी अन्य लक्ष्य या कार्य पर काम नहीं करेंगे। आपके पास अपने आपको विकसित करने के लिए एक परिभाषित ध्यान क्षेत्र है। यह व्याकुलता को कम या खत्म कर देगा।

- प्रभावी प्राथमिकता- आपके पास ध्यान के क्षेत्र की एक सीमित सूची है, जिसका मतलब है कि कार्यों पर अधिक स्पष्टता। आप हर काम के मूल्य और उद्देश्य को अच्छी तरह से जानते हैं। यह आपके ज़रूरी कार्यों को प्रभावी ढंग से प्राथमिकता देने में मदद करता है। यह आपके काम और जीवन में लगातार प्रगति के साथ आपकी उत्पादकता को बढ़ाता है।

- कम महत्वपूर्ण कार्यों को अपनी सूची से बाहर निकालना- कभी-कभी आप अपने जीवन के लक्ष्यों के साथ इतना जुड़ जाते हैं कि आप कम महत्वपूर्ण कार्यों के बारे में सोच ही नहीं पाते हैं। लेकिन मिस्टर बफेट आपके अन्य कार्यों को अपनी सूची ने निकालने पर ज़ोर देते हैं। यहाँ तक कि जब तक आप चुने गये कार्यों को पूरा नहीं कर लेते तब तक अन्य कार्यों के बारे में सोचें भी नहीं। यह कम मूल्य वाले या बेकार के कार्यों से छुटकारा पाने में मदद करता है।

5/25 रणनीति हमें जीवन के लिए एक आवश्यक सबक सिखाती है। इस तकनीक को सफलतापूर्वक कहीं पर भी लागू किया जा सकता है। अगर आप एक विद्यार्थी हैं तो अपनी पढ़ाई के ज़रिये जीवन के पाँच लक्ष्यों पर ध्यान देने की कोशिश करें, अन्य योजनाओं को दिमाग से निकाल दें और देखें कि आप कितने

कामयाब बनते हैं। वॉरेन बफेट का उत्पादकता सिद्धांत इस बात पर भी ज़ोर देता है कि आप "नहीं" कहना सीखें। अगर आप कार्य में मूल्य नहीं देखते हैं, तो उसे स्वीकार न करें। तो, आप आज किसको "नहीं" बोलने वाले हैं?

उत्पादकता तकनीक- जैरी सेनफेल्ड रणनीति

सफलता हमेशा महानता के बारे में नहीं होती है। यह निरंतरता के बारे में होती है। लगातार कड़ी मेहनत से सफलता मिलती है। महानता अपने आप आ जायेगी।

-इवेन जॉनसन

अपने लक्ष्यों पर लगातार रूप से काम करना आसान नहीं है। शुरुआत में आप जोश से भरे हुए होते हैं लेकिन धीरे-धीरे आपकी रुचि कम होने लगती है। कुछ समय बाद, आप कार्य को छोड़ना शुरू कर देते हैं, या आप इसे करना बंद कर देते हैं। जैरी सेनफेल्ड रणनीति हमें निरंतरता की समस्याओं से निपटने में मदद करती है।

जैरी सेनफेल्ड एक मशहूर कॉमेडियन, अभिनेता, और लेखक हैं। द कॉमेडी सेंट्रल ने उन्हें 'टॉप 100 कॉमेडियंस ऑफ ऑल टाइम' की सूची में उनके नाम का ज़िक्र किया था। सेनफेल्ड ने 'सिटकॉम सेनफेल्ड' को सह-बनाया और लिखा था, जो कि एक बेहद लोकप्रिय सीरीज है, जिसे टीवी गाइड द्वारा रेटेड 'सभी समय के शीर्ष टीवी एपिसोड्स' होने का दावा किया था। फोर्ब्स मैगजीन के अनुसार, सेनफेल्ड ने1998 में अपने समय के दौरान 267 मिलियन डॉलर कमाए थे। लेकिन उनकी सभी उपलब्धियों, कमाई और पुरस्कारों से परे, सेनफेल्ड के बारे में सबसे प्रभावशाली बात उनकी अद्भुत निरंतरता है। सेनफेल्ड ने एक उच्च दर्जे तक अपनी रचनात्मकता, प्रदर्शन, और मनोरंजन में सुधार करना जारी रखा। यह निरंतरता के एक उत्कृष्ट स्तर के कारण हो सकता है।

ब्रैड इसहाक नाम के एक युवा कॉमेडियन कॉमेडी सर्किट पर अपने शुरुआती दौर में थे। एक महत्वपूर्ण रात को, वह उसी क्लब में थे, जहाँ जैरी सेनफेल्ड प्रदर्शन कर रहे थे। इसहाक को सेनफेल्ड के साथ बैकस्टेज के पीछे बात करने का मौका मिला।

जैरी सेनफेल्ड के अनुसार, एक बेहतर कॉमिडियन बनने का तरीका है-

- बेहतर चुटकुले बनायें और बेहतर चुटकुले बनाने का तरीका है, हर दिन लिखना।

- जैरी ने इसहाक से एक बड़ी और मुख्य दीवार पर कैलेंडर बनाने के लिए कहा जिस पर पूरे साल का कैलेंडर हो।

- अगले कदम के लिए एक बड़ा लाल मार्कर लेना आवश्यक है। हर दिन वह जब काम पूरा कर लेता, तो वह इस पर एक बड़ा लाल X लिख देता था।

- कुछ हफ्तों तक ऐसा लगातार करने के बाद आपको संगतता महसूस होने लगेगी, आपका काम बस उस निरंतरता को बनाये रखना है।

ध्यान देने योग्य एक और बात यह है कि सेनफेल्ड ने परिणाम और प्रेरणा पर एक भी शब्द का ज़िक्र नहीं किया था। यहाँ तक कि उन्हें इस बात की भी चिंता नहीं थी कि वह अच्छे चुटकुले लिख रहे हैं या नहीं और जो कुछ भी वह लिख रहे हैं वो शो का हिस्सा होगा की भी नहीं। उनका ज़्यादा से ज़्यादा ध्यान 'निरंतरता नहीं तोड़ने' पर होता था।

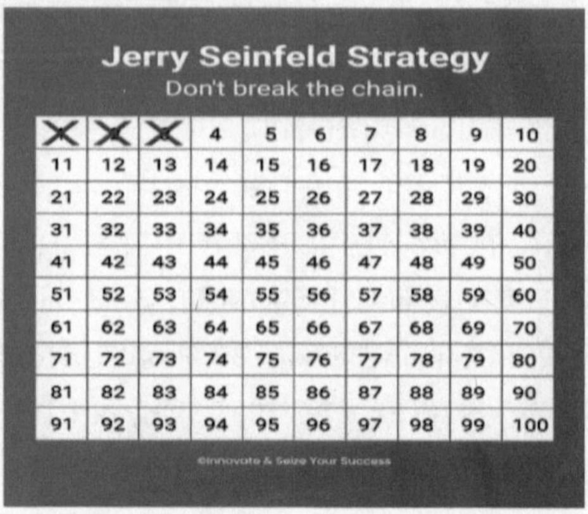

राजनेता, एथलीट, अभिनेता, उद्यमी और कलाकार अपने क्षेत्रों के सभी शीर्ष कलाकार अपने प्रतिस्पर्धियों की तुलना में अधिक सुसंगत होते हैं। ये कामयाब लोग लगातार अच्छे परिणाम ला सकते हैं, जबकि उनके साथी आलस और प्रेरणा के बीच में ही उलझके रह जाते हैं। खराब प्रदर्शन, काम पर बुरा दिन,

या एक खराब परियोजना हो सकता है जो उम्मीदों के मुताबिक नहीं हुआ हो। लेकिन लगातार काम करने वाले लोग पराजय से जल्दी उबर जाते हैं। सेनफेल्ड रणनीति अच्छी तरह से काम करती है क्योंकि यह प्रक्रिया पर ज़ोर देती है। हो सकता है कि आप किसी दिन अत्यधिक प्रेरित हों या ना हों, लेकिन आप अभी भी अपनी दिनचर्या का पालन कर सकते हैं और इसे बरकरार रख सकते हैं।

आप बॉलीवुड के सुपरस्टार अमिताभ बच्चन को ही देख सकते हैं। 78 साल की उम्र में जब उनके समकालीन अभिनेता इस पेशे को छोड़ चुके हैं या शायद ही कभी काम करते हैं, तो भी मिस्टर बच्चन बॉलीवुड के सबसे व्यस्ततम अभिनेताओं में से एक हैं। मिस्टर बच्चन को दैनिक दिनचर्या का पालन करना और उनके द्वारा लिए गये कार्यों पर लगातार काम करना पसंद है।

अपने लक्ष्यों और आदतों के लिए सेनफेल्ड रणनीति का उपयोग करने के लिए कदम

- अपने लक्ष्यों को चुनें- आप अपने कुछ आवश्यक लक्ष्यों को चुन सकते हैं। उदाहरण के लिए- एक किताब लिखना, 10 किलो वजन कम करना, जिम में जाना। आप अपनी पसंद के अनुसार चुन सकते हैं।

- अपने लक्ष्यों को प्रासंगिक कार्यों में तोड़ें- आप अपने लक्ष्यों को कार्यों और दिनचर्या के छोटे-छोटे हिस्सों में बाँट सकते हैं। अपने होमवर्क पर लगातार काम करने से आपको लक्ष्यों को जल्दी और कुशलता से प्राप्त करने में मदद मिलेगी। उदाहरण के लिए, अगर आप फिट बनना चाहते हैं, तो हर रोज़ 30 मिनट तक पैदल चलना आपको अपने लक्ष्य को प्राप्त करने के करीब लाता है। हालाँकि आपके कार्य प्रासंगिक होने चाहिए और आपके लक्ष्यों के हिसाब से होने चाहिए। उदाहरण के लिए, केवल एक फिटनेस ऐप डाउनलोड करने से आपको फिट होने में कोई भी मदद नहीं मिलेगी।

- अपना कैलेंडर सेट करें- हालाँकि सेनफेल्ड एक बड़े कैलेंडर का इस्तेमाल करने की सलाह देते हैं, लेकिन आप सही जगह पर रखे गये किसी भी कैलेंडर का इस्तेमाल कर सकते हैं। कैलेंडर आपको आसानी से दिखाई देना चाहिए। उदाहरण के लिए, अगर आपका लक्ष्य कसरत से संबंधित है, तो अपने कसरत करने वाले क्षेत्र के आसपास अपने कैलेंडर को रखें; अगर यह खाने

की आदतों से संबंधित है, तो इसे फ्रिज पर या किचन में रखें। अगर आप एक उद्यमी हैं और लैपटॉप का इस्तेमाल ज़्यादा करते हैं, तो इसे अपने होम पेज पर रखें। कैलेंडर एक ऐसी जगह पर होना चाहिए जहाँ से आप इसे आसानी से देख सकें और यह आपको अपने कार्यों और दिनचर्या के बारे में याद दिला सके।

- अपनी उपलब्धियों को फायदेमंद बनायें- हर एक दिन जो आप कैलेंडर में जोड़ते हैं, आप इसे अपनी आदत से जोड़ते हैं। अगर आप महत्वपूर्ण कार्य कर रहे हैं तो यह आपकी आदत बन जाती है। अपने काम और उपलब्धियों को जितना हो सके उतना फायदेमंद बनाने की कोशिश करें। यह आपको अपने लक्ष्य की दिशा में लगातार आगे बढ़ने के लिए प्रेरणा देता है। आप अपने कैलेंडर पर डार्क और आकर्षक रंगों का इस्तेमाल कर सकते हैं। आप अपनी सफलता को सूचित करने और उन्हें दिखाई देने के लिए अलग-अलग रंगों का इस्तेमाल कर सकते हैं। कभी-कभी अगर आप प्रेरित महसूस नहीं कर रहे होंगे, तो वे दृश्य प्रस्तुतियाँ आपको आगे बढ़ते रहने के लिए प्रेरित करेंगी।

- अपने कार्यों पर रोजाना काम करें- हो सकता है कि आप एक दिन अपना काम करने से चूक जायें, लेकिन ऐसा दो बार न होने दें। ऐसा होने पर कृपया डरे नहीं और न ही कुछ भी अनुमान लगाने लगें; ऐसा होना स्वाभाविक है और आपको इसके बारे में दयापूर्ण होना होगा। आपको ज़्यादा बार अपना काम करने से नहीं चूकना चाहिए।

सेनफेल्ड रणनीति बेहतर आदतों का निर्माण करने और लक्ष्यों को हासिल करने के लिए एक महत्वपूर्ण तकनीक है। यह स्थिरता और नये पैटर्न बनाने के लिए एक सरल और सबसे शक्तिशाली उत्पादकता तकनीक है। सेनफेल्ड रणनीति जवाबदेही, स्थिरता, स्मृति वृद्धि और सुविधा प्रदान करती है।

उत्पादकता तकनीक: आइवी ली विधि

अगर आप कार्यसूची में लिखें सभी कार्यों को पूरा नहीं कर पाते हैं तो चिंता न करें। कम से कम आपने उन कार्यों को तो पूरा कर लिया जो सबसे महत्वपूर्ण थे।

-आइवी ली

चार्ल्स एम. श्वाब अपने समय के एक प्रसिद्ध व्यवसाय महारथी थे। वह बेतलेहेम स्टील कॉरपोरेशन के प्रेसिडेंट थे। बेतलेहेम स्टील कॉरपोरेशन अपने समय की अमेरिका की सबसे बड़ी शिपबिल्डर और दूसरी सबसे बड़ी स्टील उत्पादक कंपनी थी। श्वाब एक स्मार्ट व्यवसायी थे जो हमेशा प्रतियोगिता से आगे निकलने के लिए अभिनव और उत्पादक तरीकों की तलाश करते रहते थे।

एक बार 1918 में, श्वाब ने अपनी टीम की दक्षता बढ़ाने के लिए आइवी ली नाम के एक प्रसिद्ध उत्पादकता सलाहकार के साथ एक बैठक की। ली खुद जनसंपर्क के क्षेत्र में अग्रणी और बेहद सफल व्यवसाय महारथी थे। श्वाब ली को अपनी ऑफिस में लेकर गये और उनसे उत्पादकता के सुझावों के बारे में पूछा।

ली ने जवाब दिया, "मुझे अपने हर कार्यपालक के साथ 15 मिनट दें।"

श्वाब ने पूछा, "इसकी कीमत कितनी होगी?"

ली ने कहा, "कुछ भी नहीं, अगर इसने काम नहीं किया तो। तीन महीने के बाद, आपको जो रकम सही लगती है आप उसका मुझे एक चेक भेज सकते हैं।"

श्वाब खुशी-खुशी मान गया और ली ने बेतलेहेम स्टील कॉर्पोरेशन के सभी अधिकारियों के साथ एक-एक करके 15 मिनट बिताये। आखिर में, आइवी ली ने सबसे ज़्यादा प्रदर्शन और उच्च उत्पादकता प्राप्त करने के लिए हर रोज़ छः चरणों का पालन करने की एक विधि बतायी।

छह चरणों की विधि नीचे दी गयी है -

1. अपने जीवन, व्यापार, स्वास्थ्य आदि के लिए अपने मकसद, उद्देश्यों और लक्ष्यों का एक नोट बनायें।

2. आदर्श रूप में, शाम को, दिन के आखिर में, उन छः सबसे महत्वपूर्ण कार्यों की एक सूची बनायें जिन्हें आपको अपना विज़न, उद्देश्यों और लक्ष्यों को पूरा करने के लिए कल खत्म करना है।

3. सभी कार्यों को उनके महत्व के हिसाब से क्रम में रखें।

4. हर सुबह सूची के सबसे आवश्यक कार्य के साथ शुरुआत करें और जब तक पहला कार्य समाप्त नहीं हो जाता तब तक वहाँ से मत हिलें।

5. धीरे-धीरे करके सूची के सबसे ज़्यादा महत्वपूर्ण कार्यों से लेकर कम से कम महत्वपूर्ण कार्यों को पूरा करें। अगर दिन के अंत तक आप कोई काम पूरा नहीं कर पाते हैं, तो इसे अगले दिन की सूची में डाल दें।

6. इस प्रक्रिया को बार-बार दोहराते रहें।

परिणाम की समीक्षा करने के लिए चार्ल्स श्वाब तीन महीने बाद फिर

आइवी ली से मिले। हैरानी की बात यह है कि बेतलेहेम स्टील कॉरपोरेशन की उत्पादकता और बिक्री काफी हद तक बढ़ चुकी थी। श्वाब ने खुशी-खुशी $25,000 (2020 का लगभग आधा मिलियन डॉलर) का चेक लिखा। बहुत जल्द, बेतलेहेम स्टील कॉर्पोरेशन अमेरिका का सबसे बड़ा शिपबिल्डर और दूसरा सबसे बड़ा स्टील उत्पादक बन गया। चार्ल्स श्वाब खुद दुनिया के सबसे अमीर लोगों में से एक बन गये।

आइवी ली विधि के फायदे

- सरल और सुविधाजनक- जटिल योजनाओं को अपनाना कठिन है, खासकर नयी आदतों का निर्माण करते समय जिन पर लगातार काम करना पड़ता है। दूसरी ओर, सादगी चीज़ों को आसान और सुविधाजनक बनाती है। सभी सफल उद्यमी और नेता प्रभावी निर्णयों के लिए सरल निर्णय लेने की प्रक्रिया का इस्तेमाल कर रहे हैं। आइवी ली की विधि सरल और स्पष्ट है, लेकिन यह उत्पादकता में वृद्धि करने के लिए प्रभावी ढंग से काम करती है।

- निरंतरता लाती है- आइवी ली विधि आपको आपके आवश्यक कार्यों की पहचान करने में मदद करती है। आप जानते हैं कि कौन-सा काम सबसे महत्वपूर्ण है और आगे क्या करना चाहिए। यह निरंतरता लाती है, जो आपके लक्ष्यों को प्राप्त करने के लिए बहुत महत्वपूर्ण है।

- ध्यान बढ़ता है- ली के मुताबिक, एक समय में एक काम पर ध्यान लगायें और एक के पूरा होने से पहले दूसरे काम पर मत जायें। इसका मतलब है कि आपको एक समय में एक ही काम पर ध्यान लगाना होगा। यह व्याकुलता और आलस को दूर रखता है।

- सबसे महत्वपूर्ण काम सबसे पहले करें- जैसे ही आप अपने सबसे महत्वपूर्ण कार्य को पूरा कर लेते हैं, तो आपकी प्रेरणा चरम सीमा पर होती है। इसी तरह, कम प्राथमिकता वाले कार्य तनाव को दूर रखेंगे, और आप अपने सभी महत्वपूर्ण कार्यों को प्रभावी ढंग से पूरा कर पायेंगे।

- जवाबदेही को बढ़ाता है- क्योंकि अब आप महत्वपूर्ण और उच्च्य मूल्य वाले कार्यों पर काम कर रहे हैं, इसलिए आप जो भी करते हैं उसमें दक्षता और

उत्पादकता के लिए अधिक जिम्मेदार होते जाते हैं।

अन्य सफल उत्पादकता तकनीकों की तरह, आइवी ली का तरीका हमें काम पर बेहतर प्रदर्शन के लिए कम प्राथमिकताओं को रखने की सलाह देता है। सादगी जटिल योजनाओं को हासिल करने और स्थिरता और ध्यान के साथ आसानी से चुनौतीपूर्ण लक्ष्यों को प्राप्त करने में मदद करती है।

उत्पादकता तकनीक : 1-3-5 तकनीक

तकनीक उन लोगों के मामले में सबसे स्पष्ट रूप से देखी जाती है जिन्होंने इसमें महारत हासिल नहीं की है।

-लियोन ट्रॉटस्की

हर व्यक्ति के पास एक दिन में सीमित समय होता है; इसलिए आवश्यक कार्यों के बारे में जानना और उन्हें प्राथमिकता देना हमेशा सही होता है। समय-समय पर प्राथमिकता वाले कार्य व्यस्त रहने वाले व्यक्तियों के पास अचानक आते रहते हैं और कभी-कभी उनके लिए बनाये गये योजना पर काम करने के लिए बहुत कम समय मिलता है। उचित कार्य प्राथमिकता आपको आपके व्यस्त दिनचर्या से निपटने में मदद करती है; कम से कम आप अपने कार्यों की प्राथमिकता जानते हैं और जब भी आपको समय मिलता है तो आप उन पर काम करते हैं। 1-3-5 एक ऐसी तकनीक है जिसकी कार्यसूची में एक 1 महत्वपूर्ण कार्य, 3 मध्यम प्राथमिकता वाले कार्य और पाँच कम प्राथमिकता वाल कार्य शामिल हैं।

1-3-5 तकनीक ऐसे काम करती है-

1. एक नोटपैड लें और उन कार्यों की एक सूची बनायें जिन्हें आप कल पूरा करना चाहते हैं

2. सबसे ऊपर, नंबर 1 लिखें और वहाँ सबसे महत्वपूर्ण कार्य लिखें- ध्यान दें कि यह कोई ऐसा कार्य होना चाहिए जिसे आपको कल ही पूरा खत्म करना है।

3. तीन महत्वपूर्ण कार्यों के नीचे नंबर 3 लिखें और नीचे तीन अगले सबसे महत्वपूर्ण कार्य लिखें- इन तीन कार्यों को पूरा करना ज़रूरी तो है, लेकिन उतना नहीं जितना कि पहले वाले कार्यों को है।

4. तीन कार्यों के नीचे नंबर 5 लिखें और नीचे पाँच अगले सबसे महत्वपूर्ण कार्य लिखें- इन पाँच कार्यों को पूरा कर लेंगे तो अच्छा रहेगा, लेकिन अगर आप किसी वजह से उन्हें पूरा नहीं भी कर पाते हैं तो भी यह ठीक है।

कार्यों की एक विशाल सूची रखने से आप अभिभूत महसूस करेंगे, और समझ नहीं पायेंगे कि आपको कहाँ से शुरुआत करनी चाहिए। इसी तरह, एक छोटी सूची बनाना या कोई भी सूची नहीं बनाने से आपको आलस आ सकता है। 1-3-5 सूची दिन के लिए आपके ध्यान क्षेत्र को परिभाषित करती है। आपको अपने दिन को अत्यधिक उत्पादक बनाने के लिए अटकलें लगाने की ज़रूरत नहीं है।

1-3-5 तकनीक के फायदे

- आसानी से अनुसूची बनाना- 1-3-5 तकनीक सरल है, लेकिन साथ-साथ शक्तिशाली भी है। इसकी मदद से आप आसानी से अपने पूरे दिन की योजना बना सकते हैं। आवश्यक कार्य आमतौर पर अधिक चुनौतीपूर्ण होते हैं और उन पर ज़्यादा ध्यान देने की आवश्यकता होती है। इस विधि के अनुसार आपको सबसे पहले सबसे महत्वपूर्ण कार्य करने चाहिए ताकि आप अपनी ऊर्जा का ज़्यादा से ज़्यादा फायदा उठा पाएँ। एक बार जब आप सबसे महत्वपूर्ण कार्य पूरा कर लेते हैं तो आप राहत महसूस करते हैं। इसके अलावा, आपको अन्य कम प्राथमिकता वाले कार्यों को भी पूरा करने का आत्मविश्वास मिलता है।

- पूरे काम पर ध्यान दें- 1-3-5 तकनीक का इस्तेमाल करके आप अपने कम प्राथमिकता वाले कार्यों की भी योजना बना सकते हैं। हर परियोजना में आवश्यक और कम महत्वपूर्ण कार्य होते हैं। परियोजना को सफलतापूर्वक पूरा करने के लिए केवल आवश्यक कार्यों को पूरा करने के बजाय, सभी कार्यों को पूरा किया जाना चाहिए।

- आलस को मीलों दूर रखता है- कभी-कभी, आप किसी महत्वपूर्ण कार्य में फँस जाते हैं, क्योंकि वे आमतौर पर कठिन होते हैं। एक बार जब आप किसी कार्य पर अटक जाते हैं, तो आप आलस को आमंत्रित कर सकते हैं। 1-3-5 तकनीक की मदद से आप सभी तरह के कार्यों पर काम कर सकते हैं। इसलिए अगर आप किसी भी कार्य में फँस जाते हैं, तो आप अपेक्षाकृत उससे आसान कार्य पर काम कर सकते हैं।

1-3-5 तकनीक का इस्तेमाल करना सरल है और आप इसे आसानी से अपना सकते हैं। अगर आप बहुत सारी बैठक करने वाले और तत्काल प्राथमिकता वाले काम के साथ व्यस्त रहने वाले एक व्यक्ति हैं, तो आप अपने कुछ कार्यों को खाली छोड़ सकते हैं और अपनी दैनिक अनुसूची को समायोजित कर सकते हैं। इसी तरह अगर आप सँभाल सकते हैं, तो समान कार्यों को सूचीबद्ध करने के लिए कार्य समूहित विधि का इस्तेमाल कर सकते हैं।

हमेशा 1-3-5 तकनीक की सूची में व्यावहारिक कार्यों को रखें। सबसे महत्वपूर्ण कार्य का मतलब यह नहीं है कि आप एक पूरी परियोजना ही रख दें जिसे करने में कई हफ्ते लगेंगे। अपने कार्य को आसानी से सँभालने के लिए इसे छोटे-छोटे टुकड़ों में तोड़ें, ताकि आप नियोजित समय में कार्य पूरा कर सकें। कुल मिलाकर, आप 1-3-5 तकनीक का इस्तेमाल कर सकते हैं क्योंकि इससे आसानी से काम हो जाता है।

उत्पादकता तकनीक : कार्यों को समूहित करना

सफलता की कीमत कड़ी मेहनत करना है, काम के प्रति समर्पण करना है और साथ ही यह दृढ़ संकल्प रखना है कि चाहे हम जीते या हारें, हमने अपना सर्वश्रेष्ठ प्रदर्शन किया है।

-विंस लोम्बार्डी

एक समय में एक से अधिक काम करने से बचने के लिए और उत्पादकता में तेज़ी से वृद्धि करने के लिए कार्यों को समूहित करना एक शक्तिशाली तकनीक है। टास्क बैचिंग को बैचिंग, ग्रुपिंग, टाइम ब्लॉकिंग, बैच प्रोसेसिंग के रूप में भी जाना जाता है। कार्यों को समूहित करने से व्याकुलता, तनाव और अभिभूत से निपटने में मदद मिलती है और साथ ही एकाग्रता, रचनात्मकता और दिमाग में भी सुधार होता है।

हम पहले से ही एक पिछले अध्याय में मल्टी-टास्किंग और व्यक्तिगत उत्पादकता पर इसके नकारात्मक प्रभाव के बारे में चर्चा कर चुके हैं। कार्यों को समूहित करने की प्रक्रिया के तहत, कार्यों की एक लंबी सूची को एक जैसे समान कार्यों में अलग-अलग कर दिया जाता है। हर बार जब आप एक कार्य से दूसरे कार्य पर जाते हैं, तो आप अपनी एकाग्रता खो देते हैं और आपको नये कार्यों पर फिर से ध्यान केंद्रित करना पड़ता है- कार्यों को समूहित करने से समान कार्य एक साथ जुड़ जाते हैं ताकि आप एक ही बार में समान सभी नौकरियों पर काम कर सकें। उदाहरण के लिए आप अपने खातों की जाँच करने, अपने विपणन कार्यों को समूहित करने आदि के लिए अपना समय निर्धारित कर सकते हैं।

कार्यों को समूहित करना कैसे काम करता है-

- अपनी कार्यसूची खोलें। अगर आपके पास कोई कार्यसूची नहीं है तो कृपया एक कार्यसूची बनायें।

• अपनी कार्यसूची को ध्यान से देखें और साथ ही श्रेणी, प्रकार, विधि, स्थान के हिसाब से एक जैसे कार्यों को भी देखें। विचार एक जैसे कार्यों को एक साथ करना है। समूहीकरण आपके पेशे के अनुसार अलग-अलग हो सकता है।

• अपने काम के घण्टों को समय क्षेत्र में डालें और हर समूह कार्यों को एक समय क्षेत्र दें।

मैंने ऊपर कार्यों को समूहित करने का एक नमूना दिखाया है। आप अपने पेशे के हिसाब से अपने कार्यों को समूहित कर सकते हैं। उदाहरण के लिए, अगर आप एक दंत चिकित्सक हैं, तो आप इसके लिए सौंपे गये समय क्षेत्र में सभी नये रोगियों को समूहित कर सकते हैं। इसी तरह, आप सभी दंत्य प्रतिस्थापन नियुक्तियों को एक साथ समूहित कर सकते हैं और इसी तरह आगे भी। एक लेखाकार अलग-अलग समय क्षेत्र में सभी खर्चों और आय का लेखा-जोखा निर्धारित कर सकता है। नीचे दिए गये चित्र में हम देख सकते है कि कैसे घर पर बैठे-बैठे ब्लॉगर अपने कार्यों की योजना बना सकता है।

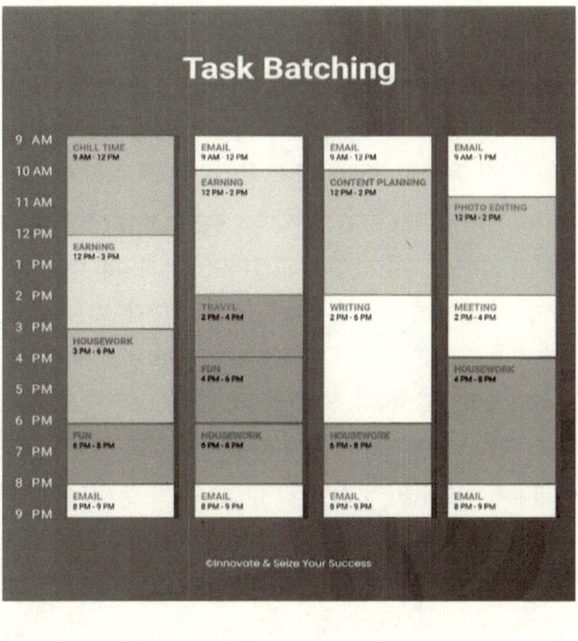

कार्यों को समूहित करने के फायदे -

- मल्टी-टास्किंग कम हो जाती है- जैसा कि आप जानते हैं कि मल्टीटास्किंग उत्पादकता के रस्ते में आने वाली सबसे बड़ी बाधाओं में से एक है। कार्यों को समूहित करने से सभी समान कार्यों का एक साथ समूह बन जाता है जिसकी मदद से मल्टी-टास्किंग के साथ प्रभावी ढंग से निपटने में मदद मिलती है। एक जैसे कार्यों का समूह बनाकर, आप सुनिश्चित करते हैं कि मल्टी-टास्किंग कम हो सके।

- ध्यान भटकना कम हो जाता है- आप एक जैसे कार्यों पर एक साथ काम कर रहे हैं; इसलिए आपका ध्यान काम पर बना रहता है। एक बार जब आप ध्यान केंद्रित कर लेते हैं, तो व्याकुलता काफी हद तक कम हो जाती है।

- बेहतर गुणवत्ता- आप लगातर एक काम से दूसरे काम पर नहीं जा रहे हैं, इसका मतलब है कि आप अपनी ऊर्जा को एक कार्य से दूसरे कार्य पर स्विच नहीं कर रहे हैं। यह एक सच्चाई है कि कार्यों को समूहित करने की विधि हमारी उत्पादकता को चरम पर रखती है; इसलिए काम की गुणवत्ता बेहतर होती है।

- आलस को दूर करती है- कार्यों को समूहित करने की विधि हमें सौंपे गये काम के साथ हमारी रुचि को बरकरार रखने में मदद करती है। आप जानते हैं, कार्य में रुचि की कमी ही विलंब का प्राथमिक कारण होता है।

कार्यों को समूहित करने की विधि का इस्तेमाल करना आसान है और आप इसे अपने अनुसार समायोजित कर सकते हैं। आपके पास ऐसे कार्य हो सकते हैं जिन पर आपको तत्काल ध्यान देने की ज़रूरत हो, जिसका मतलब है कि हो सकता है कि आप अपनी योजना के अनुसार कुछ कार्यों को पूरा नहीं कर पायें। आप एक जैसे कार्यों के समूह को दोबारा अनुसूची में डाल सकते हैं। एक जैसे कार्यों को समूहित करना महत्वपूर्ण है और आपको अपने समान कार्यों को तार्किक रूप से समूहित करना होगा। कभी-कभी कुछ कार्य समान लग सकते हैं लेकिन वे पूरी तरह से अलग होते हैं। इसलिए अगर आप अच्छे से अपने कार्यों को समूहित करते हैं तो इससे आपको काफी हद तक मदद मिलेगी। कार्यों को समूहित करने की विधि को आज़माकर देखें, यह आपकी उत्पादकता

को बढ़ाता है।

कार्यों को समूहित करने की विधि के दैनिक विषय

अगर आप एक व्यस्त व्यक्ति हैं और एक साथ कई महत्वपूर्ण भूमिकाएँ निभा रहे हैं, तो आप अपने लिए दैनिक विषय बना सकते हैं और एक जैसे कार्यों को एक साथ समूहित कर सकते हैं। यही चीज़ ट्विटर के सीईओ जैक डोर्से भी करते हैं। जैक दो-दो बेहद सफल कंपनियों, ट्विटर और स्क्वायर पर एक साथ काम करते हैं। जैक ट्विटर के सह-संस्थापक और सीईओ और एक वित्तीय भुगतान कंपनी स्क्वायर के संस्थापक और सीईओ हैं। जैक दोनों कंपनियों के एक जैसे कार्यों को पूरा करने के लिए इन्हें समूहित करते हैं और एक दैनिक विषय बनाते हैं।

जैसा कि अगले पृष्ठ पर चित्र दिखाया गया है, आप एक विषय पर आधारित कार्यों की सूची बना सकते हैं। सोमवार ग्राहकों और क्लाइंट्स के लिए है और मंगलवार कर्मचारियों के विकास के लिए है। आप सप्ताहांत के दौरान परिवार के साथ मज़े करने और आराम करने पर उचित ध्यान दे सकते हैं। कार्यों को समूहित करने के दैनिक विषय सही दृष्टिकोण और अधिक महत्वपूर्ण कार्यों पर पर्याप्त समय देना सक्षम बनाती है। जैक डोर्से के लिए उनकी उत्पादकता का राज़ है दैनिक विषय पर आधारित समूहित कार्यों को करना।

आप भले ही जैक डोर्से की तरह दो-दो कंपनियों को एक साथ नहीं चला रहे हों, लेकिन आप अपने कार्यों को प्रभावी ढंग से समूहित करने के लिए एक दैनिक विषय का इस्तेमाल कर सकते हैं। उदाहरण के लिए, अगर आप एक व्यवसाय विकास पेशेवर हैं, तो आप सोमवार को पूर्वेक्षण कर सकते हैं, मंगलवार को फॉलो-अप कर सकते हैं, बुधवार को कॉल्स या मीटिंग्स कर सकते हैं, गुरुवार को भागीदारों के साथ फॉलो-अप कर सकते हैं, शुक्रवार को समूह बैठक कर सकते हैं और आदि। लेखा पेशेवर भी कुछ इस तरह करके इस तकनीक का लाभ उठा सकते हैं -

सोमवार को खाता प्राप्तियाँ, मंगलवार को खाते देय, बुधवार को नकद की रसीद, गुरुवार को सामान्य खाता, शुक्रवार को पेरोल, और आदि। इसी तरह, आप अपने अनुसार विषय का समय भी निर्धारित कर सकते हैं। अगर विषय का दिन आपको भा नहीं रहा है तो आप अपनी सुविधा के अनुसार विषय एक सप्ताह में बदल सकते हैं या अपने दिन को दोपहर के भोजन से पहले, दोपहर के भोजन के बाद आदि जैसी कई विषय में विभाजित कर सकते हैं।

अपने कार्यों को विषय में समूहित करने से आपके निर्णय लेने की थकावट

काफी हद तक कम हो जाती है। आपको बस एक जैसे कार्यों को विषय में रखना है। उदाहरण के तौर पर, एक उद्यमी होने के नाते, आप अपने कार्यों को विषय के हिसाब से स्थानांतरित कर सकते हैं। कुल मिलाकर विषय और कार्यों को समूहित करना एक उपयोगी उत्पादकता तकनीक है जिसकी मदद से महत्वपूर्ण कार्यों को पूरे ध्यान के साथ किया जा सकता है। अभी से ही अपनी विषय की योजना बनाना शुरू करें।

उत्पादकता तकनीक : बाधाओं का सिद्धांत

चैन की सबसे कमजोर कड़ी सबसे मजबूत होती है क्योंकि यह टूट सकती है।

-स्टैनिस्लॉ जर्ज़ी लेक

बाधाओं का सिद्धांत एक ऐसी तकनीक है जो सबसे महत्वपूर्ण बाधाओं (सीमित कारकों) की पहचान करती है। बाधाएँ हमें कोई भी लक्ष्य को हासिल करने से रोकती हैं। बाधाओं का सिद्धांत ने आम मुहावरा अपनाया है 'एक चैन अपनी सबसे कमजोर कड़ी से मजबूत नहीं होती है।' हर शक्तिशाली प्रक्रिया, तकनीक, संगठन आदि में कोई न कोई एक कमजोर हिस्सा हो सकता है जो पूरे सिस्टम को नुकसान पहुँचा सकता है। एक बार इसकी पहचान करने के बाद, आप व्यवस्थित रूप से आने वाली बाधाओं में सुधार कर सकते हैं। बाधाओं का सिद्धांत आपके लक्ष्य को प्राप्त करने और अल्पकालिक और दीर्घकालिक दोनों दृष्टिकोणों में लाभ कमाने के लिए शक्तिशाली सुझाव प्रदान करता है। बाधाओं के सिद्धांत व्यापक रूप से विनिर्माण और अन्य औद्योगिक प्रयोजनों में प्रयोग किये जाते हैं। मैं इस किताब के ज़रिए व्यक्तिगत उत्पादकता पर अधिक ज़ोर दे रहा हूँ। इसलिए मैं इसे समझने के लिए छोटा और सरल रखूँगा।

डॉ. इलियाहू गोल्डरेट ने 1984 में अपने बेस्टसेलिंग उपन्यास 'द गोल' में बाधाओं के सिद्धांत के बारे में बात की थी। बाधाओं के सिद्धांत के बाद से ही इसे विकसित किया जा रहा है और अब यह बहुत महत्वपूर्ण प्रबंधन और उत्पादकता तकनीक बन गयी है।

बाधाओं के सिद्धांत द्वारा प्रदान किए गये उपकरणों के एक शक्तिशाली संग्रह में शामिल है -

- ध्यान केंद्रित करने के पाँच कदम
- सोचने की प्रक्रिया

• प्रवाह क्षमता का लेखांकन

बाधाओं के सिद्धांत की सर्वोच्च प्राथमिकता वर्तमान में आने वाली बाधाएँ हैं और बाधाओं का सिद्धांत स्वाभाविक सुधार गतिविधियों को प्राथमिकता देता है। जहाँ कहीं भी सुधार की तत्काल आवश्यकता होती है, वहाँ तेजी से सुधार लाने के लिए टी ओ सी अत्यधिक कुशल कार्यप्रणाली प्रदान करता है। बाधाओं के सिद्धांत के अनुसार, हर प्रक्रिया में एक ही बाधा होती है और अगर बाधा में सुधार किया जाता है तो कुल प्रवाह क्षमता में भी सुधार होगा। अगर आप गैर-बाधाओं वाली वस्तुओं को अनुकूलित करने में अपना समय बिता रहे हैं, तो इससे आपको ज़्यादा लाभ नहीं मिलेगा। इसका मतलब है कि बाधा में एकमात्र सुधार आपको लक्ष्य प्राप्त करने के करीब ले जायेगा।

ध्यान केंद्रित करने के पाँच कदम

ध्यान केंद्रित करने के पाँच कदम एक चक्रीय प्रक्रिया है, जैसा कि नीचे दी गयी तस्वीर में दिखाया गया है। यह बाधाओं को पहचानने और उन्हें दूर करने की कार्यप्रणाली है।

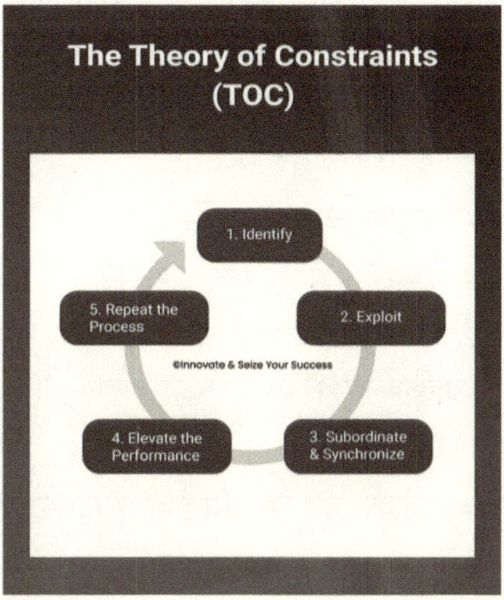

• पहचानें- इस चरण में, आप विस्तार से देखेंगे और अपनी वर्तमान बाधा के बारे में पता लगायेंगे। एक बाधा, प्रक्रिया का एक हिस्सा है जो हमारे

लक्ष्य के प्राप्त करने के समग्र दर को सीमित कर रहा है।

- फायदा उठाना- इस चरण में, आपको बाधा के प्रवाह क्षमता में त्वरित सुधार करना होगा। आप जितना चाहें उतना उपलब्ध संसाधनों का इस्तेमाल कर सकते हैं।

- अधीनस्थ- आपको इस प्रक्रिया में अन्य सभी गतिविधियों की समीक्षा करने और सुनिश्चित करने की आवश्यकता है कि वे बाधा की आवश्यकता का समर्थन करते हैं या नहीं या उससे संरेखित हैं या नहीं।

- प्रगति- अगर बाधा अभी भी मौजूद है तो आगे इस पर और भी ज़्यादा काम करने पर विचार करें। आपको तब तक निरंतर रूप से काम करना होगा जब तक बाधा खत्म नहीं हो जाती या कहीं चली नहीं जाती।

- दोहराएँ- जैसे ही बाधा खत्म हो जाती है, तो तुरंत अगली बाधा की पहचान करने के लिए पाँच चरणों को फिर से दोहराएँ।

सोचने की प्रक्रिया

सोचने की प्रक्रियाएँ समस्याओं को हल करने के तरीके हैं- जिससे फैसला लेने में मदद मिल सके। सोचने की प्रक्रियाएँ नीचे दिए गये तीन सवालों का जवाब पाने में मदद करती हैं, जो कि बाधाओं के सिद्धांत के लिए आवश्यक हैं:

- क्या बदलने की ज़रूरत है?
- इसे किसमें बदलना चाहिए?
- कौन-से कार्य करने से बदलाव आ सकेगा?

बाधाओं के सिद्धांत की सोच प्रक्रियाओं को खरीदने की प्रक्रिया के माध्यम से चलना अगर यह तार्किक रूप से प्रयोग किया जाता है-

- समस्या को स्वीकार करें
- इस बात को स्वीकार करें कि समस्या का समाधान मौजूद है
- इस बात को स्वीकार करें कि समाधान समस्या को हल कर देता है
- किसी भी संभावित नकारात्मक असर को दूर करने के लिए सहमत हों
- कार्यान्वयन में आने में किसी भी बाधा को दूर करने के लिए सहमत हों

सोचने की प्रक्रिया में नीचे कई सारे टूल्स दिए गये हैं-

- वर्तमान वास्तविकता पेड़- वर्तमान स्थिति को दर्शाता है।
- वाष्पीकरण क्लाउड ट्री- संभावित सुधारों को दर्शाता है।
- भविष्य वास्तविकता पेड़- भविष्य की स्थिति को दर्शाता है।
- रणनीति और युक्ति- इसमें पेड़ सुधार करने के लिए एक एक्शन योजना प्रदान करता है।

सोचने की प्रक्रियाएँ सोच और सीखने के कौशल का निर्माण करती हैं जिससे हमें बेहतर फैसले लेने में मदद मिलती है। सोचने की प्रक्रिया का इस्तेमाल अपने परिणामों को समझने के माध्यम से किसी के कार्यों के लिए जिम्मेदारी विकसित करने के लिए किया जाता है। यह अधिक आत्मविश्वास और जीत के परिणामों के साथ संघर्ष को सँभालता है और अवांछनीय परिणामों के साथ व्यवहार को सही करता है। यह वांछित परिणाम प्राप्त करने और सहकर्मी मध्यस्थता में शर्तों का मूल्यांकन करने में भी मदद करता है।

प्रवाह क्षमता लेखांकन

बाधा के सिद्धांत ने एक वैकल्पिक लेखांकन प्रक्रिया का सुझाव दिया है जिसे 'प्रवाह क्षमता लेखांकन' कहा जाता है। प्रवाह क्षमता लेखांकन पारंपरिक लेखांकन प्रक्रियाओं के कारण बनायी गयी हानिकारक विकृतियों को दूर करके लंबी अवधि में लाभ बढ़ाने पर केंद्रित है।

पारंपरिक लेखांकन के अनुसार, इन्वेंट्री एक परिसंपत्ति है। सैद्धांतिक रूप से, एक संपत्ति को बेचकर उसे लिक्विड कैश में बदला जा सकता है। इसी धारणा को ध्यान में रखते हुए कई सारी मैन्युफैक्चरिंग कंपनियाँ ऐसी संपत्ति खरीदती हैं, जिसकी जरूरत उन्हें नहीं होती है। प्रवाह क्षमता लेखांकन के तहत, इन्वेंट्री को एक दायित्व माना जाता है क्योंकि इससे उन पैसों की खपत होती है, जिसका इस्तेमाल कहीं और उत्पादक रूप से किया जा सकता था।

पारंपरिक लेखांकन खर्चों को कम करने पर भी केंद्रित है। बाधाओं का सिद्धांत खर्चों को कम करने के बजाय प्रवाह क्षमता को बढ़ाने पर अधिक ध्यान केंद्रित करता है। आप खर्चों को कम करके शून्य तक पहुँच सकते हैं, जबकि

प्रवाह क्षमता बढ़ाने की कोई सीमा नहीं है।

प्रवाह क्षमता लेखांकन का मुख्य उपाय-

- प्रवाह क्षमता- वास्तविक परिवर्तनीय लागत, जिसमें आम तौर पर शामिल है- कच्चे माल, बिक्री कमीशन, माल का भाड़ा, आदि। लेबर को एक वास्तविक परिवर्तनीय लागत नहीं माना जाता है। श्रम को 100% होना चाहिए जो सच्चे चर लागत के रूप में माना जाने के लिए उत्पादित टुकड़ों से बंधा हुआ है।
- निवेश- सामग्री चीज़ों पर खर्च किए गये पैसे जैसे कि- इन्वेंट्री, मशीनरी, और उपकरण, रियल एस्टेट, आदि।
- परिचालन लागत- परिचालन खर्च वो खर्च है जिसे वास्तविक परिवर्तनीय लागत के अलावा प्रवाह क्षमता बढ़ाने के लिए किया जाता है। इसमें यूटिलिटीज, टैक्स, पेरोल आदि शामिल हो सकते हैं।

सबसे बेहतरीन परिणाम हासिल करने के लिए दुनिया भर की कंपनियों ने बाधाओं के सिद्धांत का लाभ उठाया है। एक स्वतंत्र अध्ययन के अनुसार, जिन कंपनियों ने भी बाधाओं के सिद्धांत को लागू किया है, उन्होंने निम्नलिखित प्रभाव (औसतन) हासिल किए हैं।

- समय पर वितरण- 60%
- आय में वृद्धि- 68%
- लाभ में वृद्धि- 82%
- इन्वेंट्री रिडक्शन- 50%
- इन्वेंटरी में कमी- 66%

बाधाओं के सिद्धांत को शुरू में विनिर्माण क्षेत्र में विशिष्ट चुनौतियों को पूरा करने के लिए विकसित किया गया था, लेकिन इसे खुदरा, बैंकिंग, एफएमसीजी, रसद, जॉब शॉप्स, माइनिंग, स्वास्थ्य देखभाल आदि जैसे क्षेत्रों में सफलतापूर्वक लागू किया गया है। बाधाओं के सिद्धांत को गैर-लाभकारी जैसे कि प्राथमिक शिक्षा, संगठित धर्म, सेना, न्यायिक प्रणाली और अन्य महत्वपूर्ण जगहों पर भी

लागू किया गया है।

बाधाओं के सिद्धांत को प्रभावी ढंग से व्यक्तिगत उत्पादकता को बढ़ाने के लिए भी लागू किया जा सकता है। आपको उन बाधाओं को ढूँढ़ने की कोशिश करनी चाहिए जो आपकी प्रगति के मार्ग में बाधा बन रही हैं और ध्यान केंद्रित करने के पाँच चरणों का इस्तेमाल करके आपको उन बाधाओं को हटाना चाहिए। जब तक आप अपने लक्ष्यों के साथ संरेखित महसूस नहीं करते हैं तब तक इस प्रक्रिया को दोहराते रहें। सोचने की प्रक्रियाओं को कुशलतापूर्वक परिवर्तन की सुविधा के लिए उपयोग किया जा सकता है। इसकी मदद से आप दीर्घकालिक लक्ष्य के लिए समस्याओं, दिशाओं, समाधान जैसी महत्वपूर्ण बातों पर भी सहमति प्राप्त कर सकते हैं।

इसके अलावा, आप अपने निवेश के मूल्य को समझने और महत्वपूर्ण परिसंपत्ति और इन्वेंट्री निर्णय लेने के लिए प्रवाह क्षमता लेखांकन का इस्तेमाल कर सकते हैं। कुल मिलाकर, बाधाओं का सिद्धांत एक शक्तिशाली उत्पादकता तकनीक है जो सीमित बाधाओं की पहचान करके उन्हें पूरी तरह से हटाने में मदद करती है ताकि आपको अच्छा लाभ मिल सके। क्या आपने अपनी बाधाओं की पहचान की है? अगर नहीं, तो अभी जायें और अपनी बाधाओं की पहचान करने के लिए बाधाओं के सिद्धांत तकनीक का इस्तेमाल करें।

उत्पादकता तकनीक : ABCDE विधि

मुझे हमेशा कुछ न कुछ ऐसा मिलता है जिसे मैं करना चाहता हूँ, क्योंकि मुझे काम करने में बहुत मज़ा आता है। क्षितिज पर हमेशा कुछ न कुछ होता है; बस आपको कार्य-सूची बनानी है और करके दिखाना है।

-बियांका डेल रियो

आप गंभीरता से अपनी कार्यसूची में लिखे गये कार्यों को पूरा करने में व्यस्त हैं; यहाँ तक कि आपने अपनी कार्यसूची के 25 कार्यों में से 18 को पूरा भी कर लिया है। लेकिन उन कार्यों को खत्म करने के बाद आपको जो मूल्य मिलना चाहिए था, क्या वो आपको मिला? अगर आप कार्य की अहमियत जाने बिना अपनी कार्यसूची पर काम कर रहे हैं तो आप अपना समय बर्बाद कर रहे हैं। इसे उत्पादक विलंब के रूप में भी जाना जाता है। इसका मतलब है कि आप उन अमूल्य कार्यों पर अपना समय व्यतीत कर रहे हैं जो आपको आगे जाकर कोई लाभ नहीं देंगे। ABCDE विधि हमें हमारे कार्यों की सूची बनाने केलिए एक सरल और शक्तिशाली विधि देकर समस्या को हल करती है।

ABCDE विधि का निर्माण प्रसिद्ध कनाडा-अमेरिकी प्रेरक सार्वजनिक वक्ता और स्वयं के विकास पर किताबें लिखने वाले लेखक, ब्रायन ट्रेसी द्वारा किया गया था। ABCDE विधि एक सामान्य कार्यसूची पर आधारित है और यह इसे अधिक व्यवस्थित और उपयोगी बनाती है। ABCDE विधि हमें उन कार्यों की पहचान करने में मदद करती है जिनका मूल्य अधिक होता है और जिन से हमें सफलता मिलती है। यह विधि लंबे समय में हमारी सफलता के लिए कम या बिना कोई महत्व वाले कार्यों की पहचान करने में भी मदद करती है।

प्राथमिकता के आधार पर, आप अगले दिनों के लिए कार्यसूची में उपलब्ध हर एक कार्य को अलग-अलग अक्षर (ABCDE से एक) देते हैं।

ABCDE का इस्तेमाल करके कार्यों को कैसे किया जा सकता है-

"A" पर लिखे गये कार्य सबसे महत्वपूर्ण हैं-

"A" पर लिखे गये कार्य बहुत महत्वपूर्ण हैं जिन्हें आपको सबसे ज़्यादा प्राथमिकता देनी चाहिए। अगर आप A पर लिखे गये कार्यों को करने में विफल रहते हैं तो आपको असहनीय नुकसान हो सकते हैं। उदाहरण के तौर पर, एक व्यापारी के लिए एक महत्वपूर्ण निविदा भरना महत्वपूर्ण है, एक वकील के लिए नगर पालिका से आये एक तत्काल कानूनी नोटिस का जवाब देना महत्वपूर्ण है, एक डॉक्टर के लिए आई सी यू मरीज़ों के पास होना महत्वपूर्ण है और इसी तरह A के कई सारे उदाहरण हैं।

आप A-1, A-2, A-3 आदि के रूप में कई "A" वाले कार्यों को प्राथमिकता दे सकते हैं, जहाँ A-1 आपका सबसे ज़्यादा प्राथमिकता वाला कार्य होगा, और A-2 A-1 से कम महत्वपूर्ण होगा लेकिन A-1 के पूरा होने के बाद सबसे महत्वपूर्ण A-2 होगा।

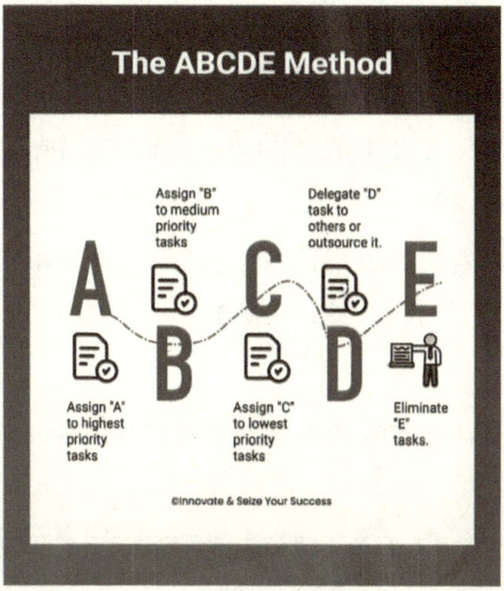

"B" पर लिखे गये कार्य वो हैं जिन्हें नहीं करने पर थोड़ा असर पड़ सकता है -

B में वे सभी कार्य होते हैं जिन्हें आपको करना चाहिए। लेकिन इन्हें नहीं करने पर थोड़ा ही असर पड़ता है। B पर लिखे गये सभी कार्यों को करना अच्छा है। "B" पर लिखे गये कार्य इतने महत्वपूर्ण नहीं होते हैं और इसका बहुत कम या ना के बराबर असर पड़ता है। उदाहरण के तौर पर- एक कर्मचारी होने के नाते, मानव संसाधन टीम से सर्वेक्षण लेना, एक साइलेंट स्पेक्टेटर के रूप में एक टीम कॉल में भाग लेना।

सामान्य नियम, "A" में लिखे गये कार्यों को पूरा करने से पहले आपको कभी भी "B" में लिखे गये कार्यों पर काम नहीं करना चाहिए।

"C" में लिखे गये कार्यों का कोई भी प्रभाव नहीं पड़ता है

ऐसे कार्यों जिनका कोई भी प्रभाव नहीं पड़ता है उन्हें "C" में लिखा जाता है। "C" में लिखे गये कार्यों को पूरा कर लेना अच्छी बात है, लेकिन इसका कोई भी प्रभाव नहीं पड़ेगा।

"C" में कुछ इस तरह के कार्य शामिल हैं- खाली समय के दौरान सहकर्मीयों के साथ पूल खेलना, यूट्यूब पर वीडियोज देख कर लेखांकन सीखना, जंक ई-मेल पढ़ना, और आदि।

नियम के अनुसार, अगर "B" और "A" के कार्य अभी भी आपने पूरे नहीं किए हैं, तो आप "C" पर नहीं जा सकते हैं।

"D" पर लिखे गये कार्य वो होते हैं जिन्हें आप किसी और को सौंप सकते हैं

“D” पर लिखे गये कार्य बहुत सामान्य कार्य होते हैं जिन्हें आप आंतरिक और बाहरी टीम के सदस्यों को सौंप सकते हैं।

सामान्य नियम यह है कि आपको हर वो कार्य सौंपना चाहिए जिसे आप दूसरों को सौंप सकते हैं। इस तरह, आपको "A" पर लिखे गये कार्यों पर ध्यान केंद्रित करने के लिए ज़्यादा समय मिलता है।

"E" पर वो सब कार्य होते हैं जिन्हें आप अपनी सूची से निकाल सकते हैं

आपको अपनी कार्यसूची से "E" पर लिखे सभी कार्यों को हटा देना चाहिए। "E" पर लिखे गये कार्य आपकी प्रगति के लिए आवश्यक नहीं है।

अगर आप अपने आपको उपलब्ध रखेंगे तो ही आपको महत्वपूर्ण कार्यों पर ध्यान केंद्रित करने का समय मिलेगा। अनावश्यक कार्यों को अपनी सूची से निकालने से आपका काफी सारा समय बचता है।

ABCDE विधि के फायदे

- महत्वपूर्ण कार्यों पर ध्यान केंद्रित करें- सबसे महत्वपूर्ण कार्यों की पहचान करें और सबसे पहले उन्हें पूरा करें। ABCDE विधि आपको प्राथमिकता के अनुसार सबसे महत्वपूर्ण कार्यों पर ध्यान केंद्रित करने में मदद करती है।

- बेहतर उपलब्धि- जैसा कि आप अब समझते हैं, प्राथमिकता पर महत्वपूर्ण चीज़ों को खत्म करना ही वास्तविक उत्पादकता है। जैसे-जैसे आप महत्वपूर्ण कार्यों को पूरा करते जाते हैं, आप बेहतर उपलब्धियों को हासिल करना शुरू कर देते हैं।

- मूल्य वर्धन पर ध्यान दें- ABCDE विधि सबसे ज़्यादा महत्वपूर्ण कार्यों को सबसे पहले करने का सुझाव देती है। इसका मतलब है कि आप अपनी परियोजनाओं, लक्ष्यों और जीवन लक्ष्यों में मूल्य जोड़ते हैं।

- बेहतर ढंग से कार्य सौंपना- आपको उन कार्यों की पहचान करने के लिए कोई अतिरिक्त काम करने की ज़रूरत नहीं है जिन्हें आपको किसी और को सौंपना है। ABCDE विधि आपको उन कार्यों की पहचान करने में मदद करती है जिन्हें आसानी से टीम के अन्य सदस्यों को सौंपा जा सकता है।

- बेकार के कार्यों की पहचान करें- आप आसानी से पहचान सकते हैं कि कौनसे कार्य आपके जीवन में मूल्य जोड़ते हैं और कौनसे सिर्फ आपका समय बर्बाद करते हैं। आप उन कार्यों को अपनी सूची से निकाल सकते हैं जो आपका समय बर्बाद करते हैं और फिर आप ज़्यादा महत्वपूर्ण कार्यों पर ज़्यादा ध्यान केंद्रित कर सकते हैं।

• प्रभावी अनुसूची बनाना- ABCDE विधि का सबसे बड़ा फायदा यह है कि आपकी दैनिक अनुसूची प्रभावी ढंग से बन जाती है। आपको बस हर एक कार्य के आगे A, B, C, D, E लिखना है और आपके पूरे दिन की योजना तैयार हो जाती है।

आपको उत्पादक कार्यों को पूरा करने पर ध्यान केंद्रित करने की कोशिश करनी चाहिए। कभी-कभी एक दिन में 2-3 उत्पादक कार्यों को पूरा करने से कम मूल्य वाले 20 कार्यों को पूरा करने की तुलना में दस गुना ज़्यादा मूल्य मिलता है। एक बार जब आप कार्यों में मूल्य जोड़ना शुरू कर देते हैं, तो आपको अधिक आत्म-सम्मान, आत्म-विश्वास और खुद पर गर्व होना शुरू हो जाता है। आपको हर काम को अपनी कार्यसूची में शामिल करने, उसे सही प्राथमिकता देने और फिर सूची के अनुसार काम करने का नियम बनाना चाहिए। अगर आप हर कार्य को पूरा करने की कोशिश करते हैं, तो आप धीर-धीरे नियंत्रण खोने लगेंगे और बिना या कम प्राथमिकता वाले कार्यों पर समय बिताने शुरू कर देंगे।

उत्पादकता तकनीक : समय गुणक

अगर आप दैनिक निर्णयों की वजह से आप अभिभूत महसूस कर रहे हैं, तो समय आ गया है कुछ न कुछ स्वचालित करने का।

-क्ले क्लार्क

कभी-कभी, आप भाग्य का सहारा लिये बिना अपने कार्यों को उत्पादक रूप से सँभालने के लिए सभी तरह के तरीकों को आज़माते हैं। आपके पास सभी सही तकनीक और उपकरण मौजूद हैं, लेकिन फिर भी किसी भी चीज़ का असर नहीं हो रहा है। आप जीवन भर एक ही गति बरकरार नहीं रख सकते हैं, लेकिन आपको सीमित समय में ज़्यादा काम करना सीखना चाहिए। आपको अपने कौशल को बढ़ाना होगा, और तभी बारी आती है 'समय गुणक' की।

समय गुणक एक उत्पादकता तकनीक है जो आपके मूल्यवान समय को बचाने और सीमित उपलब्ध समय में अधिक कार्य करने में मदद करती है। जैसा कि आप जानते हैं, सामान्य शब्दावली में, गुणक का मतलब कुछ ऐसा होता है जो परिणामों को कई गुणा कर देता है। उदाहरण के तौर पर, आपने किसी संगठन के पद के लिए आवेदन किया था, लेकिन तिगुना मासिक वेतन के साथ आपको उससे भी एक बेहतर पद का प्रस्ताव मिला। हम हमेशा कम मेहनत या कम निवेश से ज़्यादा पाना चाहते हैं। समय गुणक विधि हमें उस समय को गुणा करने में मदद करती है जो आप खर्च कर चुके हैं।

अपने समय को गुणा करने का सबसे अच्छा तरीका है इसका सबसे प्रभावी ढंग से इस्तेमाल करना। योजना करके 1 घण्टा पूरे ध्यान के साथ काम करना, बिना योजना के काम करने से कई गुणा ज़्यादा उत्पादक है। समय गुणक विधि आपके कार्यों को प्रभावी ढंग से प्राथमिकता देने पर केंद्रित है।

समय गुणक विधि कैसे काम करती है -

समय गुणक विधि आपको सुझाव देती है कि कार्यसूची में कोई भी कार्य को प्राथमिकता देने से पहले अपने आप से यह चार सवाल ज़रूर पूछें। वे चार

सवाल नीचे दिए गये हैं-

1. ***क्या मैं इस कार्य को सूची से निकाल सकता हूँ?***

हम पहले ही "नहीं" बोलने की ताकत पर चर्चा कर चुके हैं। अपनी सूची से कार्यों को निकालने का मतलब है कि आप बेकार के कामों को "नहीं" बोल रहे हैं। अगर आपने कार्य को चुना होता, तो उसे पूरा करना भी आप ही की जिम्मेदारी होती। यहाँ तक कि अगर आपको दिए जा रहे कार्यों की मूल्य पता नहीं है, तो वो काम मत करें। क्योंकि उन कार्यों के लिए हाँ कहकर जिन्हें आप नहीं जानते हैं, हो सकता है कि आप बेहतर और मूल्यवान विकल्पों के लिए ना कह रहे हों जो बाद में आपके पास आने वाले हैं।

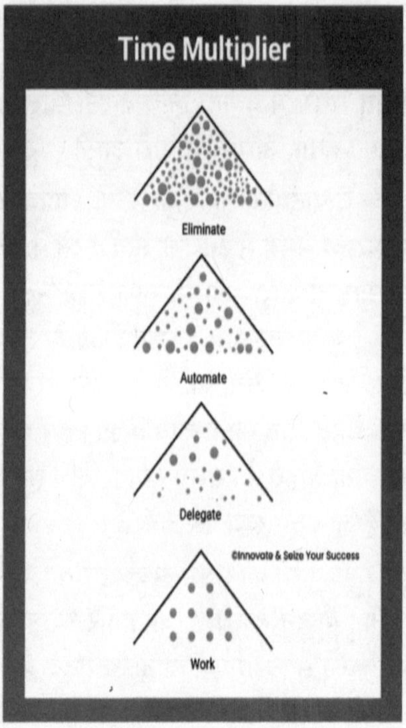

2. ***मैं इस कार्य को सूची से निकाल नहीं सका, क्या मैं इसे स्वचालित कर सकता हूँ?***

प्रौद्योगिकी ने आपके अप्रभावी कार्यों को प्रभावी ढंग से स्वचालित करने

के लिए सैकड़ों उपकरणों का विकास किया है ताकि आपको उत्पादक कार्य करने के लिए समय मिल सके। स्वचालन एक महत्वपूर्ण समय गुणक है, लेकिन यह हर चीज़ पर काम नहीं कर सकता है। कार्यों के लिए तीन बुनियादी मानदण्ड हैं जिन्हें स्वचालन के लिए चुना जाना चाहिए-

- इस पर ध्यान देने की आवश्यकता नहीं है।
- इन्हें करने में बहुत समय लगेगा।
- इसे प्रक्रियाओं और कार्यप्रवाहों का पालन करने की आवश्यकता नहीं है।

3. ***क्या मैं इस कार्य को सौंप सकता हूँ (या किसी और को ऐसा करना सिखा सकता हूँ?)***

आप कम मूल्य वाले कार्यों को सूची से निकाल सकते हैं या उन्हें स्वचालित कर सकते हैं, लेकिन आप उन कार्यों को नज़रअंदाज़ नहीं कर सकते हैं जिन्हें आपके ध्यान की ज़रूरत है। आप ऐसे कार्यों को दूसरों को सौंप कर अपना कीमती समय बचा सकते हैं। अध्ययन से पता चलता है कि लोग अपने समय का 35% से अधिक नौकरियों पर खर्च करते हैं जिन्हें आसानी से प्रत्यायोजित किया जा सकता है।

मान लीजिए कि आप अपने 10 मिनट का इस्तेमाल करके किसी को काम के बारे में समझा रहे हैं जिसको करने में आपको 300 मिनट लगते। फिर भी आप एक साल में कम से कम 2100 मिनट (महीने में 20 कार्य दिवसों को ध्यान में रखते हुए) बचा रहे हैं। आप आसानी से एक समय गुणक के रूप में कार्य सौंपने के महत्त्व को समझ सकते हैं।

4. ***क्या मुझे अभी इस कार्य पर काम करना चाहिए?***

पहले के तीन सवालों के जवाब देने के बाद, आपके पास शायद अभी कुछ ही कार्य बचे होंगे। वे सभी कार्य आपके कामयाब होने के लिए महत्वपूर्ण हैं। अगर आप जल्दी से जल्दी ऐसे कार्यों पर काम करना शुरू कर देते हैं तो इससे आपको सफल होने में बहुत मदद मिलेगी।

समय गुणक विधि के फायदे -

- तेज़ी से छानना- समय गुणक विधि की शुरुआत बेकार के कार्यों को अपनी सूची से निकालकर होती है, जिसका मतलब है कि आप तुरंत बेकार के कार्यों को छान रहे हैं और केवल उपयोगी कार्यों को ही अपनी सूची में रख रहे हैं। तेज़ी से छानने की प्रक्रिया आपके समग्र कार्यभार को काफी हद तक कम कर देती है। कभी-कभी आप अपनी कार्यसूची में कार्यों की संख्या को देखकर अभिभूत महसूस कर सकते हैं। जल्दी से छान कर, आप या तो अपनी कार्यसूची में से ज़्यादातर कार्यों को निकाल रहे हैं, उन्हें स्वचालित कर रहे हैं या उन्हें किसी और को सौंप रहे हैं। एक बार जब आप अपनी कार्यसूची में कम कार्य देखते हैं, तो आप अधिक प्रेरित और केंद्रित महसूस करते हैं।

- कार्यभार को कम करने पर ध्यान केंद्रित करें- हाँ, सौंपे गये कार्यों को कम करने से ही शुरुआत होती है ताकि आप केवल गुणवत्ता और अधिक महत्वपूर्ण वाले कार्यों पर काम कर सकें।

- प्रभावी अनुसूचन- आप कार्यों के मूल्य के बारे में पहले से ही जानते हैं और आप इसकी मूल्य के अनुसार इसे या तो किसी और को सौंप सकते हैं या अपनी कार्यसूची में जोड़ सकते हैं।

- अधिक महत्वपूर्ण कार्यों को जल्दी से छाने- आपको स्वचालित रूप से सभी महत्वपूर्ण कार्यों की एक सूची मिलती है, जिस पर आपको उचित ध्यान देने की ज़रूरत होती है।

- समय की बढ़ती मूल्य- आपके समय की मूल्य कई गुणा बढ़ जाती है क्योंकि अब आप अत्यधिक महत्वपूर्ण कार्यों पर ही काम कर रहे हैं। आपको समय पर अपने महत्वपूर्ण कार्यों को पूरा करने के लिए पुरस्कार मिलता है।

समय गुणक आपके कार्यभार को कम करने और अभिभूत से बाहर आने के लिए एक शक्तिशाली तकनीक है। यह आपको सबसे महत्वपूर्ण कार्यों की पहचान करने और आपके द्वारा खर्च किए गये हर समय के परिणाम को गुणा करने में मदद करता है। तो, क्या आपने अपने समय को कई गुणा बढ़ाने के लिए समय गुणक विधि का इस्तेमाल किया है?

महत्वपूर्ण उत्पादकता उपकरण

मुझे एक पेड़ काटने के लिए छः घण्टे दो और मैं पहले चार घण्टे कुल्हाड़ी की धार तेज करने में बिताऊँगा।

-अब्राहम लिंकन

आपने लगभग पूरी किताब पढ़ ली है और अब हम अंत के नज़दीक हैं। मैंने लगभग हर अध्याय में उत्पादकता को बढ़ाने के लिए कई सारे सुझाव दिए हैं। आप आसानी के साथ उन में से कोई भी उत्पादकता तकनीक चुन सकते हैं। लेकिन आपकी सुविधा के लिए, मैं सभी महत्वपूर्ण उत्पादकता तकनीकों को एक साथ सूचीबद्ध कर रहा हूँ। आप जानते हैं कि उत्पादकता बढ़ाने का सबसे अच्छा तरीका सरल तकनीकों और प्रक्रियाओं का इस्तेमाल करना है। इसी तरह, कुछ सरल उत्पादकता तकनीकों का नियमित उपयोग आपके लिए चमत्कार कर सकता है।

आपको हमेशा आसान उत्पादकता उपकरण का इस्तेमाल करना चाहिए। यह एक नोटबुक, कैलेंडर, कार्यसूची, चेकलिस्ट, आदि हो सकती है। आपका उत्पादकता उपकरण ऐसा होना चाहिए जिसे आप अपने साथ रख सकें। अब प्रौद्योगिकी की वजह से आज हमारे पास बहुत सारे मोबाइल और वेब एप्स मौजूद हैं। मैं ऐप्स के नाम नहीं लेना चाहूँगा, लेकिन आप ऐप/प्ले स्टोर पर उपयुक्त ऐप ढूँढ़ सकते हैं। चलिए अब उत्पादकता की तकनीकों के बारे में बात करते हैं।

कार्यसूची

आप उत्पादकता तकनीकों के बारे में पढ़ते समय कार्यसूची के बारे में बहुत कुछ पड़ते हैं। हमने जितनी भी तकनीकों के बारे में चर्चा की है, उनमें से लगभग आधी कार्यसूची पर आधारित हैं। अगर आप एक कार्यसूची का इस्तेमाल करते

हैं तो आप ज़्यादा व्यवस्थित और तनाव मुक्त महसूस करते हैं। अपने कार्यों को कुशलतापूर्वक प्राथमिकता देकर, आप मूल्यवान कार्यों पर अपने समय और ऊर्जा का इस्तेमाल कर सकते हैं। अभिभूत होने से बचने के लिए कार्यसूची बनाना आवश्यक है; हम पहले ही इस बात पर चर्चा कर चुके हैं। अब आइए बात करते हैं कि उत्पादकता को बढ़ाने के लिए आप अपनी कार्यसूची को किस तरह बना सकते हैं।

चरण 1:

आप जिन भी कार्यों को पूरा करना चाहते हैं उनकी एक सूची बनायें। बड़े कार्यों को छोटे-छोटे हिस्सों में बाँटें। अलग-अलग तरह के कार्यों के लिए अलग-अलग सूचियों को संकलित करने का सुझाव दिया जाता है। उदाहरण के तौर पर, आप काम, अध्ययन, व्यक्तिगत आदि के लिए अलग-अलग सूचियाँ बना सकते हैं।

चरण 2:

हमने जिन भी उत्पादकता तकनीकों के बारे में बात की है उसमें से एक तकनीक चुनें और हर कार्य को प्राथमिकताएँ प्रदान करें। सही क्रम में प्राथमिकता कार्यों का पता लगाने के लिए एक-दो बार उच्च प्राथमिकता वाले कार्यों को देखें। शीर्ष पर सर्वोच्च प्राथमिकता वाले कार्यों के साथ एक नयी सूची बनायें, इसके बाद कम प्राथमिकता वाले कार्यों को रखें।

कार्यसूची का इस्तेमाल करके, आपको आवश्यक कार्यों को पूरा करना याद रहता है। आपको पता रहता है कि कौनसा कार्य महत्वपूर्ण है और कौन-से कार्यों को आप नज़रअंदाज़ कर सकते हैं। सामान्य कार्यों की लंबी सूची देखकर मत डरें।

कैलेंडर

कैलेंडर एक और उत्पादकता उपकरण है जो आपके दिन और समय को व्यवस्थित रखता है और आपकी उत्पादकता को बढ़ाता है। एक कार्यकारी होने

के नाते, क्या आप एक कैलेंडर के बिना अपने दिन की कल्पना कर सकते हैं? आप रोजाना कई महत्वपूर्ण बैठकों और कार्यक्रम निर्धारित करते हैं। एक बार जब आप कार्य में गहराई से खो जाते हैं तो एक या एक से अधिक बैठकों के बारे में भूलना बहुत ही आम बात है। कैलेंडर पहले से ही कार्यक्रमों, कार्यों, बैठकों और ग्राहक कॉल को अनुसूचित करके आपके काम को नियंत्रित करने में मदद करता है। कैलेंडर का इस्तेमाल न केवल आपके तनाव को कम करता है; बल्कि यह आपके दिन को उत्पादक बनाने में भी मदद करता है।

कैलेंडर का प्रभावी उपयोग

- अपने दिन को व्यवस्थित करने के लिए एक कैलेंडर का इस्तेमाल करें। अगर आप कई कैलेंडर का इस्तेमाल कर रहे हैं, तो सभी कैलेंडरों को एक साथ जोड़ें।
- अपने कैलेंडर में अपनी महत्वपूर्ण बैठकों और कार्यों के बारे में लिखें।
- बेहतर उत्पादकता प्राप्त करने के लिए अपने कैलेंडर में अपनी दैनिक दिनचर्या के बारे में लिखें।
- आप एक योजना बना सकते हैं और साथ ही उसमें ब्रेक-टाइम और खाली समय भी लिख सकते हैं।
- निर्धारित किए गये समय के अंदर अपने कार्यों और कार्यक्रमों को पूरा करने की कोशिश करें।
- लगातार दो अनुसूचियों के बीच थोड़ा खाली समय रखें।
- अपने कैलेंडर कार्यक्रमों के लिए स्वचालित अनुस्मारक का इस्तेमाल करें ताकि आपको इसे याद रखने की ज़रूरत न पड़े।
- अपने कैलेंडर में कुछ भी नया जोड़ने से पहले अपने पूरे दिन की योजना की जाँच करें।
- अगर आप कैलेंडर कार्यक्रम बदल रहे हैं तो समय पर सभी प्रतिभागियों को सूचित करें।

आप कैलेंडर का कुशलतापूर्वक ढंग से इस्तेमाल करके अपने दिनों और

सप्ताह की योजना बना सकते हैं। अगर आप गंभीरता से कुछ करना चाहते हैं, तो इसे अपने कैलेंडर में लिखें। कैलेंडर का प्रभावी ढंग से इस्तेमाल करने से आपके काम आसानी से पूरा हो जायेंगे।

समय पर नज़र रखना

आप एक दिन में कई सारे कार्यों पर काम करते हैं और समय सीमित है। आप समय पर नज़र रख कर प्रभावी ढंग से इसका इस्तेमाल कर सकते हैं। समय पर नज़र रखना हमारे नियमित कार्यों के लिए महत्वपूर्ण है। अगर आपने कसरत करने के लिए 30 मिनट की योजना बनायी है, तो आपको इसे 30 मिनट के अंदर खत्म करने के लिए समय पर नज़र रखनी होगी। बेहतर उत्पादकता हासिल करने के लिए आपको अपनी सभी गतिविधियों के लिए समय पर नज़र रखनी चाहिए। समय पर नज़र रखे बिना आप बेकार की गतिविधियों और कार्यों पर अपना समय बर्बाद कर सकते हैं।

समय पर नज़र रखने एक प्रभावी उपयोग

- योजना बनाते वक्त हर कार्य या गतिविधि के लिए समय का अनुमान लगायें। हर कार्य के साथ-साथ अनुमानित समय बनाये रखें।
- कार्यों को पूरा करने के लिए समय पर नज़र रखें।
- अपने अनुमानित समय और कार्य को पूरा करने में वास्तविक समय कितना लगा है उसकी तुलना करें। यह आपके अनुमान को बेहतर बनाता है।
- नियमित कार्यों के लिए, अनुमानित समय का सख्ती से पालन करें।

जिन फ्रीलांसर्स को अत्यधिक भुगतान किया जाता है वे समय पर नज़र रखने के मूल्य को समझते हैं, क्योंकि उन्हें वास्तविक घण्टों के हिसाब से भुगतान किया जाता है। इसी तरह अगर आप एक व्यक्तिगत योगदानकर्ता या कोई पेशेवर हैं, तो समय पर नज़र रख कर आप अपने समय का ज़्यादा से ज़्यादा फायदा उठा सकते हैं।

नोटबुक

हो सकता है कि आपको दिन में कई सारी अद्भुत चीज़ें दिखें। उदाहरण के तौर पर- कभी-कभी आप एक विज्ञापन बिलबोर्ड से गुज़रते हैं जिसमें आपके लिए महत्वपूर्ण जानकारी होती है; आप हर चीज़ को याद नहीं रख सकते हैं। हर अभिनव व्यक्ति एक दिन में कई सारी चीज़ों के बारे में सोचता है, लेकिन क्या वह सभी महत्वपूर्ण बातों पर गौर कर पाता है? सही जानकारी का इस्तेमाल करने का सबसे अच्छा तरीका है उसे कहीं लिख लेना। नोटबुक का इस्तेमाल करके आप बहुत तेज़ी से महत्वपूर्ण जानकारी को अपनी बुक में लिख सकते हैं। अब आपके जीवन को सरल बनाने के लिए कई नोटबुक ऐप्स उपलब्ध हैं।

नोटबुक का प्रभावी उपयोग

- किसी भी रूप में अपने साथ एक नोटबुक रखें, जैसे कि फिजिकल कॉपी, पॉकेट डायरी, स्टिकी नोट्स, मोबाइल ऐप, लैपटॉप। विशेष रूप से तब जब आप कुछ महत्वपूर्ण बैठकों, सेमिनार, या कॉन्फरेंस आदि में भाग लेने जा रहे हों।
- अपने पेशे और रुचि के अनुसार हर चीज का नोट बनायें।
- समय-समय पर अपने नोट्स देखें और दीर्घकालिक उपयोग के लिए मूल्यवान वस्तुओं को याद रखें।
- आप भविष्य में इस्तेमाल करने के लिए महत्वपूर्ण वस्तुओं पर मंथन कर सकते हैं और उन्हें अपने बैकलॉग में डाल सकते हैं।
- भविष्य में इस्तेमाल करने के लिए रफ नोट्स भी रखें। कभी-कभी जब आप संदर्भ भूल जाते हैं, तो आप रफ नोट्स में देखकर इसे याद कर सकते हैं।

आमतौर पर सभी सफल लोगों द्वारा नोटबुक का इस्तेमाल किया जाता है और यह एक आम उत्पादकता तकनीक है। आप महत्वपूर्ण चीज़ों को अपनी नोटबुक में लिखकर अपनी याददाश्त पर निर्भर करना बंद कर सकते हैं।

चेकलिस्ट

एक चेकलिस्ट याददाश्त पर निर्भरता को कम करने और सही प्राथमिकता में बड़ी संख्या में कार्यों को व्यवस्थित करने के लिए एक सरल और अभी तक की सबसे शक्तिशाली तकनीक है। एक चेकलिस्ट स्थिरता बनाये रखने और कार्य को पूरा करने में मदद करती है। कार्यसूची भी एक तरह से एक चेकलिस्ट ही होती है, जबकि नियोजित अनुसूची एक उन्नत चेकलिस्ट का एक उदाहरण है। चेकलिस्ट का सबसे लोकप्रिय प्रारूप वो है जिसमे छोटे-छोटे चेकबॉक्स के साथ एक सूची बनी हुई होती है। कार्य पूरा होने के बाद आप बॉक्स में चेकमार्क लगाते हैं। चेकलिस्ट का इस्तेमाल हर कार्यक्षेत्र में अलग-अलग तरह से किया जाता है। उदाहरण के तौर पर, एक विमानन चेकलिस्ट में एक प्रणाली और कार्य शामिल हो सकता है जो बिना चेकबॉक्स के एक धराशायी रेखा से अलग हो सकता है; इसी तरह चिकित्सा क्षेत्र में चेकलिस्ट को अलग तरह से बनाया जाता है।

चेकलिस्ट का प्रभावी उपयोग-

- सभी महत्वपूर्ण कार्यों की एक सूची बनायें।
- सबसे ऊपर अपने सबसे महत्वपूर्ण कार्य को लिखें फिर प्राथमिकता के अनुसार बाकी के कार्य लिखें।
- चेकलिस्ट में लिखे गये कार्य को पूरा कर लेने के बाद चेकबॉक्स पर टिक करें।
- अगर आप कार्य को पूरा नहीं कर पाते हैं या बीच में ही दूसरे कार्य पर चले जाते हैं, तो चेकबॉक्स पर टिक न करें।
- अगर आपका काम दोहराव है तो अपना समय बचाने के लिए चेकलिस्ट की एक टेम्पलेट बनायें।

चेकलिस्ट कई उद्योगों में उत्पादकता के लिए महत्वपूर्ण हैं। आप मैन्युफैक्चरिंग, स्वास्थ्य देखभाल, नागर विमानन और सैन्य में चेकलिस्ट का

नियमित इस्तेमाल होता देख सकते हैं। यह व्यक्तिगत उत्पादकता के लिए भी काफी फायदेमंद है।

दृश्य और डिजाइन उपकरण

हमारा दिमाग दृश्यों को बहुत तेज़ी से समझने के योग्य है। दृश्य दीर्घकालिक स्मृति में बने रहते हैं और समझ में 50% तक सुधार करते हैं। कभी-कभी एक सामान्य ड्रॉ किए गये विज़ुअल को समझाने में कई पेज का टेक्स्ट लग सकता है। उदाहरण के तौर पर, शब्दों में किसी एक देश के नक्शे को समझाने के बारे में सोचें। आपको कई पेज लिखने पड़ेंगे, लेकिन एक ड्रॉ किया गया नक्शा भी प्रभावी है। इंजीनियरिंग और मैन्युफैक्चरिंग सेवाओं (सर्विसिस) में प्रभावी ढंग से समझाने के लिए डिजाइन का व्यापक रूप से इस्तेमाल किया जाता है। अभिनव लोग सूचनाओं का आदान-प्रदान करने के लिए अक्सर डायग्राम,नक्शे, फ्लो-चार्ट और अन्य दृश्यों का इस्तेमाल करते हैं।

कागज और पेंसिल बुनियादी हैं लेकिन अत्यधिक उत्पादक और प्रासंगिक डिजाइन टूल्स हैं। अब ऑनलाइन बहुत सारे डिजाइन टूल्स उपलब्ध हैं। आप चार्ट और ग्राफ बनाने के लिए एमएस एक्सेल और गूगल शीट का इस्तेमाल कर सकते हैं। आप ऑनलाइन टूल्स का इस्तेमाल करके माइंड मैप्स, फ्लो-चार्ट्स और वायरफ्रेम्स डिजाइन कर सकते हैं। आप बस अपने विचार को ड्रॉ कर सकते हैं और मंथन के दौरान उसमें बदलाव कर सकते हैं। इसी तरह, आप अपनी जानकारी को कुशलतापूर्वक प्रस्तुत करने के लिए ग्राफ, चार्ट, डायग्राम, फ्लर्चार्ट, गैंट चार्ट, मैप्स, माइंडमैप्स आदि का उपयोग कर सकते हैं।

दृश्यों का प्रभावी उपयोग-

- अपने विचारों, योजनाओं और परियोजनाओं के बारे में अच्छी तरह से सोचें।
- अपने विचारों और विचार को सामने रखने के लिए सही दृश्य का

चयन करें।

- सबसे पहले, कागज और पेंसिल का इस्तेमाल करके ड्रॉ करें।
- दूसरे चरण के रूप में, अगर आवश्यक हो तो कंप्यूटर-एडेड डिज़ाइन टूल का इस्तेमाल करके ड्रॉ करें।
- अपने विचार और योजनाओं के साथ-साथ अपने दृश्यों को बदलते रहें।

शोध से पता चलता है दृश्य टीम के सदस्यों के बीच प्रेरणा में वृद्धि करते हैं और इसकी मदद से जटिल जानकारी को समझना आसान हो जाता है। यह भौगोलिक रूप से विविध और बहु-सांस्कृतिक टीम के बीच भाषा की वजह से होने वाली समस्याओं को दूर करता है।

निष्कर्ष : सब कुछ एक साथ लाना

असफलता से इतना भी मत डरें कि आप नयी चीज़ों को आज़माना ही बंद कर दें। जीवन का सबसे दुखद सारांश तीन विवरण में शामिल हैं: हो सकता है, हो सकता था और होना चाहिए।

-लुई ई. बोवन

आप किताब को पूरा पढ़ चुके हैं और अब आप उत्पादकता के बारे में अच्छे से जान चुके हैं। आइए अब बात करते हैं कि आप उत्पादकता का इस्तेमाल करके कैसे कुछ नवाचार कर सकते हैं और कामयाबी हासिल कर सकते हैं।

अपनी उत्पादकता को बढ़ाने के लिए उत्पादकता तकनीकों का इस्तेमाल कैसे करें?

1. सभी कार्यों को एक मूल सूची में लिखें- शुरुआती चरण के रूप में, सभी कार्यों को लिखें। कृपया कार्यों को लिखते समय सीधे कोई निर्णय पर नहीं पहुचें।

2. परेटो सिद्धांत का इस्तेमाल करके अपने कार्यों को छोटे-छोटे हिस्सों में तोड़ें- जैसा कि परेटो सिद्धांत से पता चलता है कि 80% मूल्य 20% कार्यों से मिलता है इसलिए उन उच्च मूल्य वाले कार्यों की पहचान करें।

3. आइजनहोवर मैट्रिक्स का इस्तेमाल करके तत्काल और महत्वपूर्ण कार्यों की पहचान करें- आइजनहोवर मैट्रिक्स आपके अत्यावश्यक और महत्वपूर्ण कार्यों की पहचान करने के लिए सबसे बेहतरीन तकनीक है। अभी इसका इस्तेमाल करें और अपने ज़रूरी और महत्वपूर्ण कार्यों को पूरा करें।

4. अपने दैनिक कार्यों को प्राथमिकता के अनुसार क्रम में रखने के लिए आइवी ली विधि का इस्तेमाल करें- एक बार जब आप अपने ज़रूरी और महत्वपूर्ण कार्यों को पूरा कर लेते हैं, तो अपने दैनिक कार्यों को प्राथमिकता देने

के लिए आइवी ली विधि का इस्तेमाल करें।

5. ABCDE विधि का इस्तेमाल करके समान प्राथमिकताओं वाले कार्यों के क्रम को तय करें- अगर आइवी ली विधि का इस्तेमाल करने के बाद आपको समान प्राथमिकताओं के साथ कई कार्य मिल रहे हैं, तो ABCDE विधि का इस्तेमाल करें।

6. अपने लक्ष्य के लिए लगातार काम करने के लिए जैरी सेनफेल्ड विधि का इस्तेमाल करें- उच्च मूल्य वाले कार्यों और आदतों की एक श्रँखला बनायें और अपनी उत्पादकता को बढ़ाने के लिए इसे लगातार करें। अपने दीर्घकालिक लक्ष्यों को प्राप्त करने में निरंतरता बनाये रखने के लिए जैरी सेनफेल्ड विधि का इस्तेमाल करें।

7. अपने दैनिक घण्टों का ज़्यादा से ज़्यादा फायदा उठाने के लिए समय गुणक का इस्तेमाल करें- समय गुणक आपको अपने उच्च मूल्य वाले कार्यों को छानने और समय बर्बाद करने वाले कार्यों की पहचान करने में मदद करता है। महत्वपूर्ण और उच्च मूल्य वाले कार्यों को छानने के लिए इसका अक्सर इस्तेमाल किया करें।

8. एक से ज़्यादा काम करने से बचने के लिए अपने समान कार्यों को समूहित करें- हमेशा अपने समान कार्यों को एक साथ समूहित करें। कार्यों को समूहित करने की विधि का इस्तेमाल करें।

9. सीमित कारकों की पहचान करने और उन्हें दूर करने के लिए बाधाओं के सिद्धांत का इस्तेमाल करें- हर मजबूत योजना या प्रक्रिया में कुछ न कुछ खामियां या कमजोरी हो सकती हैं। सीमित कारकों की पहचान करने और उन्हें खत्म करने के लिए बाधाओं के सिद्धांत का इस्तेमाल करें।

10. अपने लक्ष्यों को प्राप्त करने के लिए 1-3-5 तकनीक के साथ अपने दिन की योजना बनायें- हर लक्ष्य को महत्वपूर्ण और सामान्य कार्यों को पूरा करने की आवश्यकता होती है। याद रखें, हर कार्य, इसके मूल्य की परवाह किए बिना, लक्ष्य को प्राप्त करने के लिए पूरा किया जाना चाहिए। उदाहरण के तौर पर, अगर आप अपनी परियोजना को पूरा करना चाहते हैं तो आप इसके क्यूए कार्यों को नज़रअंदाज़ नहीं कर सकते हैं।

11. अपने सबसे उत्पादक घण्टों के दौरान अपने सबसे महत्वपूर्ण कार्य को प्राथमिकता दें- मैंने इसे पहचानने के लिए सबसे उत्पादक घण्टों और तरीकों पर चर्चा की है। जब आपकी उत्पादकता बहुत अधिक होती है तब अपने सबसे महत्वपूर्ण कार्यों पर काम करें।

12. फिर से ऊर्जा प्राप्त करने के लिए नियमित ब्रेक लें- आप बिना ब्रेक के लिए उत्पादक रूप से काम नहीं कर सकते हैं। इसलिए अगर आपने अपनी योजना में ब्रेक्स को अच्छे से शामिल किया है तो सही दिशा में काम करने के लिए आपको ऊर्जा मिलेगी।

जैसा कि मैंने पहले भी ज़िक्र किया था कि हर तकनीक हर किसी के लिए उपयुक्त नहीं है। लेकिन आपके लिए सबसे महत्वपूर्ण तकनीकों के बारे में जानना महत्वपूर्ण है। इसलिए, सही उत्पादकता तकनीकों को चुनें और अपनी आत्मविश्वास की यात्रा शुरू करें।

सफलता को जब्त करें

- दीर्घकालिक लक्ष्य और माइलस्टोन्स निर्धारित करें- अपने सबसे मूल्यवान पाँच लक्ष्यों को निर्धारित करने और अन्य लक्ष्यों को निकालने के लिए वॉरेन बफेट द्वारा सुझायी गयी 5/25 तकनीक का इस्तेमाल करें। यहाँ आपको बेहतर ढंग से ध्यान केंद्रित करने के लिए अपने लक्ष्यों को जितना हो सके उतना कम रखना चाहिए।

- एक बार जब आप अपने लक्ष्यों की पहचान कर लेते हैं, तो उन्हें छोटे-छोटे हिस्सों में बाँट दें। आपको समय-समय पर अपनी प्रगति को देखने के लिए माइलस्टोन्स भी निर्धारित करने चाहिए।

- एक अभिनव मानसिकता विकसित करें- दुनिया को एक बेहतर जगह बनाने के लिए हमेशा अभिनव विचारों और समाधानों की तलाश करते रहें। आप जो भी काम करें उसमें कुछ नया करने की कोशिश करें। नवाचार आपको बाकियों से अलग करता है।

- आदतों की ताकत का इस्तेमाल करने के लिए शक्तिशाली आत्म-अनुशासन विकसित करें- अपने लक्ष्यों को प्राप्त करने के लिए; आपको कड़ी

मेहनत करनी होगी। आगे बढ़ते रहने के लिए आपको आत्म-अनुशासन और दृढ़ संकल्प की ज़रूरत है। आपको ऐसी शक्तिशाली आदतों का निर्माण करना होगा, जो आपको खाली न बैठने दें।

- अच्छे से योजना बनाये गये कार्यों पर बिना ध्यान भटकाए काम करें- अच्छे से योजना बनाये गये और केंद्रित रूप से काम करने के लिए अपने ध्यान को कम से कम भटकने दें। अपने चरम उत्पादकता घंटो की पहचान करें और इसे प्रभावी ढंग से इस्तेमाल करने की योजना बनायें।

- दक्षता बढ़ाने के लिए अपने कार्यों की एक समय-सीमा निर्धारित करें- पार्किंसंस सिद्धांत से पता चलता है, काम को पूरा करने की समय-सीमा जितनी ज़्यादा होती है काम भी उतने ज़्यादा समय तक चलता है। समय बचाने और दक्षता बढ़ाने के लिए हमेशा सख्त समय-सीमा निर्धारित करें।

- अपनी प्रगति की नियमित रूप से समीक्षा करें- अपनी प्रगति और गति की समीक्षा करने के लिए साप्ताहिक, मासिक, त्रैमासिक और वार्षिक समीक्षा योजना बनायें। आपको अपने अनुमानों बनाम वास्तविक की तुलना करनी चाहिए। यह आपको समय पर सही कदम लेने में मदद करता है।

- अपने कार्यों की योजना बनाने और व्यवस्थित रखने के लिए एक प्रणाली का इस्तेमाल करें- आपको अपने कार्यों की योजना बनाने, व्यवस्थित करने या इसकी समीक्षा करने के लिए अपनी सुविधा के अनुसार एक प्रणाली का इस्तेमाल करना चाहिए। आप कुछ भी इस्तेमाल कर सकते हैं, जैसे कि- एक साधारण नोटबुक, कैलेंडर, कार्यसूची, कोई विशेष सॉफ्टवेयर या ऐप।

कामयाबी हासिल करने के लिए और अपनी उत्पादकता बढ़ाने के लिए आपको ऊपर दिए गये सभी या ज़्यादातर चरणों का पालन करना चाहिए। आगे बढ़ें और कामयाबी हासिल करें!

www.ingramcontent.com/pod-product-compliance
Lightning Source LLC
LaVergne TN
LVHW100804051026
849519LV00006B/1971